Les jumeaux d'une nuit

*

Un si séduisant médecin

W0208695

KARIN BAINE

Les jumeaux d'une nuit

Traduction française de
CAROLINE JUNG

BLANCHE

HARLEQUIN

Collection : Blanche

Ce roman a déjà été publié en 2019

Titre original :
THEIR ONE-NIGHT TWIN SURPRISE

© 2019, Karin Baine.
© 2019, 2024, HarperCollins France pour la traduction française.

Ce livre est publié avec l'autorisation de HARLEQUIN BOOKS S.A.

Tous droits réservés, y compris le droit de reproduction de tout ou partie de l'ouvrage, sous quelque forme que ce soit.
Toute représentation ou reproduction, par quelque procédé que ce soit, constituerait une contrefaçon sanctionnée par les articles 425 et suivants du Code pénal.

Si vous achetez ce livre privé de tout ou partie de sa couverture, nous vous signalons qu'il est en vente irrégulière. Il est considéré comme « invendu » et l'éditeur comme l'auteur n'ont reçu aucun paiement pour ce livre « détérioré ».

Cette œuvre est une œuvre de fiction. Les noms propres, les personnages, les lieux, les intrigues sont soit le fruit de l'imagination de l'auteur, soit utilisés dans le cadre d'une œuvre de fiction. Toute ressemblance avec des personnes réelles, vivantes ou décédées, des entreprises, des événements ou des lieux serait une pure coïncidence.

HARPERCOLLINS FRANCE
83-85, boulevard Vincent-Auriol, 75646 PARIS CEDEX 13
Service Clients — www.harlequin.fr
ISBN 978-2-2805-0732-5 — ISSN 0223-5056

Édité par HarperCollins France.
Composition et mise en pages Nord Compo.
Imprimé en juin 2024 par CPI Black Print (Barcelone)
en utilisant 100% d'électricité renouvelable.
Dépôt légal : juillet 2024.

FSC www.fsc.org MIXTE Papier issu de sources responsables FSC® C159065

Pour limiter l'empreinte environnementale de ses livres, HarperCollins France s'engage à n'utiliser que du papier fabriqué à partir de bois provenant de forêts gérées durablement et de manière responsable.

Prologue

Isobel Fitzpatrick sortit de chez elle. La rue était plongée dans l'obscurité et la pluie qui tombait à verse traversa aussitôt l'épaisseur de ses vêtements. Elle frissonna mais qu'importe ! Elle ne pouvait pas rester là une minute de plus. En l'espace d'une soirée, elle avait eu l'impression de voir le film de sa vie se dérouler sous ses yeux.

Comme si la mort de l'homme avec qui elle était censée se marier et fonder enfin la famille dont elle rêvait ne suffisait pas, elle venait d'apprendre que Gerry lui avait menti depuis le début de leur relation. La trahison était peut-être encore pire que le deuil lui-même. Elle ne s'en remettrait jamais.

Elle avait besoin de voir quelqu'un auprès de qui elle se sente bien, en sécurité et en confiance. C'est donc tout naturellement que ses pas la conduisirent chez Cal. Calum Armstrong, son ami et collègue, la seule personne capable de l'accueillir et de la réconforter dans les pires moments.

Elle se posta devant le portail et posa l'index sur la sonnette, impatiente de trouver refuge et de refermer la porte sur le cauchemar qu'elle venait de vivre éveillée.

— Oui ? dit une voix ensommeillée.

Elle eut un pincement de culpabilité à l'idée de l'avoir réveillé. Puis le son de cette voix amie lui fit monter les larmes aux yeux. Ces larmes qu'elle avait passé la soirée à ravaler à mesure qu'elle prenait conscience de l'ampleur de ce que Gerry lui avait caché.

— Cal ? dit-elle d'une voix chevrotante.

— Izzy ? C'est toi ? Qu'est-ce qui se passe ? Attends, je descends.

Le portail s'entrouvrit. Sans attendre qu'il soit complètement ouvert, elle se précipita dans l'allée comme si le fantôme de Gerry était à ses trousses.

Lorsque Cal ouvrit la porte, tout en finissant d'enfiler un T-shirt, Izzy se jeta à son cou et lui fit presque perdre l'équilibre.

— Oh ! Cal ! Je ne savais pas où aller ni vers qui me tourner.

— Viens, entre, dit-il en recouvrant son équilibre. Ne t'inquiète pas. Dis-moi ce qui t'arrive.

Il referma la porte derrière elle. Elle se sentit aussitôt en sécurité auprès de cet homme dont la présence lui procurait le réconfort dont elle avait besoin en cet instant. Elle le laissa faire quand il la prit dans ses bras et se blottit contre son torse musclé et chaud. Mais son répit fut de courte durée et la réalité la rattrapa en quelques minutes.

— Un type est venu à la maison, tout à l'heure, en prétendant que Gerry lui devait de l'argent. Une histoire de jeu, je n'ai pas très bien compris.

Elle se mit à claquer des dents à l'idée d'avoir reçu la visite d'un genre d'individu que, jusqu'à présent, elle n'avait aperçu que dans des films de gangsters.

— Il s'en est pris à toi ? demanda Cal, soudain tendu.

— Non. Je pense qu'il cherchait surtout à m'intimider. Je lui ai dit que Gerry était mort mais la nouvelle de l'accident n'a pas eu l'air de l'affecter. Tout ce qu'il voulait, c'était son argent. Il a fallu que je lui donne le peu de billets que j'ai réussi à trouver dans la maison pour qu'il se décide à partir.

Elle frissonna en se remémorant la scène, l'homme, un pied dans la porte, face à elle, seule, terrifiée à l'idée qu'il exige qu'elle le rembourse à la place de Gerry.

Cal poussa un juron et la serra contre lui.

— Tu es trempée et tu grelottes. Viens te réchauffer devant la cheminée. Je vais te chercher une serviette et des vêtements secs.

Il l'accompagna jusque dans le salon, l'enveloppa dans un plaid et lui tendit un verre empli d'un liquide ambré.

— Tu es sous le choc. Bois ça, ça va te faire du bien, dit-il avant de se diriger vers la chambre.

Elle sentit l'alcool lui réchauffer la gorge et le cœur. Cette affreuse visite n'était peut-être que le début d'une longue procession de créanciers qui allaient venir frapper à sa porte en réclamant leur dû.

— Désolé, nous n'avons plus rien en rayon à votre taille, dit Cal, un demi-sourire sur les lèvres, en lui tendant une serviette de toilette et un peignoir d'homme.

Elle lui sut gré de ne jamais perdre son sens de l'humour, y compris dans les circonstances les plus tragiques. Sa force tranquille était exactement ce dont elle avait besoin pour ne pas flancher.

— C'est parfait, merci, dit-elle.

Mais elle demeura assise sur le canapé, les yeux rivés sur le linge, incapable de bouger.

— Je vais t'aider, dit Cal en s'agenouillant face à elle.

Comme s'il s'agissait de la chose la plus naturelle du monde, il se mit à lui retirer ses chaussures et ses vêtements trempés, l'un après l'autre, jusqu'à ce qu'elle ne porte plus que ses sous-vêtements. Alors il l'aida à enfiler un peignoir deux fois trop grand pour elle mais chaud et confortable. Puis il prit la serviette, se glissa derrière elle pour lui sécher les cheveux. Elle ferma les yeux tandis qu'il lui massait la tête, savourant chacun de ses gestes. Depuis combien de temps ne s'était-on pas occupé d'elle avec une telle gentillesse ?

— Je suis désolée de débarquer chez toi à une heure pareille. Et je sais que ce n'est pas la première fois...

— Ne t'excuse pas. J'aimerais être là pour toi autant que tu l'as été pour moi. D'ailleurs, les dernières fois que tu es venue ici, c'était pour me réconforter. Si tu ne m'avais pas secoué, quand Janet m'a quitté, je serais encore au fond de mon lit, incapable d'affronter quoi que ce soit, ou en thérapie avec d'autres hommes dont la fiancée est allée retrouver le *vrai* père de leur enfant.

L'humour de Cal peinait à dissimuler la douleur que l'attitude de Janet lui avait causée. Comment avait-elle pu le mener en bateau pendant des mois, lui laisser croire que l'enfant qu'elle portait était le sien ?

Izzy comprenait d'autant mieux ce que Cal ressentait qu'elle avait subi la même chose. Pendant des mois, Gerry n'avait cessé d'affirmer qu'ils allaient se marier et avoir des enfants.

— Pour le concours de celui qui a vécu l'histoire la plus traumatisante, j'ai du nouveau. Je viens de comprendre que j'étais en couple avec un joueur invétéré dont je vais devoir rembourser les dettes jusqu'à la fin de mes jours.

— Ce n'est pas vrai ! Izzy, je suis désolé ! soupira Cal sans cesser de lui masser le cuir chevelu.

Elle haussa les épaules mais les larmes lui montèrent aux yeux. Tous les rêves et les espoirs qu'elle avait nourris aux côtés de Gerry avaient été tués dans l'œuf.

— En fait, depuis deux mois, je fais le deuil de quelqu'un que je ne connaissais pas. La visite de ce type, ce soir, a au moins eu le mérite de m'inciter à mettre le nez dans les papiers de Gerry. J'ai pu ainsi découvrir qu'il avait fait un emprunt à mon nom, qu'il avait utilisé ma signature pour tout et n'importe quoi et qu'il s'endettait partout où il passait. Il va me falloir des décennies pour venir à bout de la pagaille qu'il a laissée. Je ne sais pas comment je vais m'en sortir toute seule.

Elle n'avait aucun parent vers qui se tourner et sa meilleure amie, Helen, vivait à Donegal. Elle sentit un sentiment familier d'abandon et de rejet refaire surface. Heureusement que Cal était chez lui et lui avait ouvert sa porte !

— Tu n'es pas toute seule. Je suis là, moi, tu le sais, comme tu as été là pour moi. Tu peux compter sur moi jour et nuit.

Il passa le bras par-dessus son épaule et déposa un baiser sur son front.

— Qu'est-ce qu'on a fait pour tomber sur des gens comme Gerry et Janet ? demanda-t-elle.

Elle avait vu Cal en proie au même désespoir que celui qu'elle éprouvait à présent. La vie paraissait parfois vraiment injuste.

— Absolument rien, répondit-il doucement.

Il la tint par le menton et l'obligea à le regarder dans les yeux.

— Tu n'as rien à te reprocher, Izzy.

— Je crois que c'est exactement ce que je te disais il y a quelque temps...

La présence de Cal suffisait à l'apaiser et à la réconforter. Auprès de lui, elle se sentait en sécurité. Elle espérait lui avoir procuré le même réconfort, à sa façon, quand Janet était partie. En l'occurrence, cela avait consisté à débarquer chez lui à l'improviste avec de bons petits plats et lui prendre la bouteille de bière qu'il avait entre les mains pour aller la vider dans l'évier.

— C'est toujours bon de se l'entendre dire, encore et encore. Tu es quelqu'un de bien, Izzy.

Elle se blottit dans ses bras, leva la tête vers lui en prenant conscience de la valeur qu'il avait à ses yeux.

Jamais elle ne l'avait considéré comme autre chose qu'un ami et pourtant, en cet instant, pelotonnée dans la chaleur de ses bras, son corps réagissait d'une manière différente. Le réconfort s'était transformé en une sensation nouvelle et incongrue, un désir s'éveillant doucement au contact de son corps contre le sien, un picotement électrisant chaque centimètre carré de peau.

Elle décela dans son regard le même changement. L'air lui sembla soudain chargé d'une tension sexuelle palpable. Elle approcha imperceptiblement son visage du sien, jusqu'à sentir son souffle se mêler au sien.

Cette approche nouvelle se scella par un baiser qui dissipa ses doutes sur le fait que Cal ne la considérait que comme une amie, et dont l'intensité croissante lui fit comprendre qu'il la désirait autant qu'elle le désirait. Ils se mirent à se dévorer littéralement, arrachant fébrilement les couches de vêtements qui les séparaient. Izzy sut alors que rien, entre eux, ne serait plus jamais comme avant.

1

Trois mois plus tard

En entendant la voix à l'autre bout de la radio de l'hélicoptère, Izzy sentit que la situation allait être difficile à vivre pour elle. Elle répéta les détails terribles à ses coéquipiers.

— Une femme de trente et un ans, enceinte, a été percutée par une voiture qui a foncé accidentellement dans la vitrine d'un magasin. Elle souffre de lacérations multiples et certaines zones ont probablement été écrasées. Le poignet et l'artère ont été touchés mais la police a posé un garrot tourniquet. Elle a besoin d'une assistance médicale urgente.

— Et le conducteur de la voiture ? demanda Cal dans le casque.

— Il est choqué mais ses blessures sont superficielles, pour ce que nous en savons. On va pouvoir l'emmener à l'hôpital par la route. Pour la femme enceinte, par contre, nous allons devoir jouer une course contre la montre.

Selon qu'elle avait perdu beaucoup de sang et selon le temps qu'ils mettraient à la transporter jusqu'à l'hôpital, le risque était grand que ni la mère ni l'enfant ne survivent. Ils étaient souvent confrontés à la mort dans leur métier mais dans ce cas précis, Izzy se sentit particulièrement touchée par la situation de cette femme.

Le pilote trouva un endroit pour atterrir. L'hélicoptère était à peine posé que Cal et Izzy se précipitèrent vers les gyrophares et l'attroupement qui s'était formé autour des secours. Par chance, la police avait circonscrit la scène de l'accident par un cordon qui tenait à l'écart la foule curieuse de savoir ce qui s'était passé. Ils pourraient travailler plus efficacement.

— Elle s'appelle Tara Macready. Elle est enceinte de quatre mois et est gravement blessée au bras gauche. Nous avons posé un garrot dès que nous sommes arrivés, expliqua l'un des jeunes policiers tandis que ses collègues s'efforçaient toujours d'endiguer l'hémorragie.

En soulevant et en comprimant le bras de la blessée, ils lui avaient probablement sauvé la vie. Ils avaient fait leur part du travail et c'était désormais à Cal et elle de prendre le relais, c'est-à-dire de faire en sorte qu'elle arrive à l'hôpital le plus rapidement possible.

En dépit de la diligence des policiers, le sol était maculé d'une grande flaque de sang. Izzy sentit soudain l'émotion s'emparer d'elle.

— Tara, je suis infirmière et Cal est médecin. Nous allons nous occuper de vous et vous emmener à l'hôpital en hélicoptère.

— Mon bébé..., murmura la femme, luttant pour ne pas perdre connaissance.

— Nous allons vous monitorer tous les deux, Tara. Izzy, il nous faudra une canule double, le plus vite possible, dit Cal en s'attelant à remplacer le tourniquet posé par les policiers par un pansement compressif.

Izzy inséra la canule de la perfusion. Une fois qu'ils seraient à l'hôpital, ils procéderaient à l'hémotypologie nécessaire à la transfusion.

— Je vais vous donner de la morphine pour la douleur, Tara.

Lorsqu'il eut stoppé l'hémorragie, Cal lui administra le puissant analgésique. Dans un tel cas, il fallait sauver la mère et le bébé autant que possible – la mère ayant toutefois la priorité.

Ils purent, grâce au moniteur portable, vérifier sa tension artérielle et son rythme cardiaque. Izzy s'assura que tout était en place avant que la patiente soit hissée dans l'hélicoptère. Ils montèrent à l'arrière avec elle, afin de surveiller l'évolution de son état pendant le vol.

— Je vais écouter le cœur du bébé, d'accord ? demanda Izzy.

Elle continua à expliquer chacun de leurs gestes. Il était important de rassurer la patiente, de lui dire que tout allait bien se passer, même si elle flottait entre la conscience et l'inconscience. Izzy prit un stéthoscope. En entendant les battements du petit cœur, elle éprouva la même joie que si elle venait de gagner au loto. Elle échangea un sourire avec Cal qui comprit que le bébé était bel et bien vivant.

— Votre bébé est comme vous, il se bat pour s'en sortir. On va bientôt arriver à l'hôpital, Tara.

Leur survie n'était plus qu'une question de temps. Izzy pria intérieurement pour que la mère et le bébé tiennent bon jusqu'à leur arrivée. Rarement elle s'était sentie aussi concernée par une situation. On disait que la perspective de devenir mère rendait les femmes plus combatives que jamais. Elle pourrait désormais en témoigner elle-même.

Izzy eut envie d'embrasser le tarmac quand l'hélicoptère toucha le sol de la base de Belfast, après avoir laissé leur patiente blessée entre les mains des urgentistes de l'hôpital.

— Tout va bien, Fizz ? Tu es toute pâle. Ne me dis pas que tu commences à avoir peur de voler !

Il fit un grand geste théâtral de désespoir.

— Oh ! non ! Il va falloir que tu restes au sol. Je n'ose pas imaginer avec qui d'autre je vais devoir travailler tous les jours.

Elle leva les yeux au ciel en le voyant hilare. Le surnom dont il l'avait affublée la première fois qu'ils s'étaient croisés, au cours de leur formation d'intervenants médicaux en ambulance aérienne, l'avait fait bondir, sur le moment. Sous le coup de la colère, elle avait déployé une énergie folle à montrer que ses compétences étaient au moins aussi grandes que celles de tous les hommes présents.

Mais cette période était derrière elle. Cal et elle travaillaient ensemble depuis cinq ans désormais, et non seulement elle s'était habituée à ce qu'il l'appelle Fizz, mais elle avait appris à apprécier cette marque d'amitié et de complicité. Amitié qui avait pris un drôle de tournant, quand les choses avaient dérapé entre eux. Et qui risquait d'évoluer encore, une fois qu'elle lui annoncerait la nouvelle.

Cal et elle avaient tous deux souffert du mensonge de leurs ex. Janet, la fiancée de Cal, l'avait brusquement quitté pour l'homme qui s'était révélé être le père de l'enfant qu'elle portait et que Cal croyait être le sien. Un double coup de poignard dans le dos qui avait laissé Cal à genoux.

Elle aussi avait connu ce sentiment de trahison dans son histoire avec Gerry. À l'époque, elle était persuadée d'avoir rencontré l'homme de sa vie et avait placé tous ses espoirs dans cette relation qui, pensait-elle, lui apporterait la stabilité et l'amour dont elle avait cruellement manqué dans son enfance passée de foyers en familles d'accueil. Mais tous ses espoirs s'étaient envolés quand Gerry avait été victime d'un accident de moto fatal.

Le choc de sa mort avait été violent mais plus violent encore avait été le fait de découvrir que Gerry n'était en rien l'homme qu'elle croyait connaître. Une ribambelle d'affreux agents de recouvrement et d'usuriers sans scrupule avaient dévoilé une dépendance au jeu dont elle n'avait jamais eu connaissance. Elle avait compris par la même occasion que ses comptes en banque avaient été vidés et pris la décision que jamais plus elle ne croirait quiconque lui déclarerait un amour passionné.

C'est ce qui l'avait précipitée chez la seule personne en qui elle pouvait avoir confiance.

Cal était une âme sœur, blessée comme elle, qui l'avait toujours comprise et réconfortée. Ils avaient passé cette nuit incroyable ensemble tout en sachant aussi bien l'un que l'autre qu'il s'agissait d'une parenthèse dans ce qui était une amitié forte et solide. Une amitié qui ne pourrait jamais se transformer en une autre forme de relation. Il était déjà suffisamment compliqué d'avoir dû retourner travailler comme si de rien n'était, alors que le souvenir de chaque instant de cette nuit torride emplissait son esprit.

C'était compter sans la nouvelle qui venait de changer sa vie et qu'il allait falloir annoncer à Cal. Elle ignorait comment il allait réagir au fait qu'elle était tombée enceinte de lui et priait pour que cela ne mette pas en péril leur relation.

— Oui, ça va, répondit-elle en courant, courbée, sous les pales de l'hélicoptère.

Elle était encore sous le choc d'avoir découvert qu'elle était enceinte mais cela ne devait pas l'empêcher de faire son travail. Le moment où son ventre s'arrondirait sous ses vêtements arriverait bien assez tôt. Elle aurait alors plus de difficultés à se mouvoir dans l'habitacle exigu de l'hélicoptère et ne serait plus aussi agile physiquement. Quand ce moment viendrait, elle envisagerait de réduire ses interventions d'urgence en hélicoptère et de travailler au sol. Mais pas avant.

Elle avait bon espoir que les nausées matinales s'estompent, maintenant que le premier trimestre était pratiquement terminé. Curieusement, il lui avait fallu tout ce temps-là pour prendre conscience de la présence du petit être qui grandissait dans son ventre. Depuis que Cal et elle avaient, d'un commun accord, décidé de laisser cette étrange parenthèse derrière eux, l'idée qu'elle puisse être enceinte ne lui avait pas traversé l'esprit. Elle avait mis sa fatigue et le retard de ses règles sur le compte du stress provoqué par la découverte des malversations auxquelles Gerry s'était adonné dans son dos.

Mais maintenant qu'elle savait ce qui se passait réellement en elle, sa relation avec Cal allait en être métamorphosée.

Les larmes, qui n'étaient jamais loin, brouillèrent sa vue une fois encore. Elle posa la main sur son ventre comme pour rassurer l'enfant sur le fait qu'elle serait toujours là pour lui, même si Cal refusait de reconnaître et d'assumer sa paternité.

Il fallait qu'elle parle à quelqu'un. En plus de Cal, bien entendu. La seule autre personne à qui elle pouvait se confier était Helen, son amie d'enfance – la seule personne qui tenait sincèrement à elle depuis leur première rencontre.

Helen vivait toujours dans la région de Donegal où Izzy avait passé la fin de son adolescence avant de partir étudier à l'école d'infirmières de Belfast. Elle avait toujours été là quand Izzy avait besoin d'elle. Et, même si elle était loin, Izzy savait qu'elle serait de bon conseil et d'un grand réconfort, comme toujours. Elle l'appellerait dès qu'elle aurait parlé sérieusement à Cal.

— Tu es sûre que tout va bien ? demanda Cal en se rapprochant d'elle, l'air inquiet.

Izzy haussa les épaules et minimisa pour ne pas éveiller ses soupçons.

— Un peu d'hypoglycémie, sûrement. Je n'ai rien mangé de la journée.

Un mensonge éhonté. Son sang devait contenir au moins quatre-vingt-dix pour cent de sucre vu le nombre de biscuits qu'elle ingurgitait ces derniers temps.

— Tu aurais dû me le dire. Viens, on va trouver quelque chose de plus solide à se mettre sous la dent qu'un thé et une viennoiserie à la cafétéria. Si on allait boire un verre au pub ? suggéra-t-il en retirant le haut sa combinaison orange, dévoilant de solides épaules et des pectoraux mis en valeur par un T-shirt noir assez près du corps.

Était-ce l'effet des hormones qui l'empêchait de détourner les yeux de ce spectacle magnifique ? Qui provoquait des réactions inattendues dans son corps, parmi lesquelles un net regain de désir sexuel ? Des images de ce corps viril et du plaisir qu'il était capable de procurer à une femme lui revinrent en mémoire, provoquant en elle une vague de chaleur intense.

Quel gâchis ! Cal ne voulait plus entendre parler de relation avec la gent féminine. Sous prétexte qu'une femme s'était révélée incapable de voir à quel point il était merveilleux, toutes les autres allaient être privées du privilège de partager cette intimité avec lui.

Elle avait passé une nuit avec lui mais il était clair que cela ne se reproduirait plus – même si, de ce côté-là aussi, ils s'étaient vraiment bien entendus. Ironie du sort, eux qui ne voulaient pas que leur dérapage d'une nuit se mette en travers de leur belle amitié seraient désormais liés à jamais par cet enfant.

Izzy le regarda se défaire de sa combinaison.

— Le spectacle te plaît ? dit Cal en lui décochant un sourire entendu.

Elle se contenta de rire et de hausser une épaule, tout en se sentant un peu gênée d'avoir été prise sur le fait.

Vu le métier qu'ils exerçaient, ils se devaient d'avoir une

bonne condition physique. Cal était actif et son corps mince et musclé n'était pas le résultat d'un entraînement effréné en salle de musculation. Il n'était pas du genre à passer des heures à soulever des poids devant un miroir. Sa plastique parfaite était la conséquence d'une vie active de médecin de terrain et du travail manuel qu'il effectuait dans son grand jardin dès qu'il en avait le temps.

Elle frissonna en le revoyant allongé nu à côté d'elle, le corps bronzé, les cheveux décolorés par le soleil et une lueur amusée dans le regard.

— Izzy, ça va ? Tu as l'air affamée.

Elle chassa de son esprit les images inconvenantes qui défilaient dans son esprit et regarda dans les yeux cet homme qui était à la fois son collègue, son ami et le seul point d'ancrage qu'elle avait à Belfast. Et qu'elle espérait ne pas perdre quand elle lui révélerait la vérité.

— Oui, j'ai faim, acquiesça-t-elle sans lui avouer que son estomac n'était pas la seule partie de son corps à être affamée.

De toute façon, depuis qu'ils se connaissaient, Cal ne l'avait jamais vraiment regardée et considérée comme une femme, à l'exception de cette soirée où ils s'étaient laissés aller tous les deux. Rien de prémédité. Juste le besoin de se consoler de leurs histoires d'amour malheureuses et de sentir qu'ils comptaient un peu pour quelqu'un. Ils s'étaient confiés l'un à l'autre et avaient fini par aller plus loin, pour trouver un sentiment de paix dans ces baisers. Elle ne regrettait rien de ce qui s'était passé et qui n'était à ses yeux qu'une expression spontanée et naturelle de leur affection et de leur compassion l'un pour l'autre. Ils auraient simplement dû prendre certaines précautions.

— Je finis la paperasse et on peut y aller avant que tu te transformes en monstre. Je sais à quoi tu peux ressembler quand tu as faim.

Elle lui rendit son sourire. Au moins n'avait-elle plus d'illusions à se faire quant à la manière dont Cal la considérait. Le tableau qu'il venait de dresser d'elle n'était ni très flatteur ni ambigu, contrairement à la vision de sex-symbol qu'elle avait de lui depuis cette fameuse nuit. En tout cas, il avait raison. Elle pouvait devenir irritable quand la faim la tenaillait trop longtemps.

— En fait, je ne suis pas sûre d'avoir envie d'aller au pub, dit-elle, consciente qu'il risquait de se poser des questions s'il la voyait commander un jus d'orange au lieu d'un verre de vin pour l'apéritif.

— On peut essayer le nouveau restau italien, si tu préfères. Dans ce cas, il faut que je passe chez moi me changer. Pas sûr que mon T-shirt tout froissé corresponde au code vestimentaire du lieu.

Cal s'inquiétait pour rien. Même dans des vêtements froissés, après une journée de travail, il était aussi propret et élégant que s'il sortait de chez lui le matin après sa douche.

— J'ai plutôt envie d'un bon casse-croûte roboratif et bien gras, mentit-elle. Et je crois que je n'ai pas le courage de repasser à la maison avant d'aller manger.

Rien de tout cela n'était vrai mais elle ne souhaitait pas que Cal l'invite dans un restaurant dont elle se doutait qu'il allait être au-dessus de ses moyens à elle. Elle avait désormais du mal à rembourser les dettes que Gerry lui avait laissées. Ils n'avaient jamais pris la décision de vivre officiellement ensemble mais il avait fini par s'installer chez elle lorsqu'il revenait de ses déplacements professionnels en tant que visiteur médical. Non seulement il n'avait jamais participé aux dépenses domestiques mais, à cause de ses malversations, elle n'avait même plus les moyens de s'offrir un dîner au restaurant.

Elle lui avait ouvert son cœur et sa maison sans avoir connaissance de sa dépendance au jeu. Gerry n'avait ni parents ni amis vers qui elle aurait pu se tourner. Le coût des funérailles, qui s'ajoutait à tout ce qu'elle s'était retrouvée à devoir rembourser, mettait en péril sa situation matérielle. Il faudrait un miracle pour qu'elle sorte du pétrin dans lequel il l'avait fourrée avant de disparaître. Pendant combien d'années allait-elle devoir payer sans pouvoir s'octroyer de petits plaisirs comme le fait d'aller manger dans un restaurant chic ou de sortir le soir ?

Elle aurait dû se méfier et mieux se protéger. Enfant, elle avait été ballottée entre les bureaux des services sociaux et les familles d'accueil, où elle avait appris à ne compter sur personne d'autre que sur elle-même et à ne jamais baisser la garde. Combien de fois s'était-elle imaginé qu'elle avait enfin trouvé une maison, une famille, et combien de fois en avait-elle été renvoyée, tel un vêtement qu'on renvoie à l'expéditeur parce qu'il n'est pas à la bonne taille ? Trop jeune, trop vieille, trop entêtée, trop rousse... Elle n'était jamais assez bien pour faire partie d'une famille.

Elle avait toujours reçu le gîte et le couvert, et n'avait jamais manqué de rien sur le plan matériel. Mais toute sa vie elle avait manqué de la chose dont on avait le plus besoin pour se développer et s'épanouir. Comment donner et recevoir de l'amour quand on n'avait jamais vraiment su ce que c'était ?

Quand elle avait rencontré Gerry, elle avait eu besoin de temps mais elle avait fini par lui faire confiance et lui ouvrir son cœur. Et par le croire, quand il lui faisait miroiter la possibilité d'un avenir et d'une famille en commun.

Si Cal était au courant des mensonges de Gerry – c'était ce qui l'avait poussée dans ses bras ce soir-là –, elle avait gardé pour elle les conséquences matérielles désastreuses de ses malversations. Elle préférait lui taire ses difficultés financières, ne serait-ce que pour éviter de voir son ami arriver sur son destrier blanc et jouer au sauveur, avec son portefeuille bien garni. Elle ne voulait plus rien devoir à personne. Plus jamais. Elle se débrouillerait pour faire les courses et élever son bébé. L'enjeu était trop important pour qu'elle laisse quiconque pénétrer la cuirasse de son cœur.

— Va pour un casse-croûte, dit Cal, la libérant de ses inquiétudes sur le prix du repas.

De toute façon, tout ce dont elle rêvait, en cet instant précis, n'allait pas au-delà du fait de retirer ses chaussures et de s'asseoir devant une bonne tasse de thé bien fort.

— Tu crois qu'ils vont s'en sortir ?

Izzy prit la tasse entre ses mains pour sentir la chaleur douce et réconfortante du thé.

Ils avaient pris l'habitude d'aller manger ensemble à la fin du service. Non seulement parce que le travail leur creusait l'estomac, mais parce que cela leur donnait du temps pour faire retomber l'adrénaline et digérer ce qu'ils venaient de vivre lors de leur intervention d'urgence.

— Qui ? demanda Cal avant d'engloutir un morceau de saucisse.

— Tara Macready et son bébé.

Elle posa sa tasse et piqua la saucisse et le bacon dans son assiette du bout de sa fourchette. L'odeur de gras lui donnait la nausée. Pour ne pas éveiller les soupçons de Cal, elle avait commandé la même chose que d'habitude mais, une fois l'assiette posée devant elle, elle n'était parvenue qu'à mordiller un coin de son toast.

— Nous avons fait ce que nous avons pu. Et ils sont désormais entre de bonnes mains, dit Cal en continuant à manger.

L'image de la femme enceinte en sang ne la quittait pas. Elle commençait à comprendre les changements présents dans son propre corps et la rondeur du petit ventre de Tara ne lui avait pas échappé. Sa grossesse n'était pas très visible mais Izzy l'aurait perçue même si cette précision n'avait pas figuré dans ses notes.

Elle avait l'habitude de voir des corps blessés et couverts de sang et il était crucial de faire preuve d'un certain détachement face à ce genre de situations. Ils n'étaient pas censés rentrer à la maison en étant encore sous le choc de ce à quoi ils avaient été confrontés. En général, elle parvenait à avoir le recul nécessaire, et appelait simplement l'hôpital le lendemain pour prendre des nouvelles du patient qu'ils avaient secouru.

Pourtant, le cas de Tara Macready la remuait. Est-ce que toute sa perception du monde allait changer maintenant qu'elle était sur le point d'être mère ? L'idée de monter à bord de l'hélicoptère la ramenait soudain à sa propre mortalité. Jamais, jusque-là, elle ne s'était inquiétée de sa sécurité en vol, mais elle n'était plus seule. D'ici peu, elle mettrait au monde un petit être totalement dépendant d'elle, qu'elle retrouverait tous les soirs après sa journée de travail.

Le bruit de sa fourchette contre l'assiette la fit sursauter et le contact de la main de Cal sur la sienne ne fit qu'accroître sa nervosité.

— Ils n'auraient pas survécu s'ils avaient été évacués par la route. Elle risque de perdre l'usage de son bras mais au moins, ils sont vivants.

Cal avait raison. Ils avaient fait leur travail et il fallait désormais se rendre disponible pour les prochains patients sans s'attarder sur les précédents. C'était une règle d'or dans leur métier, qui n'excluait pas la compassion pour autant. Elle avait mis du temps avant d'être capable de l'intégrer, même après des années à travailler comme infirmière aux urgences. Cal aussi avait été marqué par les situations dans lesquelles il intervenait en tant que médecin urgentiste. Ils en parlaient souvent jusqu'au petit matin, ce qui, à l'époque, agaçait la fiancée de Cal, manifestement.

Les bouleversements hormonaux impliqués par la grossesse lui donnaient l'impression de régresser et de tout voir sous un jour différent – un jour assez effrayant. Elle n'imaginait pas changer de métier pour autant tant elle était fière de faire partie d'une équipe qui s'envolait au pied levé pour aller sauver des vies. Ce n'était probablement qu'un état passager, au même titre que ses nausées qui, elles aussi, finiraient par se dissiper.

— Izzy, il faut que tu me dises ce qui se passe, poursuivit Cal. Cela fait plusieurs jours que tu es bizarre.

— Je suis désolée. Je ne suis pas de très bonne compagnie.

Il prit sa main dans la sienne.

— Tu sais que je suis là, quoi qu'il arrive.

Son attention lui fit monter les larmes aux yeux. Elle avait l'impression que ses yeux s'étaient transformés en fontaines. Elle avait envie de pleurer pour un oui ou pour un non. Cal était tellement gentil avec elle qu'elle était malade à l'idée de faire basculer sa vie en lui annonçant la nouvelle.

— Merci, Cal, dit-elle en retirant sa main.

Il ne fallait pas qu'elle laisse Cal intervenir chaque fois qu'elle avait une difficulté à surmonter, même si sa présence était d'un grand réconfort. Ce bébé était arrivé sans qu'ils l'aient décidé et si elle-même s'était faite à l'idée d'être mère, rien ne garantissait que Cal réagirait de la même manière. Il y avait de grandes chances qu'elle élève son enfant seule.

— Tu as peut-être repris le travail trop tôt après cette histoire avec Gerry, dit-il d'une voix légèrement hésitante, comme s'il attendait qu'elle réponde au quart de tour.

Ce qui lui arrivait parfois, notamment quand on lui disait ce qu'elle avait à faire en la persuadant que c'était pour son bien. Cette fois, pourtant, elle ne protesta pas, de peur que ses explications la poussent à révéler la vraie raison de son comportement *bizarre*.

— Tu as peut-être raison, répondit-elle.

Sur ce, elle repoussa son assiette, dégoûtée par son contenu.

Izzy avait vraiment un problème. En général, elle montait au créneau dès qu'elle n'était pas tout à fait d'accord avec lui. Lui suggérer qu'elle était peut-être retournée travailler trop tôt aurait clairement dû déclencher une guerre ouverte.

Entre cette absence de réaction et son appétit en dents de scie, il commençait à se faire du souci pour elle. Tantôt elle se mettait à dévorer tout ce qui lui tombait sous la main, y compris la réserve de chocolat qu'il gardait pour les jours où ils n'avaient pas le temps de déjeuner, tantôt elle regardait le contenu de son assiette – sans y toucher – comme si elle allait éclater en sanglots d'un instant à l'autre.

Il était tellement habitué à son détachement et à sa capacité à rebondir dans n'importe quelle situation, y compris les plus difficiles, qu'il n'avait pas remarqué à quel point elle était devenue sensible. Pris par le deuil de sa relation avec Janet, il n'avait pas regardé au-delà de la façade qu'elle affichait depuis la mort de Gerry et la croyait sur parole quand elle affirmait que tout allait bien. Cela lui avait certainement permis de ne pas trop se poser de questions sur ce qui s'était passé entre eux, le soir où elle avait débarqué chez lui sous le choc de ce qu'elle avait découvert sur Gerry.

Il était encore profondément englué dans la douleur de sa rupture avec Janet et pourtant, quand Izzy était arrivée, en quête de soutien et de réconfort, cette douleur avait été occultée de son esprit par un désir foudroyant à l'égard de celle qu'il n'avait jamais considérée comme autre chose qu'une collègue et surtout, une amie.

Dès qu'il avait posé ses lèvres sur les siennes, toutes sortes de sentiments qu'il ne pensait pas éprouver à son égard s'étaient déchaînés, comme s'ils avaient été réprimés depuis des lustres et qu'ils trouvaient enfin le moyen de s'exprimer, dans l'union de leurs corps.

Janet l'avait trahi de la pire des manières en lui faisant miroiter que bientôt ils auraient un enfant, avant de faire voler cet espoir en éclats. Il avait une part de responsabilité, bien sûr. Il était tellement obsédé par l'idée de fonder une famille comme celle dans laquelle il avait grandi qu'il avait manqué de discernement et s'était jeté au cou d'une femme qui ne lui convenait pas.

À présent, il redoutait de profiter de la faiblesse d'Izzy, à un moment où elle semblait particulièrement vulnérable.

Cela faisait des années qu'ils se connaissaient et qu'ils s'entendaient à merveille, ce qui agaçait parfois leurs collègues, mais ils n'avaient franchi la ligne rouge qu'une seule fois, cette nuit-là. Depuis, il avait toutes les peines du monde à contenir ces sentiments nouveaux et à faire comme si rien ne s'était passé.

Ils étaient tombés d'accord sur le fait que c'était la meilleure chose à faire. Pourtant, il ne parvenait pas à oublier cette nuit torride. C'était comme s'ils avaient cessé de se faire croire qu'ils n'éprouvaient rien d'autre l'un pour l'autre qu'une belle et sincère camaraderie et qu'ils s'étaient enfin avoué la vraie nature de leurs sentiments.

Comment pouvait-il oublier une preuve d'honnêteté aussi criante après la tromperie qu'il avait vécue avec Janet ? Il était conscient d'avoir activé un mécanisme de défense pour se protéger sans se demander si Izzy avait besoin d'aide.

— Je suis désolé, je n'ai pas été très proche, ces derniers temps, dit-il.

Izzy, elle, n'avait cessé d'être là pour lui et de le soutenir au cours des mois terribles qui avaient suivi le départ de Janet. Il avait beau lui répéter qu'il n'avait envie de voir ni de parler à personne, elle lui avait rendu visite avec une persévérance exemplaire. Elle lui avait apporté de quoi se nourrir quand il refusait de manger et retiré des mains ses bouteilles quand il n'avait envie que de se soûler pour oublier. Elle avait eu la force de résister à ses coups de gueule, de mettre à mal ses défenses et de le tirer du bourbier dans lequel il s'enlisait. Grâce à elle, il avait repris espoir et goût à la vie.

Izzy était une amie au vrai sens du terme.

La voir là, les yeux embués, se mordant la lèvre pour ne pas pleurer, lui donna envie de se battre pour elle, comme elle l'avait fait pour lui. Izzy était la personne dont il se sentait le plus proche. Elle avait été là pour lui dans les pires moments de sa vie et il se devait d'être là pour elle.

— Ne dis pas n'importe quoi ! Qu'es-tu en train de faire, en ce moment, à te coltiner mes sautes d'humeur ? dit-elle, un sourire aux lèvres mais les larmes aux yeux.

— Je n'ai pas été très présent quand Gerry est mort.

— Ah bon ? Il me semble bien que si...

Il ne s'attendait pas à ce qu'elle évoque cette nuit-là. Il lui sembla déceler dans ses yeux une lueur particulière qui lui rappela la passion avec laquelle ils avaient fait l'amour. Il lui parut plus sage de l'ignorer. Dans ses paroles, du moins.

— Tu me dirais si quelque chose n'allait pas, n'est-ce pas ?

— Bien sûr, répondit-elle dans un hochement de tête. On peut demander l'addition ?

Elle appela la serveuse d'un signe de la main.

Cal soupira et sortit son portefeuille.

— C'est pour moi. C'est le moins que je puisse faire.

Elle protesta, comme toujours, mais il eut le temps d'attraper la note tandis qu'elle cherchait son porte-monnaie.

— On fait moitié-moitié, alors, insista-t-elle.

— Laisse le pourboire, si vraiment tu veux payer quelque chose.

Mais en jetant un coup d'œil dans son porte-monnaie, il lui sembla n'y voir que quelques pièces. Ne souhaitant pas la mettre davantage dans l'embarras, il prit la monnaie qui traînait au fond de sa poche et la posa sur la table, avant de tourner les talons et de se diriger vers la sortie.

Vraiment, quelque chose ne tournait pas rond. Il ne serait pas tranquille tant qu'il n'aurait pas découvert ce qu'Izzy lui cachait. Et, si elle continuait à esquiver ses tentatives d'être là pour elle, il saurait où trouver la personne dont elle avait besoin.

2

— L'idée de marcher en pleine nature, c'est de se faire du bien, rappela Cal à Izzy qui était pliée en deux, essayant de reprendre son souffle, l'air contrarié.

— Je sais que c'est le genre de chose que tu adores mais, pour ma part, en ce jour de repos, je préférerais être affalée sur mon canapé, devant un film.

Elle se redressa, sortit un élastique de sa poche pour attacher les mèches qui lui barraient le visage. Elle avait beau râler, depuis qu'ils avaient commencé cette randonnée au pied des montagnes de Mourne, il lui trouvait tout de même l'air plus épanoui que ces derniers temps.

Pour mettre toutes les chances de son côté, il avait appelé Helen, l'amie dont Izzy lui parlait souvent et qui la connaissait bien, pour qu'elle mène l'enquête et essaie de savoir si Izzy accepterait d'aller marcher. Son numéro figurait sur le faire-part de naissance qu'Helen avait envoyé à Izzy et qui trônait sur son bureau, à la base. On y voyait la mère et son petit garçon, avec la date et l'heure de la naissance.

— Cela nous change les idées. Prendre l'air est toujours bénéfique.

Cela faisait quelques jours qu'il gardait un œil sur Izzy. Elle ne semblait pas tout à fait dans son assiette. Du moins, il ne reconnaissait plus la Fizz fonceuse et insouciante qu'il fréquentait depuis des années.

Elle trouvait toujours une excuse, après le service, pour rentrer chez elle au lieu d'aller boire un verre comme ils le faisaient auparavant. Il avait de la peine à l'imaginer passer ses soirées seule dans cette grande maison vide sans rien ni personne d'autre que des souvenirs pour lui tenir compagnie.

Après le départ de Janet, il pensait que jamais plus il ne mettrait le nez dehors, tant le monde extérieur lui faisait peur. Izzy avait, elle aussi, essuyé des tempêtes et devait probablement en subir le contrecoup, mais il était bien décidé à ne pas la laisser se couper de toute vie sociale. Étant donné qu'elle n'avait plus envie de passer du temps dans les endroits bondés, il avait opté pour une grande balade dans la nature.

— On peut aussi s'asseoir, prendre le soleil.

— Avec la peau que tu as ? dit-il avec ironie.

— Ce n'est pas parce que je suis rousse que je vais brûler instantanément.

Elle retira sa veste et la noua autour de sa taille. Elle avait beau ne pas manger très régulièrement, il lui semblait qu'elle s'était un peu arrondie, ces derniers temps. Cela le réjouissait plutôt de la voir reprendre un peu de poids et avoir meilleure mine. À contre-jour, face au soleil, il voyait avec précision quelles parties de son corps s'étaient particulièrement épanouies.

— Le spectacle te plaît ? dit-elle d'un air amusé, répétant les mots que lui-même lui avait adressés quelques jours plus tôt.

Il ignora la question et détourna le regard des seins arrondis dont ses mains gardaient un souvenir très net.

— Je disais ça pour ton bien, dit-il. Parce que, en ce qui me concerne, je préfère l'escalade, comme tu le sais.

Ce genre de balade était presque trop tranquille pour lui qui aimait relever les défis de l'escalade par tous les temps. Il aimait affronter les parois rocheuses, devoir se concentrer sur chaque geste pour ne pas finir en bouillie au fond d'un ravin. Il aimait que son corps et son esprit soient occupés. Cela l'empêchait de trop penser à tout ce à quoi il avait dû renoncer brutalement.

— Comme si on ne voyait pas assez les montagnes dans notre travail ! dit-elle en riant avant de reprendre la marche.

— Comment peut-on se lasser d'un tel spectacle ? rétorqua-t-il en écartant les bras pour embrasser la vue magnifique qui s'offrait à eux.

Le ciel était bleu, ce qui n'était pas si fréquent en Irlande du Nord, y compris pendant les mois d'été, et il avait envie de profiter de chaque instant de beau temps avant que les nuages et la pluie réapparaissent.

Il la laissa marcher à son rythme et arriver au sommet la première, de peur qu'elle se décourage et ait envie de rebrousser chemin. Cette journée avait pour objectif de resserrer les liens qui les unissaient, de créer des conditions propices au dialogue, afin qu'elle se détende et se sente libre de lui parler de ce qui la contrariait.

Elle se posta au sommet, les mains sur les hanches, et ferma les yeux en offrant son visage au soleil. C'était exactement ce qu'il souhaitait : la voir relâcher les tensions de sa vie quotidienne et recouvrer la paix. En l'observant, à quelques mètres, il comprit pourquoi Janet la considérait comme une menace. À l'époque, il balayait ses accès de jalousie d'un revers de la main parce qu'il ne voyait pas Izzy comme autre chose qu'une bonne copine. Alors qu'à présent, il avait du mal à ne pas la voir comme une femme avec qui il avait envie de refaire l'amour.

Il continua à contempler ses courbes, son visage couvert de taches de rousseur, son incroyable chevelure pour laquelle des femmes seraient prêtes à dépenser une fortune chez le coiffeur... lorsqu'elle s'effondra sous ses yeux dans l'herbe grasse.

— Izzy ? s'écria-t-il en se précipitant vers elle.

Il s'agenouilla et se remit à l'appeler en déposant son sac à dos sur le sol. Il avait peut-être fait une erreur en lui demandant d'aller faire une grande randonnée alors qu'elle n'était pas dans son assiette. Mais il avait tellement envie de l'aider, de la voir recouvrer son énergie légendaire, se remettre à lui parler ! Il avait le sentiment que le fait d'avoir couché ensemble avait changé quelque chose entre eux, quoi qu'ils en disent l'un et l'autre. Peut-être Izzy regrettait-elle cette incartade et ne le considérait-elle plus comme un ami digne de confiance ?

Mais ce qui était fait était fait et il n'y pouvait rien changer.

Il se pencha pour vérifier qu'elle respirait. Sa poitrine continuait à se soulever et s'abaisser en rythme et il fut soulagé de sentir son souffle sur sa joue.

Tout à coup, elle rouvrit les yeux. Leurs visages se touchaient presque. Plongeant directement dans ses grands yeux verts, il se sentit transporté jusqu'à cette nuit qui était censée ne pas avoir existé mais qui lui avait laissé un goût que non seulement il n'oublierait jamais mais qu'il avait envie de retrouver au plus vite. Il les revoyait, nus et haletants, se regardant avec le même désir brûlant dans les yeux, la même envie irrépressible de s'embrasser, de se caresser, de s'aimer. Il ne serait sans doute pas plus capable de résister aujourd'hui que ce soir-là. Mais la pensée des conséquences de leur incartade sur leur amitié l'incita à refréner son désir. Il avait emmené Izzy à la montagne pour améliorer leur relation, pas pour la compliquer davantage.

— Tu es content de me voir à moitié morte ? dit Izzy avant de se redresser.

Cal s'assit sur ses talons et émit un long sifflement de soulagement.

— Ne me refais jamais une chose pareille, Fizz. J'ai failli avoir une attaque.

— Je ne bougerai pas d'ici sans avoir avalé quelque chose.

Elle tendit le bras pour attraper le sac à dos.

— Si tu as faim, tu peux me le dire sans faire semblant de tomber dans les pommes, tu sais.

Il sortit la bouteille d'eau de la poche latérale du sac. Elle était pleine de condensation. Il éclaboussa Izzy.

Elle poussa un cri avant d'éclater de rire. Comme il était bon de revenir à des gestes de franche camaraderie et d'entendre de nouveau son rire cristallin ! C'était en grande partie grâce à l'énergie d'Izzy que lui-même s'était remis à apprécier la vie. Izzy avait vraiment le don de lui faire du bien, moralement comme physiquement. Et elle était vraiment adorable quand elle riait.

— Ma vengeance sera terrible ! s'exclama-t-elle sur un ton faussement grave. Tu ne perds rien pour attendre.

Elle sortit un sandwich du sac et mordit dedans à pleines dents.

Cal s'allongea à côté d'elle. Leur métier les envoyait souvent dans des endroits perdus en pleine nature, mais ils n'avaient jamais le temps d'en profiter. Quand ils allaient à la campagne, c'était pour venir secourir des personnes le plus souvent en danger de mort, pas pour respirer à pleins poumons en admirant le paysage. Comme il aimait être là, couché dans l'herbe sans rien faire d'autre que d'apprécier le moment présent. Moment que la présence d'Izzy rendait encore plus appréciable.

Izzy avait insisté pour préparer des sandwichs plutôt que d'aller déjeuner dans un pub comme il en avait fait la suggestion. À y bien réfléchir, c'était devenu une habitude chez elle d'apporter son repas. Elle n'allait plus que rarement prendre un café, se contentant de boire de l'eau à la bouteille qui la suivait partout. Il repensa au jour où elle n'avait même plus de quoi donner un pourboire à la serveuse dans le fond de son porte-monnaie. Son cœur se serra.

— Je sais que je radote mais je voudrais vraiment savoir si tout va bien, Izzy. J'ai l'impression que ce n'est pas le cas et l'idée que tu ne me le dises pas me ronge.

Un éclair d'angoisse passa sur son visage et elle but une gorgée d'eau. Le fait qu'elle ait des problèmes sans souhaiter lui en parler était un signe du déclin de leur amitié. Cela faisait des mois qu'ils avaient passé cette nuit merveilleuse ensemble mais, au lieu de les rapprocher, cela n'avait fait que les éloigner l'un de l'autre. Izzy ne lui racontait plus sa vie dans les moindres détails comme avant.

Peut-être était-ce lui qui, en redoutant les répercussions de ce moment de folie, avait, sans le vouloir, instauré une certaine distance entre eux. Il avait tellement peur de souffrir de nouveau qu'il avait peut-être lui-même provoqué l'éloignement, précisément à un moment où Izzy avait besoin de lui. Était-ce cette distance qui retenait Izzy de se confier à lui ?

Izzy prit une profonde inspiration.

— En fait, c'est un peu compliqué financièrement, en ce moment. Entre les obsèques de Gerry et le reste, je me retrouve un peu à court. Mais je vais m'en sortir, comme toujours.

Elle lui adressa un grand sourire puis détourna le regard. De toute évidence, la situation n'était pas aussi simple qu'elle voulait le faire croire.

Cal éprouva néanmoins un grand soulagement à l'idée qu'elle lui ait enfin révélé l'objet de sa contrariété. Jamais il n'avait considéré la mort de Gerry sous cet angle et imaginé qu'elle soit une charge supplémentaire pour Izzy, en plus des dettes de jeu qu'il avait contractées à son insu. Gerry aurait pu, au contraire, prévoir de souscrire une assurance-vie afin de protéger Izzy au cas où. Rien que la perte d'un salaire sur deux avait des répercussions immédiates sur la vie quotidienne, il était bien placé pour le savoir. Quand Janet était partie, il avait dû continuer à rembourser le prêt immobilier et à payer les traites seul.

— Il ne faut pas que tu te rendes malade ou que tu te prives pour quelques centaines de livres. Je peux te prêter de l'argent si cela peut t'aider à te tirer d'affaire plus vite.

Il était tout à fait disposé à lui faire un chèque sans vouloir être remboursé mais il savait qu'Izzy n'en supporterait pas l'idée même. D'ailleurs, elle secouait déjà la tête.

— Merci, Cal. C'est très généreux de ta part mais l'amitié et les histoires d'argent ne font jamais bon ménage. De plus, je ne veux pas multiplier les créanciers. Je vais me débrouiller.

Sur ce, elle empaqueta les restes, les fourra dans le sac à dos et se leva. La discussion était close.

La réaction d'Izzy ne l'étonna pas. Il connaissait sa détermination, qui confinait parfois à l'entêtement. Il ne pouvait pas lui en vouloir puisqu'il était aussi têtu qu'elle. Il avait néanmoins la conviction qu'ils auraient l'occasion de revenir sur le sujet et qu'il trouverait bien un moyen de l'aider.

Quand ils étaient encore en couple l'un et l'autre, ils s'étaient parfois retrouvés dans des soirées avec leurs conjoints respectifs. Pour être honnête, il avait toujours trouvé que Gerry n'était pas à la hauteur et qu'Izzy méritait mieux. Autant elle était sociable et enjouée, autant Gerry n'était ni loquace ni souriant, et semblait toujours fermé et irritable. Il n'avait jamais compris ce qu'Izzy lui trouvait mais avait suffisamment d'estime pour elle pour ne pas remettre en question ses choix.

Désormais, Izzy devait recoller les morceaux de son existence pour pouvoir passer à autre chose et il était bien décidé à ne pas la laisser avancer seule sur ce chemin. Et, quand il s'agissait d'aider un être cher, il pouvait se montrer aussi obstiné qu'Isobel Fitzpatrick en personne.

— Il s'agit d'une petite fille de dix ans atteinte de brûlures graves. Elle a fait une chute sur un barbecue, retransmit Izzy au pilote tout en lui indiquant une zone d'atterrissage non loin du site dont on lui avait donné l'adresse.

Elle était contente de se remettre au travail – même si elle aurait préféré que ni cette petite fille ni personne ne soit blessé ce jour-là. Elle en avait dit plus qu'elle ne l'aurait souhaité à Cal sur ses problèmes d'argent mais peut-être valait-il mieux lui avoir parlé de ses finances qu'annoncé qu'elle était enceinte de lui. Cal avait, lui aussi, suffisamment de problèmes à régler dans sa vie privée. Et elle n'avait aucune intention d'accepter qu'il renfloue son compte en banque à la moindre occasion. À plus forte raison maintenant qu'elle avait cet enfant à mettre au monde.

Janet ne savait pas ce qu'elle perdait en quittant Cal. De toute façon, il méritait mieux que cette femme qui l'avait doublement trompé. Il lui fallait une femme dont l'amour soit sincère. Il avait été fou amoureux de Janet et prêt à tout pour elle. Y compris à élever un enfant qui n'était pas de lui, si elle avait eu l'honnêteté de le lui dire au lieu de le faire mariner en attendant d'être sûre que le père biologique veuille bien d'elle. Car, elle en était certaine, Janet serait sûrement restée avec Cal en lui laissant croire que l'enfant était le sien. Izzy savait à quel point l'idée de fonder une famille le mettait en joie. Cette double tromperie l'avait anéanti.

Cal était un ami dont la présence était, en cette période, plus précieuse que jamais mais, dès qu'il apprendrait la nouvelle, les choses changeraient à jamais. Il avait perdu la femme et l'enfant avec lesquels il souhaitait vivre, ce n'était pas pour se retrouver avec un enfant qu'il n'avait pas désiré. Loin d'elle l'idée de remplacer le bébé que Cal aurait dû avoir avec Janet par le bébé qu'ils avaient conçu ensemble lors de cette nuit passionnée. Elle ne se faisait pas d'illusions sur le fait qu'elle ne devait compter que sur elle-même, comme elle l'avait toujours fait. S'il y avait bien une chose qu'elle savait faire, c'était se relever et se remettre en selle chaque fois qu'elle se retrouvait à terre.

En lui annonçant qu'elle était enceinte de lui, elle redoutait autant de faire souffrir Cal que de le voir devenir surprotecteur vis-à-vis d'elle. Quand il avait appris que Janet attendait un enfant, il l'avait pratiquement entourée de papier bulle et empêchée de lever le petit doigt, de peur qu'il arrive quelque chose à elle ou au bébé. De toute évidence, Janet n'avait vu aucun inconvénient à passer ces mois assise, les pieds surélevés, et à laisser Cal s'occuper de tout.

Ce n'était pas du tout la façon dont Izzy envisageait les choses.

Elle avait l'intention de ne rien changer à sa vie aussi longtemps qu'elle le pourrait. La grossesse n'était pas une maladie, des millions de femmes avaient été enceintes avant elle, et le seraient après elle. De plus, elle venait de franchir le cap décisif des trois mois et la période la plus à risque était révolue. Si Cal s'était douté de quoi que ce soit, il n'aurait probablement pas proposé une randonnée à la montagne et lui aurait d'emblée suggéré de cesser les missions en hélicoptère et de prendre un poste au sol.

Elle adorait son métier, qui exigeait d'avoir une bonne condition physique. Sans compter qu'elle avait besoin de ces rentrées d'argent avant son congé maternité. Elle n'osait pas penser à ce que lui coûterait son enfant pendant les vingt prochaines années. Désormais, elle allait vivre un jour après l'autre, c'était le seul moyen d'aller au bout de cette aventure sans perdre la tête.

Le grésillement de la radio la fit sursauter. Au lieu de regarder le pré dans lequel ils s'apprêtaient à atterrir, Cal avait les yeux rivés sur elle.

— Tu es prête ? lui demanda-t-il, l'air soucieux.

— Bien sûr, pourquoi ? répondit-elle, priant pour qu'il se concentre sur la mission à venir plutôt que sur elle.

Il ne fallait pas qu'il se doute de quoi que ce soit. Ni qu'il se laisse distraire dans ces situations d'urgence où chaque minute comptait. Contrairement à ce qu'il devait penser, les factures impayées n'étaient pas le seul problème auquel elle avait à faire face. Quoi qu'il en soit, ce n'était ni le moment ni le lieu pour en parler.

Cal leva les pouces tandis que l'hélicoptère se posait et ils sautèrent de l'habitacle avant de courir vers une maison dont la porte était grande ouverte.

— J'espère qu'elle a reçu les premiers soins, dit Cal à voix haute, lisant dans ses pensées.

— Et qu'ils ont au moins fait couler de l'eau tiède sur les brûlures.

Ils ne connaissaient pas encore l'étendue des blessures de la petite fille mais le fait que ce soit une enfant rendait la situation encore plus bouleversante. Aucun parent n'avait envie de voir son enfant subir une greffe de peau et des interventions de chirurgie plastique, sans parler des complications possibles.

— Il y a quelqu'un ? demanda Cal en entrant.

— Oui, nous sommes là-haut, dans la salle de bains !

Une femme apparut sur le palier et leur fit signe de la rejoindre. Ils la suivirent jusqu'à la salle de bains où plusieurs adultes entouraient une petite fille secouée de sanglots.

— Nous venons d'arriver par hélicoptère, dit Izzy. Il faudrait faire un peu de place, s'il vous plaît.

Les adultes sortirent de la pièce, à l'exception des parents de la petite fille.

— Bonjour, je suis le Dr Cal. Comment t'appelles-tu ? demanda Cal en s'agenouillant auprès de la baignoire dans laquelle le père aspergeait d'eau sa fille en pleurs, qui tremblait de tous ses membres.

— Elle s'appelle Suzy, dit ce dernier avant de fermer le robinet pour qu'ils puissent l'examiner.r

— Que s'est-il passé exactement ? demanda Cal.

— Les enfants couraient dans tous les sens. Suzy a trébuché et elle est tombée dans le feu. Elle a voulu se retenir sur les mains et je crois que c'est là qu'elle est le plus grièvement brûlée.

Cal se mit à examiner les brûlures que la petite fille avait subies sur le haut du corps. Izzy observa sa main.

— Quelle partie de ton corps te fait le plus mal, Suzy ?

L'enfant leva doucement la main, où des cloques s'étaient formées.

— On va te donner des médicaments pour ne plus avoir mal, ma chérie, dit Izzy. Le docteur va regarder ta main.

Cal fronça les sourcils, aussi ennuyé qu'elle de ce qu'il avait sous les yeux.

— Nous allons pouvoir panser les brûlures sur l'épaule et la poitrine, qui sont superficielles, mais je préfère qu'un spécialiste voie sa main. En attendant, nous allons lui administrer un analgésique par perfusion.

L'un des avantages majeurs du transport en hélicoptère était que les patients pouvaient être acheminés directement vers l'établissement le plus adéquat, selon les blessures qu'ils avaient. En l'occurrence, il fallait transférer la petite Suzy dans l'unité des grands brûlés. Des chirurgiens plastiques traiteraient ses blessures tout en en limitant les séquelles.

— Suzy, je vais te piquer là, dans l'autre main. Cela ne fait pas mal. Ne bouge pas. Parfait.

Izzy posa la perfusion en priant pour que l'analgésique agisse rapidement. La vision d'un enfant qui souffre était intolérable, même pour des médecins et des infirmières habitués aux pires situations d'urgence. La mère de Suzy lui murmurait des paroles de réconfort alors qu'elle devait probablement être elle-même rongée par la culpabilité et l'angoisse.

La maternité n'était pas une mission facile mais, même si elle n'avait pas été maternée durant son enfance, Izzy était impatiente de vivre cette expérience. Elle ferait tout pour que son bébé sache qu'elle serait là pour lui, quoi qu'il arrive, pour lui apporter la sécurité et l'amour dont elle-même avait tant manqué.

— Vous voulez bien porter votre fille jusqu'à l'hélicoptère ? Nous allons la conduire à l'hôpital. Est-ce que tu es déjà montée dans un hélicoptère, Suzy ?

Izzy appela la tour de contrôle pour les informer de leur trajet tandis que Cal rangeait le matériel.

— Non, répondit son père à sa place. Moi non plus, d'ailleurs.

Il émit un petit rire nerveux.

— Ne vous inquiétez pas. D'ici vingt minutes, nous serons à l'hôpital, le rassura-t-elle.

Soit deux fois moins de temps que s'ils avaient dû faire le trajet par la route. Izzy se dit que, si Suzy avait été sa fille, elle aurait été contente d'avoir un hélicoptère et Cal à disposition. Quelle que soit la force de la tempête qu'il avait à affronter, ce dernier restait toujours calme et posé.

Pourvu qu'il le soit encore, une fois qu'il aurait appris la nouvelle de sa paternité.

Lorsque l'hélicoptère se posa, Cal et Izzy défirent les ceintures de sécurité de leurs passagers et les firent sortir. Ils installèrent promptement Suzy sur un brancard pour la remettre à l'équipe qui la prendrait en charge. Mais une averse avait rendu le sol glissant et, dans sa hâte, Izzy glissa et tomba sur le dos.

— Izzy, ça va ? s'écria Cal à quelques mètres devant elle.

— Avance ! ordonna-t-elle. Ne t'occupe pas de moi.

Elle ne fit pas l'effort de se relever et, au contraire, s'allongea tout à fait en posant les mains sur son ventre. À en juger par la douleur lancinante qu'elle éprouvait dans le dos, elle avait fait une mauvaise chute.

De nouveau, les larmes lui montèrent aux yeux. Peut-être avait-elle pris trop de risques. Elle se demandait parfois encore si elle voulait vraiment cet enfant mais l'idée de lui avoir fait mal lui parut soudain insupportable. Elle ne désirait rien de plus au monde que ce bébé et la seule chose qui lui importait désormais était de savoir s'il allait bien. Au moins était-elle au bon endroit pour en avoir rapidement le cœur net.

Elle entendit Cal jurer et releva la tête.

— Tu t'es fait mal, n'est-ce pas ? dit Cal en s'approchant d'elle.

Il s'accroupit et l'aida à s'asseoir. Cette attention suffit à faire rompre le barrage et les larmes se mirent à couler enfin, pour la première fois depuis les obsèques de Gerry.

— Cal, je suis enceinte, lâcha-t-elle, dans l'espoir que les mots confèrent une réalité à ce petit être et le protège de tout ce qui pourrait lui arriver.

— D'accord, d'accord. Je vais t'emmener aux urgences et on te fera une échographie. De combien de temps es-tu enceinte ? demanda Cal en s'efforçant de garder son sang-froid, pour ne pas stresser Izzy plus qu'elle ne l'était déjà.

— De trois mois.

Il hocha lentement la tête tout en réfléchissant à ce qu'elle venait de dire. La mort de Gerry remontait à cinq mois. Il ne pouvait pas être le père. Lui, en revanche, avait couché avec Izzy… trois mois auparavant.

Il eut soudain l'impression que la Terre s'arrêtait de tourner. Izzy était enceinte de lui. Le bébé qu'elle portait était le sien.

Il lui fallut quelques secondes pour rassembler toutes les pièces du puzzle, avec la sensation pénible que le destin s'acharnait sur lui : par quelle cruelle ironie du sort Izzy était-elle tombée enceinte de lui si peu de temps après que Janet l'avait quitté en emmenant le bébé dont il avait cru être le père ?

Cette nouvelle aurait pu le mettre en joie, car il rêvait d'avoir des enfants, notamment depuis la mort de ses parents. Mais Janet était passée par là. Elle avait trahi sa confiance et fait voler sa vie en éclats. Il n'en était pas tout à fait remis et n'envisageait pas un instant de se jeter la tête la première dans un autre chapitre dramatique. Surtout s'il impliquait une chose aussi sérieuse et aussi bouleversante que la naissance d'un enfant.

La plaie laissée par le départ de Janet était encore vive et il ignorait comment il allait réagir à cette nouvelle paternité à mesure que la grossesse avancerait. Comment envisager d'être un père heureux alors que sa conception du bonheur familial venait d'être souillée et balayée par les mensonges d'une femme ?

Cela dit, la situation ne devait pas être plus réjouissante pour Izzy, après ce qu'elle avait vécu avec Gerry. Il allait falloir tout mettre en œuvre pour que l'enfant ne porte pas le fardeau de leurs histoires respectives.

— Je suis désolée, murmura-t-elle tandis que des infirmières arrivaient avec un brancard.

— Tu n'as pas à t'excuser, dit-il. Nous sommes responsables tous les deux. Ce n'est peut-être pas le meilleur timing ni les circonstances les plus heureuses mais le mal est fait.

Il la vit tressaillir. Il était conscient de la dureté de ses mots mais d'un autre côté, ils ne faisaient que refléter la dureté de la réalité. Ce qui arrivait n'était une bonne nouvelle ni pour elle ni pour lui, plutôt un état de fait avec lequel ils allaient devoir apprendre à vivre.

Ils n'étaient pas en couple et, à en juger par son attitude, Izzy aurait sans doute préféré oublier la nuit où cet enfant avait été conçu. Une fois encore, la réalité était assez éloignée de sa vision de la famille parfaite, mais il ne pouvait pas se comporter comme si elle n'existait pas.

Lorsqu'on emmena Izzy dans la salle d'échographie, elle lui parut fragile et vulnérable. Une fois le choc initial de la nouvelle passé, il se rendit compte à quel point elle était bouleversée. Elle déchiquetait son mouchoir en papier et semblait apeurée, les yeux rougis, les larmes prêtes à jaillir à tout instant. Pour une fois, elle était celle qui avait besoin d'aide.

Il lui prit la main au moment où l'échographiste répandait le gel sur son ventre, pour la rassurer et lui montrer qu'il était là. Si elle n'avait pas souhaité sa présence à ses côtés, elle le lui aurait fait comprendre depuis longtemps.

— Si ce bébé est aussi courageux que sa maman, ce n'est pas une petite chute qui va lui faire peur !

Elle le gratifia d'un sourire en coin tout en continuant à serrer sa main dans la sienne. Après ce qui lui était arrivé avec Janet, il aurait pu tourner les talons et refuser d'assumer la responsabilité qui lui incombait. Izzy et lui n'étaient même pas en couple : rien ne la retenait donc de partir avec le premier venu quand l'occasion se présenterait. Pourtant, il avait envie de rester, d'être là pour elle. C'était une belle occasion pour lui d'endosser son rôle d'ami et de lui apporter tout le soutien dont elle avait besoin en de telles circonstances.

Izzy tourna la tête vers l'écran tandis que l'échographiste promenait la sonde sur son ventre.

Comment n'avait-il pas décelé le moindre indice de sa grossesse ? Il aurait pu percevoir des tas de signes, s'il n'avait pas été obsédé par ses propres histoires, employé toute son énergie à ressasser le passé ou à essayer de maintenir une certaine distance entre eux. Cela faisait des semaines qu'elle avait l'air fatigué, qu'elle ne buvait plus d'alcool et que tous les plats qu'elle aimait auparavant semblaient la dégoûter. Sans parler de ses formes, qui avaient changé. Comment n'avait-il pas fait le rapprochement ?

L'image floue sur l'écran se précisa, suscitant tant d'émotion en lui qu'il sentit les larmes lui monter aux yeux. C'était la deuxième fois qu'il assistait à une échographie. La première fois, c'était avec Janet, à qui il tenait la main de la même manière qu'il le faisait à Izzy à présent.

Il fut soulagé d'entendre les battements de cœur du bébé mais les souvenirs prirent le dessus. Au lieu de se réjouir, il fixa l'écran, hébété, incapable de profiter du moment présent.

Izzy éclata en sanglots. Il porta sa main à ses lèvres et y déposa un baiser, de sorte qu'elle comprenne qu'il ne lui en voulait pas et qu'il était content que le bébé aille bien. Après tout, ils s'étaient mis ensemble dans cette situation.

L'échographiste fronça soudain les sourcils, ce qui ne lui échappa pas – pas plus qu'à Izzy.

— Quelque chose ne va pas ? demanda-t-elle, soudain inquiète, enfonçant les ongles dans la paume de sa main.

— Vous n'avez pas encore fait l'échographie de la douzième semaine ?

Izzy secoua la tête.

— Pas encore, pourquoi ?

— Ils devraient vous préciser les dates mais je peux déjà vous dire que...

— Que quoi ? dit Cal avec impatience.

L'idée qu'il puisse arriver quelque chose au bébé lui donna un haut-le-cœur.

— Il n'y a pas un mais deux bébés, annonça-t-elle en tournant l'écran vers eux.

— Vous voulez dire… des jumeaux ? demanda Izzy, bouche bée.

L'échographiste confirma d'un hochement de tête et Izzy se mit à rire nerveusement.

— Ah…, dit-il, incapable de formuler une phrase.

Des jumeaux. Deux bébés d'un coup.

Il vit le visage d'Izzy se transformer à mesure qu'elle prenait conscience, elle aussi, de ce qu'impliquait la nouvelle. Puis elle leva les yeux vers lui.

— Comment je vais faire, Cal ? dit-elle d'un air implorant.

Il était responsable de cette grossesse autant qu'elle. Jusqu'à nouvel ordre, ils étaient tous deux célibataires et s'entendaient bien. La solution lui apparut, claire comme de l'eau de roche.

— Il faut que tu viennes habiter chez moi.

3

— Réfléchis-y, au moins. Cela me paraît être la solution la plus simple, au moins le temps que tu te remettes à flot financièrement, dit Cal, assis face à elle, les pieds sur le bureau.

Ils venaient de rentrer à la base, où ils se posaient et reprenaient des forces entre deux interventions d'urgence.

Mais Izzy était incapable de se détendre depuis qu'il avait fait cette proposition ridicule. Comment l'idée qu'elle vienne s'installer chez lui pour résoudre ses problèmes financiers avait-elle pu lui traverser l'esprit ? Il devait être sous le choc de la nouvelle. De toute évidence, elle était aussi ébranlée que lui, pour avoir failli accepter sa proposition.

Heureusement qu'elle s'était ressaisie à temps !

Il serait tellement simple de dire oui et de partager les factures et les responsabilités ! Mais cohabiter simplement par commodité ne lui semblait pas juste. De plus, elle risquait d'être tentée de reprendre les choses là où ils les avaient laissées quand elle avait passé la nuit chez lui. Or, Cal avait été clair sur le sujet. D'ailleurs, chaque fois qu'elle avait l'impression qu'ils étaient attirés l'un par l'autre, il prenait ses distances. Alors elle s'efforçait de penser à autre chose et de considérer Cal comme un ami, point.

Cal ne proposait pas qu'ils vivent ensemble jusqu'à la fin de leurs jours. Il lui rendait service, comme on propose son canapé à un ami qui traverse une mauvaise passe.

— Tu sais aussi bien que moi que c'est une mauvaise solution.

D'ailleurs, j'aimerais autant que nous n'en parlions pas ici. Je n'ai pas envie que les gens se fassent des idées, dit-elle.

Elle attrapa au vol la balle en caoutchouc qu'il faisait rebondir sur le mur et dont le son répétitif commençait à lui taper sur les nerfs.

C'est vrai qu'il ne lui en fallait pas beaucoup pour être agacée, en cette période où elle avait toutes sortes de bonnes raisons d'être stressée et inquiète.

— Izzy, nous sommes seuls. Tout le monde est parti en pause.

Monsieur Je-sais-tout faisait comme s'il n'avait pas compris qu'elle souhaitait surtout qu'ils n'abordent plus du tout le sujet – ni au travail ni ailleurs, qu'ils soient en présence d'autres personnes ou non. Elle n'avait pas envie que les ragots circulent et encore moins que Cal insiste pour l'aider, par pur sens du devoir. C'était sa vie, à elle de la gérer.

Elle relâcha le poing et regarda la balle reprendre sa forme initiale. C'était effectivement un bon antistress. Qui pourrait notamment lui éviter d'étrangler quelqu'un.

— Tu m'as comprise. Nous passons la moitié de notre temps avec un casque et un micro sur la tête. Je n'ai pas envie que quelqu'un surprenne nos conversations à un moment ou à un autre. Il s'agit de ma vie privée. Je parlerai de ma grossesse en temps utile. Quant à l'idée de vivre ensemble, gardons-la pour nous avant que quelqu'un s'emballe et en tire de mauvaises conclusions.

À commencer par elle…

Cal avait l'air sincère mais elle avait appris à lire entre les lignes depuis ce qui lui était arrivé avec Gerry. Cal était le genre d'homme à assumer ses responsabilités, quoi que cela lui coûte. C'était elle qui ne voulait pas se sentir prise au piège. Et encore moins nourrir de faux espoirs, des rêves qui risquaient d'être balayés à la moindre occasion.

D'ailleurs, à y bien réfléchir, Cal n'avait pas eu du tout la même réaction à l'annonce de cette grossesse que quand il avait appris que Janet était enceinte. Il était tout à fait compréhensible qu'il ne soit pas aussi enjoué, vu tout ce qui s'était passé dans sa vie. Même son désir d'être père semblait s'être émoussé. Les bébés qu'elle allait mettre au monde méritaient le meilleur, ce qui excluait un père réticent. Elle était bien placée pour savoir ce que cela faisait de ne pas être désiré et elle était déterminée à ne pas infliger cela à ses enfants. Quitte à les élever seule.

— Je ne comprends pas pourquoi tu t'opposes si fermement à cette proposition, dit Cal en se redressant sur sa chaise, l'air soudain moins détendu.

— Pour commencer, nous venons tous les deux de perdre nos conjoints et je ne suis pas sûre que le moment soit bien choisi pour prendre une décision aussi radicale. Ensuite, il y a la grossesse. Non seulement je suis enceinte, ce que nous ignorions encore il y a peu, mais j'attends des jumeaux. Je te laisse imaginer à quel point cela va bouleverser ta vie quotidienne. Je ne veux pas que tu te sentes pris au piège. Tu n'es obligé de rien, je n'attends rien de toi.

Elle ne cherchait pas à le ménager mais plutôt à faire preuve de réalisme. Elle se sentait capable d'élever ces jumeaux seule parce que ce qui comptait pour elle, c'était d'avoir une famille, quitte à se passer d'un homme.

— C'est bon ? Tu as terminé ? dit-il en se penchant vers elle, le dos droit, le visage contracté.

Manifestement, elle l'avait piqué au vif.

— Je n'aime pas l'idée de te savoir seule chez toi, où n'importe qui peut venir frapper à la porte à toute heure du jour et de la nuit pour te demander de l'argent. Ma maison est suffisamment grande pour nous loger tous les quatre, et il y a déjà une chambre d'enfant. Même si nous avons quelques affaires à acheter en double, la base est là. Et je suis content de te rendre service.

— Et si tu rencontres quelqu'un avec qui tu as envie de t'installer ? Qu'adviendra-t-il de moi si je me retrouve à la rue, seule, sans le sou, avec deux enfants sous le bras ?

Elle aurait désormais du mal à faire confiance à un homme, elle en avait conscience. Et ses bébés étaient sa priorité. Cal n'imaginait pas refaire sa vie pour l'instant, mais c'était le genre de chose qu'on ne pouvait pas prévoir assez tôt. Il était beau, intelligent et adorable. Il fallait vraiment être folle pour ne pas en faire l'homme de sa vie. Ou pour simplement chercher à le protéger de sa propre prévenance.

— Prends le temps de la réflexion, dit-il en se rapprochant d'elle si près que son cœur se mit à battre un peu plus vite.

Il n'avait pas exprimé ce qu'il ressentait au sujet de sa paternité. Si elle envisageait de déménager chez lui, elle devait être sûre de son intention d'assumer son rôle de père. Elle ne pourrait pas vivre avec lui en le considérant seulement comme le propriétaire de son logement. Certes, la nuit qu'ils avaient passée ensemble était une parenthèse, mais ils ne pouvaient pas non plus faire comme si elle n'avait jamais eu lieu.

Ses enfants méritaient un père aimant, si aimant qu'elle était prête à oublier tout ce qu'elle avait vécu de douloureux par le passé et à risquer de nouveau le tout pour le tout afin qu'ils soient heureux.

Elle avait fait l'erreur de croire à son histoire avec Gerry. De penser, en se jetant à corps perdu dans cette relation, qu'elle lui apporterait le bonheur. Gerry n'était pas responsable de l'accident qui lui était arrivé mais les dettes et sa triste passion pour le jeu étaient la preuve qu'il avait d'autres priorités qu'elle. Elle ne pouvait pas se permettre de s'engager avec quelqu'un qui la traite, elle, et qui traite ses enfants de cette manière.

— Nous sommes de bons amis qui ont fait une bêtise, Cal. Cela arrive. Mais sache que je prends mes responsabilités et que tu n'es pas obligé de t'impliquer, dit-elle dans l'espoir de mettre un terme à la discussion, qui reflétait exactement son débat intérieur.

Cal secoua la tête.

— Ce n'est pas ce que je souhaite et je ne suis pas convaincu que ce soit la chose à faire de toute façon. Nous avons fait ces bébés à deux. Est-ce justement ce qui te fait peur ? Est-ce la raison pour laquelle tu ne veux pas que je m'implique ? Tu sais, je n'ai aucune intention de te forcer à vivre d'une manière qui ne te convient pas. Tu es une femme libre, que ce soit chez moi ou ailleurs. Et, si c'est ce qui t'inquiète, sache que je ne te demanderai rien en échange de cet hébergement.

Il rougit légèrement et elle se demanda ce qui venait de lui traverser l'esprit. Elle qui s'efforçait justement de ne pas penser à la nuit torride qu'ils avaient partagée. Ils avaient suffisamment de sujets pratiques à aborder sans que l'image de leurs corps enlacés dans son lit vienne parasiter leur réflexion. Mais la promiscuité d'une vie commune ne risquait-elle pas de réveiller leur désir ?

Et s'il s'imaginait qu'elle avait tout manigancé depuis le début : la nuit, la grossesse, l'installation chez lui ?

— Tu veux dire que je ne serai pas obligée de t'attendre pour dîner avec tes chaussons au chaud devant la cheminée et de perdre progressivement mon identité pour satisfaire les besoins de l'homme avec qui je vis ?

— Tu sais exactement ce que je veux dire, Fizz, rétorqua-t-il d'un air entendu.

Elle se sentit rougir à son tour en imaginant partager aussi ses nuits avec lui – cet ami un peu trop sexy qui lui offrait l'hospitalité et qui s'était déjà révélé être un excellent amant.

— On y va ! Nous avons un accident de la route impliquant deux véhicules.

Ces quelques mots lancés par Mac suffirent à mobiliser l'équipe en quelques secondes.

Cal sauta à l'avant de l'hélicoptère pour le guider vers le lieu de l'accident tandis qu'Izzy s'installait à l'arrière. Quelques instants plus tard, l'hélicoptère décollait du sol.

— Les ambulanciers sont déjà sur place. Ce sont eux qui nous ont appelés à la rescousse.

Cal aperçut les gyrophares des ambulances et des personnes en gilet orange s'activer autour des véhicules endommagés. Du ciel, on repérait facilement la voiture qui avait reçu le choc le plus violent, du côté passager autour duquel les pompiers s'affairaient et semblaient concentrer leurs efforts.

L'hélicoptère se posa dans un champ voisin. Cal et Izzy les rejoignirent. L'autre voiture était emboutie à l'avant, et son conducteur avait été emmené dans l'ambulance pour y être traité.

L'un des ambulanciers vint les informer qu'une jeune fille se trouvait toujours dans la voiture et que son état était préoccupant. Ils le suivirent jusqu'à elle. Cal se mit aussitôt à l'examiner.

— Bonjour, Stephanie, je suis Izzy, infirmière, et voici Cal, qui est médecin. Nous venons d'arriver en hélicoptère. Nous allons vous examiner pour savoir comment nous pouvons vous sortir de là.

La jeune fille hocha la tête sans grande conviction. Izzy se félicita qu'elle soit consciente.

— Respirez profondément, lui demanda Cal en s'approchant d'elle autant que possible. Pouvez-vous me dire où vous avez mal ?

— Au bras et à la jambe gauches. J'ai très mal.

Elle se mit à pleurer. Restait à déterminer si c'était de douleur ou de peur.

— Nous allons vous donner des analgésiques et essayer de vous sortir de là, dit-il avant de donner le feu vert aux pompiers pour qu'ils découpent le toit de la voiture.

Il n'avait pas vu de sang couler mais il fallait être prudent. Le bras et la jambe de Stephanie étaient vraisemblablement cassés et une hémorragie interne était une éventualité à ne pas négliger.

— Attention, cela va faire beaucoup de bruit et remuer un peu, dit Izzy en prenant la main de Stephanie, qu'elle garda dans la sienne pendant tout le temps où l'équipe débarrassa la voiture de la partie supérieure, comme on ouvre une boîte de conserve.

Elle demeura ensuite auprès de la jeune fille terrorisée et lui murmura des paroles réconfortantes et apaisantes. C'est alors qu'il se dit qu'elle serait certainement une mère extraordinaire. Elle était attentionnée et bienveillante, comme la mère dont rêvait chaque enfant. Il savait de quoi il parlait : ses parents avaient été un bon modèle, qu'il n'avait pas encore eu l'occasion de répliquer. Pour l'heure, la paternité était même un sujet qu'il préférait éviter.

— J'ai besoin d'aide pour l'allonger sur le brancard, dit-il après avoir administré à Stephanie une forte dose d'antalgique.

Des ambulanciers vinrent l'aider à extirper la jeune fille du véhicule pour la placer sur le brancard. Izzy posa une attelle sur son bras qui se révéla effectivement être cassé, ainsi qu'une ceinture pelvienne pour prévenir toute hémorragie interne. Une fois son état stabilisé, on la transporta dans l'ambulance qui allait l'emmener vers l'hôpital le plus proche.

Dans les situations d'urgence, la confiance et la détermination d'Izzy étaient des qualités précieuses. Pourtant, l'entendre dire qu'elle allait se débrouiller seule avec ses jumeaux le contrariait. Il n'était peut-être pas le père dont elle avait rêvé pour ses enfants mais il n'était pas Gerry non plus. Elle devait pourtant savoir qu'il n'était pas du genre à fuir ses responsabilités. Il n'avait aucune intention de la laisser en plan avec ses jumeaux. Quand baisserait-elle la garde suffisamment pour comprendre que c'était pour son bien à elle qu'il l'avait invitée à venir s'installer chez lui, pas pour son confort à lui ?

Janet avait fait voler sa vie en éclats et, avec elle, sa confiance et ses espoirs. Il doutait désormais de sa capacité à fonder une famille aussi épanouie que celle dans laquelle il avait grandi, mais il avait aussi fini par douter de son envie de paternité.

Malgré tout, Janet n'était pas parvenue à détruire son envie d'être un être humain respectable. La mère de ses futurs enfants avait des difficultés et il allait faire son possible pour l'aider. Si le fait de ne pas avoir d'argent, d'être célibataire et enceinte de jumeaux avait été une maladie, Izzy n'aurait pas hésité à se faire soigner. Il n'était pas parfait mais pour le moment, il représentait le meilleur atout qu'elle ait dans sa manche et il ferait en sorte qu'elle en prenne conscience. Que cela leur plaise ou non, ils étaient ensemble dans cette galère.

Izzy eut du mal à tourner la page après cette intervention. Stephanie était jeune. Elle se remettrait de l'accident mais il n'avait pas été facile d'expliquer à ses parents ce qui s'était passé. Stephanie avait demandé à Izzy de les appeler et de minimiser la gravité de ses blessures. Au téléphone, la peur de sa mère était palpable.

Izzy sentait que la grossesse la changeait de manière inattendue. Elle savait instinctivement que la sécurité de ses bébés était déjà la chose la plus importante de sa vie. Pourtant, à six mois de leur venue au monde, elle n'avait rien à leur offrir que de l'incertitude.

Cal n'avait pas réitéré son offre de l'héberger. Après avoir transféré Stephanie à l'hôpital, il l'avait écoutée parler de son inquiétude au sujet de leur jeune patiente. Mais ils n'avaient pas abordé *l'autre* sujet. Celui qui était susceptible de la tenir éveillée toute la nuit.

— Comme d'habitude ? demanda Cal lorsqu'ils furent de retour à la base.

Elle hocha la tête. Ils se comprenaient toujours à demi-mot même si leurs petites habitudes avaient changé, parallèlement à la nature de leur relation. Depuis la nuit où elle s'était réfugiée chez lui, leur amitié avait franchi un cap et, avec cette grossesse, ce qui les liait s'étendait au-delà d'une simple histoire sentimentale. Et, accessoirement, ils buvaient désormais plus de thé que de bière.

Elle avait beau s'être juré de se débrouiller seule quand la ligne bleue était apparue sur le test de grossesse, elle avait compris à quel point cette entente amicale était précieuse. La seule présence de Cal lui rappelait qu'elle n'était pas seule au monde.

— Je ne rêve de rien d'autre que de discuter devant un bon thé, dit-elle en poussant la porte du bureau.

— Ça tombe bien : c'est exactement pour cela que je suis là.

Izzy sursauta. Il lui fallut quelques secondes pour comprendre qui était cette jeune femme blonde au milieu du bureau, avant de se jeter à son cou.

— Helen ! Qu'est-ce que tu fais là ? demanda-t-elle d'une voix étranglée par l'émotion.

— Ton ami Calum m'a suggéré de venir te voir.

Izzy jeta un coup d'œil surpris à Cal.

— J'ai pensé que la présence d'Helen te ferait du bien, dit-il.

— Mais il s'est passé quelque chose, non ? Je te trouve changée, dit Helen en se reculant pour mieux la voir.

Ainsi, non seulement Cal avait retenu ce qu'elle lui avait dit au sujet de son amie d'enfance, mais il avait également pris le temps de l'appeler et de la faire venir. De toute évidence, il s'inquiétait pour elle, et pas seulement sur le plan pratique. Même s'il ne montrait pas un enthousiasme fou à l'idée d'être père, il était sensible aux effets que la grossesse avait sur elle.

Pour autant, Helen ne semblait pas au courant. Il avait bien gardé le secret.

— Merci, Cal, dit-elle en déposant un baiser sur sa joue.

Comme elle avait de la chance d'être entourée de ces deux belles personnes ! Ses bébés ne méritaient pas moins.

— Je suis tellement contente de te voir ! s'exclama-t-elle.

— Je ne suis pas venue seule, dit Helen avant de se décaler.

Izzy aperçut alors un landau dans lequel gigotait un magnifique poupon.

— Tu l'as emmené ! s'écria-t-elle.

Helen avait accouché six mois auparavant, juste avant l'accident qui avait coûté la vie à Gerry. L'enchaînement des événements n'avait pas laissé à Izzy le temps d'aller la voir. Et, depuis qu'elle était enceinte, elle redoutait un peu d'avoir sous les yeux ce qu'elle aurait bientôt à affronter elle-même dès qu'elle aurait accouché.

— On s'est dit que cela nous ferait du bien de prendre l'air et, par la même occasion, de laisser papa récupérer quelques heures de sommeil.

L'idée que son amie ait traversé la moitié du pays en train pour lui faire une surprise l'emplit d'un sentiment qu'elle n'avait pas éprouvé depuis longtemps, au point d'avoir presque oublié qu'il existait. Helen était pour elle à la fois une meilleure amie, une sœur et une mère. Sans elle, Izzy n'aurait jamais su que l'amour existait. Elle était le seul souvenir heureux de son enfance, le seul lien qu'elle n'ait pas eu envie de rompre avec cette époque. Elles étaient toujours restées proches mais les appels, même vidéo, n'avaient rien à voir avec la sensation de serrer quelqu'un qu'on aimait dans ses bras.

— Comment s'appelle-t-il ? demanda Cal en se penchant au-dessus du landau.

— Je vous présente Oliver. C'est bientôt l'heure de la tétée, dit-elle en le prenant dans ses bras.

Il se mit à s'agiter, montrant qu'il n'était pas disposé à attendre une seconde de plus.

— Tu peux l'allaiter ici. Nous ferons en sorte que personne n'entre.

Helen s'installa pour nourrir son fils. La vue de sa meilleure amie et de ce bébé dans ses bras emplit Izzy d'émotions contradictoires qu'elle préféra refréner de peur de ne pas pouvoir garder le secret de sa grossesse plus longtemps.

— J'espère que mon arrivée à l'improviste ne te déstabilise pas trop, Iz, dit Helen en accrochant le sac à langer à l'épaule. J'avais tellement envie de te voir !

Elle manœuvra pour faire sortir le landau par la porte que Cal tenait ouverte.

— Moi aussi je suis contente de te voir, dit Izzy. On a fini la journée. Je vais me changer. On peut aller discuter dans un endroit sympa.

— Tu viens avec nous, Calum ? demanda Helen qui devait avoir envie de jouer les entremetteuses.

Depuis qu'elle avait trouvé l'homme de sa vie, elle rêvait qu'Izzy rejoigne le club des gens heureux en couple. C'était peut-être ce qui avait poussé Izzy à espérer que sa relation avec Gerry se transforme en idylle.

Elle n'avait pas encore annoncé à Helen qu'elle était enceinte mais elle se doutait que cela ne ferait qu'éperonner son désir de lui trouver un mari. Or, elle n'avait pas besoin d'être motivée davantage en ce qui concernait ses relations avec Cal Armstrong.

— Heu...

— Bien sûr que oui. Sauf si tu as autre chose de prévu ? demanda-t-elle tout en sachant qu'il n'avait rien en tête.

Elle eut soudain envie qu'il se sente impliqué dans sa vie. Maintenant qu'il se trouvait être le père de ses enfants, il fallait qu'il crée des liens avec eux sur d'autres bases que celle du pur devoir. Elle ne prendrait aucune décision avant d'être sûre qu'il était prêt à s'engager à long terme.

De plus, si Cal était avec elles, elle serait moins tentée de parler de sa proposition à Helen. Car, elle en était convaincue, Helen ne manquerait pas d'essayer de la convaincre d'aller vivre sous le même toit que le père de ses futurs enfants.

— Oui, justement, je suis pris. C'est la raison pour laquelle j'ai fait venir Helen, répondit-il d'un air renfrogné.

L'espoir qu'il fasse partie intégrante de sa vie de famille s'envola aussitôt.

À peine furent-elles installées devant leur café et leur part de gâteau que le petit Oliver se réveilla de sa sieste. Helen se mit à pousser le landau d'avant en arrière d'une main tout en buvant son café de l'autre. Mais les pleurs d'Oliver redoublèrent, comme s'il voulait signifier à sa mère qu'il n'allait pas se contenter d'être bercé.

— Tu veux que je le prenne pendant que tu termines tranquillement ton café ? proposa Izzy, à la fois impatiente et effrayée de tenir dans ses bras ce petit être joufflu.

— Oui, avec plaisir, répondit Helen, manifestement soulagée de pouvoir prolonger son moment de détente.

Izzy pensa au moment où elle aurait deux enfants à prendre dans ses bras. Il était évident qu'elle devrait arrêter de travailler. Curieusement, cette perspective, hors de propos depuis qu'elle avait eu son diplôme, devenait envisageable. Sa vie allait désormais être pleine de sens, et pleine d'amour. Le reste suivrait, d'une manière ou d'une autre.

Elle souleva le bébé gigotant qui cessa aussitôt de pleurer.

— Tu avais simplement envie de voir ce qui se passe, n'est-ce pas ? dit-elle au bébé en plongeant dans ses grands yeux bleus qui la fixaient.

— Bon, maintenant, crache le morceau, dit brusquement Helen, la sortant de ce moment suspendu au-dessus de la réalité.

— Je crois qu'il faut changer sa couche, rétorqua Izzy en lui tendant Oliver.

Elle espérait faire diversion, pressentant qu'Helen allait aborder un sujet qu'elle préférait garder pour elle. C'était compter sans la perspicacité et la ténacité de son amie.

— Je l'ai changé avant de partir, alors arrête de faire semblant de ne pas me comprendre et dis-moi ce qui se passe entre Calum et toi.

Izzy s'étrangla presque.

— Cela dit, tu as raison, reprit Helen. Il est beau et suffisamment attaché à toi pour prendre le soin de m'appeler. De toute évidence, il est très épris.

— Quoi ? Mais... Gerry vient à peine de mourir, je te rappelle.

— Ton histoire avec Gerry était terminée bien avant l'accident, même si tu ne t'en rendais pas compte à l'époque. Ce n'était pas un homme pour toi, de toute façon.

Si elle était allée voir Helen au lieu de se précipiter chez Cal, le soir où elle avait compris dans quel pétrin financier Gerry l'avait laissée, elle n'en serait pas là. Mais elle avait préféré attendre avant de parler à son amie, se gardant bien d'évoquer à quel point la présence de Cal avait été précieuse à ce moment-là.

— Et j'ai bien vu comment vous vous regardiez, Calum et toi. Comme des gens qui partagent quelque chose qu'ils veulent garder rien que pour eux.

C'était incroyable tout ce qu'Helen percevait alors qu'elles ne se voyaient plus qu'une ou deux fois par an désormais. À moins de couper le contact avec elle, Izzy n'allait pas pouvoir garder le secret beaucoup plus longtemps. D'autant plus qu'elle portait des jumeaux et que la grossesse ne passerait bientôt plus inaperçue.

Elle reposa Oliver dans le landau et finit sa tasse en regrettant qu'elle contienne un déca plutôt qu'un espresso, voire une gorgée de tequila pour lui donner du courage. Puis elle prit une profonde inspiration et annonça sans ambages qu'elle était enceinte de trois mois.

La révélation provoqua un choc tel qu'Helen lâcha sa tasse.

— Quoi ? Pourquoi ne m'as-tu rien dit ? s'exclama-t-elle avant d'éponger le café à l'aide d'une serviette en papier, sans la quitter des yeux.

— Je ne le savais pas moi-même et, depuis, je n'ai toujours pas bien réalisé ce qui m'arrivait.

— Mais le père...

— Oui, c'est Cal. Tu te souviens quand je t'ai raconté qu'un type avait fait irruption à la maison, un soir ? J'ai eu tellement peur, après avoir découvert ce que Gerry m'avait caché pendant des années, que j'ai foncé chez Cal. Il m'a rassurée, réconfortée et, une chose en amenant une autre...

— Tu as bien fait. Après tout ce que tu as traversé, tu as eu raison d'aller le voir. Il m'a l'air d'être un homme bien, qui a le sens des responsabilités.

— Oui, mais il n'a pas l'air ravi à l'idée d'être père. Je me demande si je ne ferais pas mieux d'élever ces enfants seule. Je ne supporterais pas qu'ils ne reçoivent pas tout l'amour qu'ils méritent. Cela ne m'intéresse pas qu'il soit là seulement pour nous aider matériellement.

— Je sais que tu en es tout à fait capable, Iz, dit Helen.

Elle poussa un gros soupir et se pencha pour la serrer dans ses bras.

— Je n'en reviens pas que tu sois enceinte.

— Moi non plus, à vrai dire.

— Qu'est-ce que tu penses faire ?

De toute évidence, Helen surestimait sa capacité à envisager rationnellement la situation et à prendre une décision en conséquence.

— Je ne sais pas, je n'ai pas encore vraiment réfléchi.

— Tu en as parlé à ton travail ?

— Non, pas encore.

— Tu t'es inscrite aux cours de préparation à l'accouchement ?

— Non, pas encore.

— Tu as commencé à prendre des compléments d'acide folique ?

— Je n'ai pas vraiment eu le temps, dit-elle comme si elle avait une vie riche et palpitante en dehors du travail.

En fait, sa façon de gérer sa grossesse avait été de ne pas s'en occuper du tout.

— Bon, il va falloir que tu t'organises, dit Helen en sortant son agenda.

Elle se mit à écrire la liste de tout ce dont il lui semblait important qu'Izzy s'occupe.

— Tu sais que l'organisation n'est pas mon fort, murmura Izzy.

Elle n'était pas du genre à aimanter des listes sur le réfrigérateur ni à inscrire ses rendez-vous sur un calendrier. Elle avait plutôt tendance à tout faire au pied levé, en fonction de ce qui lui passait par la tête à ce moment-là.

— Tu vas devoir t'y mettre, dit Helen en arrachant la page de son calepin. Commence par ça.

Elle fit glisser la feuille sur la table.

— Ta sage-femme t'aidera à organiser la grossesse et l'accouchement. Tu as vu une sage-femme, j'espère ?

— Bien sûr.

— Bien. Et pour après ? Tu as pensé à un mode de garde ?

Si Izzy avait eu une mère digne de ce nom, c'est certainement le genre de discussion qu'elle aurait eu avec elle. Elle lui aurait donné des conseils, tenu la main pendant la grossesse et proposé de garder les enfants de temps en temps. Helen aurait pu jouer ce rôle-là si elle n'avait pas vécu aussi loin et si elle n'avait pas déjà eu sa propre petite famille à élever.

La seule personne qu'il lui restait, c'était Cal.

— Cal m'a proposé d'aller m'installer chez lui. J'ai refusé. Nous sommes amis, pas mari et femme. Cette nuit n'aurait jamais dû avoir lieu.

— C'est gentil de sa part de s'occuper de toi. Si tu avais meilleur goût en matière d'hommes, tu serais avec lui depuis longtemps.

— Je n'ai plus vraiment confiance. Je préfère rester seule.

Ce qui n'était pas exactement le cas mais semblait être le seul moyen de se protéger contre la souffrance.

— Tu dois bien avoir confiance en lui, sans quoi tu ne te serais pas réfugiée chez lui ce soir-là.

— Oui, j'ai confiance en lui mais je...

Comment expliquer sa vision des choses alors qu'elle n'était pas tout à fait sûre des raisons pour lesquelles elle redoutait qu'il s'implique dans sa vie ?

— Tu as peur qu'il te fasse du mal comme Gerry ?

— Oui. Enfin non. Je ne sais pas.

Ce qu'elle craignait surtout, c'était d'être tentée de le voir comme autre chose qu'un ami, ce qui n'était pas à l'ordre du jour – du moins pour lui. Ils avaient fait un écart qui ne l'avait pas laissée indemne mais elle n'avait pas envie de s'étendre sur le sujet avec Helen. Ce qui l'effrayait, c'était de s'impliquer, de s'attacher et de tout perdre si les choses ne fonctionnaient pas entre eux.

— Rien ne t'oblige à t'engager pour autre chose que payer le loyer.

Les images de leurs corps s'explorant l'un l'autre lui traversèrent l'esprit. Mais elle les ignora.

— Vous pourrez avoir les avantages du couple sans les inconvénients. Et, quand cela ne vous conviendra plus, rien ne vous empêche de poursuivre votre chemin, chacun de son côté.

— Je ne peux pas. J'aurais l'impression d'utiliser Cal. De plus, je ne suis pas sûre que je l'intéresse et qu'il me voie comme autre chose qu'une bonne copine. En tout cas, je n'ai rien perçu de tel depuis ce soir-là.

Helen la regarda d'un air incrédule.

— C'est lui qui t'a proposé de venir t'installer chez lui, non ? Et même si l'offre n'implique pas de vous engager l'un envers l'autre, j'ai vu la manière dont il te regardait. Rien ne m'échappe, tu sais…

La proposition de Cal ne lui sembla soudain plus aussi aberrante. Avec un peu de chance, elle pourrait même être une solution à tous leurs problèmes.

4

— Je vais te raccompagner.

Cal n'allait pas laisser Izzy en plan à la gare. Elle était silencieuse depuis que le train qui emportait Helen et Oliver s'était ébranlé. L'après-midi avec son amie était censé lui remonter le moral, mais il avait l'impression que se retrouver face à la réalité concrète de la maternité l'avait déstabilisée. Aller boire un café avec une amie n'était pas la même chose qu'aller boire un café avec une amie *et* un bébé.

— D'accord, répondit-elle sans même lui adresser un regard tant elle était perdue dans ses pensées.

Ils s'installèrent en silence dans la voiture et il eut un pincement au cœur à l'idée qu'elle rentre toute seule chez elle après ce moment passé avec Helen.

— Helen a l'air très sympa.

— Oui, très, acquiesça Izzy, les yeux rivés sur la route.

Son air maussade contrastait avec la joie qu'elle avait éprouvée en compagnie d'Helen. Lui en voulait-elle de ne pas s'être joint à elles ?

Pour sa part, s'il était tout à fait disposé à lui rendre service, il n'avait pas pour autant envie de s'impliquer davantage dans sa vie privée. S'il n'avait tenu qu'à lui, il se serait enfermé chez lui et aurait fait en sorte qu'aucune autre femme ne pénètre son sanctuaire et lui brise le cœur mais, à circonstances exceptionnelles, mesures exceptionnelles. Il avait compris qu'Izzy n'était pas plus enthousiaste que lui à l'idée de cette cohabitation, mais ils devaient mettre de côté leurs exigences personnelles pour le bien des bébés qui allaient naître et qui avaient, avant tout, besoin d'un environnement fixe et stable.

— Oliver aussi est adorable.

Le bébé lui avait rappelé les enfants de ses sœurs, qui vivaient aux quatre coins du Royaume-Uni et avec qui les occasions de retrouvailles étaient devenues rares, depuis que la maison de famille avait été vendue. Le rôle d'oncle lui manquait. Entre autres.

Il mit le contact. Il était conscient qu'Izzy n'accepterait rien de sa part tant qu'il ne s'engagerait pas pleinement en tant que père. Mais il n'était pas certain d'en être capable et n'avait pas non plus envie de faire des promesses qu'il ne tiendrait pas.

— Je peux venir chez toi, Cal ? dit soudain Izzy, rompant le silence.

Dans d'autres circonstances, cette phrase aurait sonné comme le prélude à une nouvelle nuit torride. Une partie de lui aurait bien aimé que ce soit le cas, mais il savait que ce n'était pas le sens des paroles d'Izzy. Ce qu'elle exprimait était loin d'un désir soudain et irrépressible de coucher avec lui.

Il chassa ces pensées de son esprit en se demandant si, tout compte fait, il était vraiment capable d'avoir une relation platonique avec elle.

— Qu'est-ce qui t'a fait changer d'avis ? demanda-t-il.

— Je ne sais pas encore si je vais accepter ta proposition mais j'ai envie de voir ce qu'on peut faire tous les deux.

Cette fois, l'ambiguïté de ses paroles la fit rougir, preuve qu'il n'était peut-être pas le seul à avoir des pensées impudiques.

Il résista à l'envie de poursuivre sur cette lancée, alors que le dialogue reprenait à peine entre eux. Il ne tenait pas à lui faire peur avec des allusions lubriques alors qu'elle semblait, pour la première fois, prendre sa proposition au sérieux. Mieux valait mettre en sourdine sa libido et écouter ce qu'Izzy avait en tête.

Entre des aventures sans lendemain et des histoires d'amour qui durent, il avait toujours préféré les secondes. Mais s'ils décidaient de reprendre l'exploration charnelle commencée le soir où Izzy s'était réfugiée dans ses bras, et qu'ils étaient tous les deux consentants, il ne dirait pas non.

— Ce revirement a-t-il un rapport avec la visite d'Helen ?

Il serait surprenant qu'Izzy n'ait pas parlé de sa proposition à son amie. Cette dernière l'avait-elle encouragée à l'accepter ? Helen lui avait semblé très protectrice envers Izzy. C'était la personne dont elle était le plus proche, à part lui, bien entendu. Aussi serait-il normal qu'Helen se méfie de lui et de ses intentions.

— Je lui ai dit que j'étais enceinte et que j'attendais des jumeaux.

— Comment a-t-elle réagi ?

Izzy sourit pour la première fois depuis qu'ils s'étaient retrouvés seuls.

— Elle était contente et a commencé à dresser la liste de tout ce que je devais faire. Cela m'a fait du bien de le lui dire. J'ai eu l'impression que j'avais enfin le droit de me réjouir.

Elle posa la main sur son ventre, geste d'une femme enfin prête à assumer sa maternité.

— Bien sûr que tu as le droit. Une grossesse est un moment merveilleux.

La grossesse était peut-être moins merveilleuse pour lui car elle le ramenait aux erreurs qu'il avait commises dans ses relations avec les femmes.

— Mais que nous soyons colocataires, ou propriétaire et locataire, peu importe, je tiens à payer ma part, précisa-t-elle.

— Comme tu voudras.

Elle confirma d'un hochement de tête.

Il repensa au temps qu'il avait perdu avec Janet. Dire qu'il pourrait être à la tête d'une famille si seulement Janet l'avait sincèrement aimé. Pour lui, être parent était une activité à temps plein. Aucun aspect ne le rebutait, qu'il s'agisse de changer les couches, de se lever la nuit pour les biberons, de jouer au ballon dans le jardin ou de faire les allers-retours au cours de dessin ou de musique.

Pourtant, quelque chose, dans l'attitude d'Izzy, lui laissait penser qu'il ferait peut-être mieux de ne pas s'impliquer outre mesure vis-à-vis d'elle et des enfants, à part en leur offrant un toit et une stabilité matérielle le temps dont elle aurait besoin.

Izzy et lui avaient les pieds sur terre et devaient faire preuve de réalisme, maintenant qu'ils avaient compris que l'amour ne résolvait pas tout.

— J'ai envie de voir comment je me sens à présent chez toi et si je nous vois y vivre tous ensemble.

Ils allaient former une famille peu conventionnelle, fondée sur une relation amicale. Une fois qu'Izzy aurait vu la chambre d'enfant et l'espace dont elle disposerait pour élever ses enfants, elle se déciderait à venir vivre chez lui, il en était certain. Et cette maison redeviendrait le havre de paix qu'elle était censée être. Du moins pour elle et ses jumeaux.

Izzy connaissait déjà la maison de Cal. Elle y avait passé pas mal de temps, tous les soirs où ils commandaient à manger et partageaient leur repas chez lui. Mais, jusque-là, elle n'avait jamais vraiment prêté attention à la manière dont elle était agencée. Cette fois, elle allait entrer chez lui avec un regard neuf et, en tête, la question de savoir si elle pourrait vivre là, avec lui et avec les enfants qu'ils avaient conçus.

Certes, ce serait de toute façon plus confortable que de continuer à habiter dans son appartement minuscule et de devoir porter ses jumeaux dans l'escalier. Sans parler de la place pour le landau et la poussette doubles.

Elle n'avait plus les moyens de louer un logement plus grand avec ascenseur. Il fallait se rendre à l'évidence : à partir du moment où elle avait lié son destin à celui de Gerry, elle s'était mise dans un beau pétrin.

Elle avait peut-être malgré tout une bonne étoile pour avoir croisé le chemin de Cal et qu'il lui propose d'élever ses enfants dans de meilleures conditions matérielles. Elle savait qu'ils seraient en sécurité chez lui, même si Cal et elle ne formaient pas un couple au sens habituel du terme.

Dès qu'ils arrivèrent devant chez lui, elle sentit son cœur se serrer en imaginant les jumeaux prendre l'air sur la pelouse jonchée de jouets. Elle n'avait jamais fait d'un jardin une priorité dans sa quête de logement, mais elle se rendait compte à présent de l'intérêt d'avoir un extérieur quand on avait des enfants. Surtout si, comme le jardin de Cal, le terrain était entouré d'une palissade qui en assurait à la fois l'intimité et la sécurité. Rien à voir avec le carré de terre asséché sur lequel débordait le bric-à-brac de ses voisins.

— Ça va ? demanda Cal, la tirant de sa réflexion.

Elle s'était égarée dans ses pensées, incapable de dire depuis combien de temps il avait coupé le moteur et ils étaient là, assis en silence dans la voiture garée.

— Oui, désolée, j'étais dans mes pensées, dit-elle en détachant sa ceinture de sécurité. Je te suis.

Cal s'empressa d'aller ouvrir la maison, redoutant peut-être qu'elle change encore d'avis.

— Je vais te montrer la chambre d'enfant. Elle est déjà meublée. On pourra l'utiliser telle quelle ou apporter tous les changements que tu voudras.

Il la conduisit à l'étage et le souvenir de la dernière fois qu'elle avait gravi ces marches lui revint en mémoire. C'était le soir où leur vie avait basculé.

— Voilà, dit-il en ouvrant la porte sur une belle pièce, spacieuse et lumineuse.

— C'est magnifique ! Cette chambre est pratiquement plus grande que mon appartement, s'exclama-t-elle.

La chambre était peinte en blanc et sobrement décorée d'étoiles argentées, ce qui permettait toutes sortes d'aménagements et d'ambiances. Les meubles étaient peints dans des couleurs pastel qui adoucissaient l'éclat des murs blancs. Tout évoquait le confort et le luxe, de l'épais tapis argent aux couvertures, du rocking-chair en bois aux coussins moelleux disposés çà et là.

— Si tu veux changer certaines choses, tu n'as qu'à me le dire.

— Tu as fait appel à un décorateur ? demanda-t-elle en imaginant où un second berceau trouverait sa place.

Tout était harmonieux et assorti, on aurait dit la couverture d'un magazine de décoration.

— Non, c'est moi qui ai tout fait, répondit Cal.

Il prit un mouton en peluche sur la commode et le posa dans le berceau.

Elle jeta un coup d'œil circulaire et imagina l'amour et le soin qu'il avait apportés à la conception et à la réalisation de ce petit paradis. L'idée qu'il ait pu anticiper avec autant d'enthousiasme l'arrivée du bébé qu'il attendait avec Janet lui serra le cœur.

— J'aurais dû me douter que quelque chose ne tournait pas rond parce que Janet n'est jamais intervenue, pas même pour me donner son avis. Elle m'a laissé prendre tout cela en charge.

Il secoua la tête.

— Quel idiot j'ai été !

— Tu es loin d'être idiot, Cal. Tu étais simplement amoureux de Janet, tu avais confiance en elle et elle a trahi ta confiance de la pire manière qui soit. Tu n'as rien à te reprocher, tu sais.

Elle posa une main réconfortante sur son épaule. Comment ne pas avoir envie de réconforter un homme aussi attachant qui avait attendu avec autant d'impatience un enfant qu'il ne pourrait jamais ramener chez lui de la maternité ?

— Merci, dit-il en posant la main sur la sienne.

Elle sentit aussitôt sa chaleur se répandre dans son bras. Mais soudain, l'idée qu'il ait d'autres raisons de la faire venir vivre chez lui que le simple souhait de lui rendre service s'immisça dans son cerveau. Un frisson lui parcourut l'échine.

— Cal, j'ai une question à te poser : tu ne m'as pas demandé de m'installer avec toi pour combler le vide laissé par le départ de Janet ?

Il s'écarta promptement et la regarda comme si elle venait de l'insulter.

— Bien sûr que non. Je t'ai dit que tu pouvais faire ce que tu voulais de cette chambre. Ce n'est pas un sanctuaire. C'est juste que je trouve dommage que tout cela ne serve à personne.

S'il disait vrai et qu'elle ne considérait pas qu'elle prenait la place que Janet avait occupée avant elle, il n'y avait pas de raison que leur cohabitation se passe mal.

— Non seulement cela va servir, mais nous allons avoir besoin de plusieurs choses en double, dit-elle dans un souci d'apaisement.

Nous pouvons garder les meubles et apporter simplement de nouvelles petites touches de décoration. Qu'en dis-tu ?

Cela permettrait aussi d'instaurer une rupture avec le passé, de repartir sur de nouvelles bases, plus personnelles.

— Dois-je comprendre que tu vas venir t'installer ici ? demanda-t-il en s'approchant pour la prendre dans ses bras.

Elle eut l'impression de retrouver son ami, le Cal qu'elle connaissait et auquel elle s'était attachée au fil des ans. Il était la seule personne auprès de qui elle se sentait totalement en sécurité.

Elle allait avoir besoin de cette affection et de cette tendresse au cours des mois qui viendraient. Ce qui était un point important en faveur de sa proposition. Ils étaient amis et bientôt colocataires, mais aussi célibataires, sans personne d'autre pour leur apporter l'amour et le courage qu'ils trouvaient l'un chez l'autre.

Elle était persuadée que les fourmillements qui la parcouraient de la tête aux pieds quand il s'approchait d'elle étaient une simple réminiscence de la nuit où ils avaient partagé une intimité plus grande encore. Il était tentant de se pelotonner dans ses bras, tel un petit animal cherchant un refuge douillet pour passer l'hiver.

Elle parvint tout de même à s'extirper de son étreinte, redoutant soudain de prendre goût à cette sécurité. Il ne fallait pas prendre l'habitude de se reposer sur lui. Elle avait la capacité de faire face à ce qui l'attendait. Cal n'était là qu'en renfort, pour la secouer gentiment quand elle en aurait besoin, comme elle l'avait fait pour lui après sa rupture avec Janet.

Pourtant, en s'écartant de lui, elle éprouva une subite et désagréable sensation de vide.

— J'aimerais voir où je vais dormir, avant de prendre la décision, dit-elle.

Elle vit un sourire se dessiner sur les lèvres de Cal qui, de toute évidence, avait interprété ses paroles à sa façon. Il ne lui avait pas échappé non plus qu'il n'avait rien fait pour mettre fin à leur longue étreinte. Peut-être valait-il mieux, désormais, éviter les quiproquos et autres ambiguïtés de langage, ne serait-ce que pour éviter de faire monter inutilement sa tension. Elle décida de mettre les pieds dans le plat.

— Je parle de *ma* chambre. La pièce dans laquelle *je* dormirai. *Seule*, insista-t-elle, autant pour se raisonner elle-même que pour prévenir Cal.

Car il serait si facile de coucher de nouveau ensemble si l'envie leur en prenait. Si ce n'est que cela compliquerait les choses. Ils devaient déjà travailler et habiter ensemble. L'arrangement que proposait Cal était censé leur épargner les aléas émotionnels qui allaient souvent de pair avec la vie de couple. Car une chose était claire : ils ne formaient pas un couple.

— Quel rabat-joie tu fais ! lança-t-il avec un clin d'œil qui la fit frissonner comme s'il parcourait son dos du bout des doigts.

Elle déglutit, incapable d'éclater de rire comme il aurait sans doute été plus judicieux de le faire, et le suivit jusqu'à une autre grande chambre, tout aussi lumineuse que la chambre d'enfant.

— Tu n'as jamais pensé te reconvertir en décorateur ? demanda-t-elle, impressionnée par l'harmonie qui se dégageait de la pièce.

— J'y penserai, quand je serai trop vieux et décrépit pour sauter d'un hélicoptère.

Elle eut du mal à l'imaginer autrement que musclé et en pleine forme, quel que soit son âge, mais elle garda cette réflexion pour elle.

— En tout cas, bravo. C'est très réussi. Et cela m'épargnera de refaire la déco et, surtout, de démonter et de remonter mes meubles.

— Tu peux te servir de tout ce qui est ici, dit-il en écartant les bras, tel un prince disposé à lui donner les clés de son royaume.

— Dans ce cas, je n'ai pas besoin de grand-chose d'autre. Tout ce qui est ici me convient parfaitement.

— Même le lit ? Celui-ci est neuf mais tu as peut-être envie de garder le tien, dit-il en allant s'asseoir et sautiller pour mettre en avant la qualité des ressorts.

Le pauvre meuble branlant en aggloméré dans lequel elle dormait et qui était moitié moins grand que celui-là ne pouvait pas rivaliser.

— Même le lit. Je pourrais passer mes journées dans un lit comme ça.

Elle se jeta sur le lit, déséquilibrant Cal qui se retrouva allongé à côté d'elle, presque contre elle.

— Je suis content que tu viennes vivre ici, dit-il en la fixant droit dans les yeux.

— Je n'ai pas encore dit oui, rétorqua-t-elle, s'agrippant au dernier levier de pouvoir qui lui restait.

— Que faut-il que je fasse pour te convaincre ? demanda-t-il d'une voix grave qui suffisait en soi à la persuader d'accepter sur-le-champ.

Le dernier fil qui maintenait le contact avec la partie cartésienne de son cerveau se rompit, la laissant en proie à ses hormones. Leurs visages étaient si proches l'un de l'autre qu'elle ne pouvait rien voir d'autre que ses yeux, sa bouche... Cal fixait aussi ses lèvres, avec manifestement la même chose en tête qu'elle. Ils se rapprochèrent imperceptiblement, très lentement, comblant la distance minime qui les séparait de l'extase. Et de la folie.

Izzy se redressa brusquement, rompant le charme de son regard hypnotique.

— Je pense qu'il faudrait commencer par mettre les choses au clair dès le départ, Cal. Je suis contente d'emménager chez toi et reconnaissante de tout ce que tu fais pour moi, mais je crois que l'aspect, comment dire... physique de notre relation ne devrait pas entrer en ligne de compte.

Cal se redressa à son tour, si bien qu'ils se retrouvèrent l'un et l'autre assis inconfortablement au bord du lit.

— Tu as raison, dit-il. Je ne veux pas avoir l'air de profiter de la situation. Mieux vaut que notre relation reste platonique.

Plus elle passait de temps en sa compagnie, plus elle se voyait passer aussi ses nuits avec lui. Mais elle était également consciente que la vie à deux émoussait le désir et que, tôt ou tard, il se lasserait d'elle.

— Oui, c'est mieux, acquiesça-t-elle.

— Ce qui signifie que nous sommes libres d'avoir une vie sentimentale en dehors de notre relation, conclut-il.

Ce constat, pourtant logique, lui fit l'effet d'un choc. Elle ne comprit pas d'emblée pour quelle raison il la dérangeait autant.

Cal était un homme, pas un moine. Ce n'était pas parce qu'elle avait du mal à se projeter dans une autre relation qu'il devait en être de même pour lui. Elle n'avait aucun droit d'attendre de lui qu'il reste célibataire simplement parce qu'elle préférait qu'il le soit. Pourquoi l'imaginer avec d'autres femmes lui faisait mal alors que c'était elle qui avait imposé qu'ils ne franchissent pas cette limite et restent amis ?

Le problème de la promiscuité avec Cal était qu'elle risquait de tomber amoureuse de lui, de confondre sa loyauté d'ami avec autre chose. Autre chose qui ne pouvait que mener au désastre.

5

— Tu devrais t'asseoir et surélever tes jambes, dit Cal en posant du scotch sur l'interrupteur pour le protéger de la peinture.

Puis il s'assura que la bâche recouvrait bien toute la surface du sol.

— Pourquoi ? Tu es encore debout et, si je ne m'abuse, nous avons eu exactement la même charge de travail aujourd'hui.

Faisant preuve de son entêtement habituel, Izzy refusait de se reposer après une journée particulièrement intense.

— Certes, mais je ne porte pas deux petits êtres, moi, dit-il en désignant du bout de son pinceau son ventre dont les formes commençaient à se voir sous son legging et son T-shirt moulants.

— Tu m'as promis de ne pas me couver, lui rappela-t-elle avant d'étaler la peinture turquoise pâle qu'elle avait choisie pour les murs de la chambre des futurs bébés.

— Il y a une différence entre te couver et te rendre service. Cela ne me gêne pas de faire la peinture tout seul.

Cela permettrait à Izzy de lever le pied. Depuis qu'elle avait emménagé chez lui, elle n'avait pas arrêté de s'activer. Il avait fini par la convaincre de le laisser transporter ses quelques effets personnels, après une négociation épuisante. Pour qu'elle accepte son aide, il avait dû lui prouver qu'il se comportait ainsi par pure galanterie et non parce qu'il la traitait comme une invalide. En dépit de ses questionnements sur sa capacité à devenir un bon père, il faisait tout pour que les jumeaux ne manquent de rien. À commencer par une mère en pleine forme.

— Peindre un mur ne va pas m'épuiser, dit-elle en couvrant une grande surface en quelques gestes comme pour corroborer ses paroles.

— Les émanations sont toxiques, fit-il remarquer.

Peut-être pouvait-elle au moins prendre ses responsabilités si elle ne supportait pas l'idée que lui prenne soin d'elle ? En voyant avec quelle énergie Izzy refusait de prendre la grossesse comme excuse pour ralentir le rythme, il se dit que Janet avait dû rire sous cape au cours des mois où il s'était plié en quatre pour qu'elle ne fasse rien. De fait, elle n'avait pas levé le petit doigt dès le début de sa grossesse.

Izzy, elle, n'était pas du genre à abuser de la situation.

S'ils avaient écarté la possibilité d'une relation plus intime, il était conscient que la tentation n'était jamais loin. Mais il ne voulait pas compromettre ce qu'ils avaient déjà construit tous les deux. Leur attirance était probablement une pulsion héritée de la nuit qu'ils avaient passée ensemble après leurs chagrins d'amour respectifs. Ils portaient encore l'un et l'autre les cicatrices laissées par ces relations douloureuses. Et, de toute façon, ils seraient bientôt trop occupés, avec leurs deux bébés, pour penser à autre chose qu'à dormir dès que l'occasion se présenterait.

— Je te promets que je m'arrêterai dès que je ressentirai de la fatigue ou le moindre malaise.

Il décida d'accepter cette concession de bon cœur.

— Bien. Mais ne lève pas trop les bras. Je vais aller chercher l'escabeau et faire le haut.

— Est-ce que je suis autorisée à faire le bas ? Ce ne sera pas trop fatigant si je m'assieds par terre, dit-elle sur un ton moqueur.

Mais il préférait la voir retrouver sa repartie plutôt que se hérisser chaque fois qu'il essayait de lui rendre service.

— Tant que je ne te marche pas dessus, dit-il en faisant tomber une goutte de peinture sur son front.

— J'espère que tu ne l'as pas fait exprès, dit-elle en lui adressant un regard noir.

— Tu me connais, Fizz.

Il se réjouissait que l'humour fasse de nouveau partie de leurs échanges.

— Oui, justement.

Il se remit à peindre en riant puis s'arrêta net et se retourna. Izzy était en train de passer le rouleau sur ses mains écartées plutôt que sur le mur. Avant qu'il puisse réagir, elle posa ses mains bleu turquoise sur ses fesses.

— Non ! Tu n'as pas osé...

Il se contorsionna pour vérifier son méfait mais la lueur amusée dans son regard suffit à lui faire comprendre qu'elle avait bel et bien laissé deux empreintes turquoise sur l'arrière de son jean.

— Tu l'as cherché, dit-elle en riant, les yeux malicieux, n'attendant qu'une réaction de sa part.

— Isobel Fitzpatrick, tu prends des risques...

Elle poussa un cri quand il lâcha son pinceau pour essayer de lui prendre le rouleau des mains mais elle fut plus rapide que lui et cacha l'outil dans son dos, l'obligeant à tourner autour d'elle pour l'attraper.

En l'entendant rire tout près de son oreille, il prit conscience de la proximité de leurs corps. Il n'avait qu'à tourner à peine la tête pour que leurs lèvres se touchent.

Il entendit sa respiration changer de rythme et son envie de l'embrasser se fit si forte qu'il lui fallut déployer des efforts surhumains pour se ressaisir avant que la situation dégénère. Il y avait entre eux une alchimie indéniable, mais Izzy avait été claire sur le fait qu'il valait mieux ne pas répéter les erreurs du passé. Il s'écarta donc d'elle et se remit à sa tâche comme s'il ne s'était rien passé d'ambigu entre eux.

— Tu as de la chance, c'est un vieux jean ! Je ne le mettrai pas pour sortir. Les gens jaseraient.

Les seules personnes qu'ils fréquentaient étaient leurs collègues de travail. Or, personne, dans l'équipe, n'avait cillé à l'annonce de leur cohabitation – du moins jusqu'à ce qu'il précise qu'Izzy et lui vivraient en colocataires. Mac avait rétorqué que cela faisait des années que tout le monde pensait qu'ils couchaient ensemble, en plus de travailler ensemble. Cal avait rétabli la vérité, espérant qu'elle fasse le tour de la base. Par volonté de préserver la réputation d'Izzy, mais aussi par orgueil. Il ne voulait pas qu'on croie qu'il avait trompé Janet et mérité tout ce qui lui était arrivé.

Il n'avait pas rapporté cette conversation à Izzy, se demandant comment elle aurait réagi. Cela le contrariait qu'on puisse penser que c'était lui qui avait trahi Janet et non le contraire. Et Izzy n'avait pas besoin non plus de savoir que des ragots circulaient sur sa vie privée, faisant d'elle une femme infidèle à Gerry.

Pendant des mois, Cal s'en était voulu de ce qui s'était passé avec Janet et avait ressassé toutes les raisons qui avaient pu la pousser à le tromper. Izzy avait dû se poser le même genre de question, se demandant ce qu'elle aurait pu faire pour empêcher la catastrophe de se produire. Elle n'avait pas besoin de raisons supplémentaires d'être dure avec elle-même.

Il préférait qu'elle se moque de lui plutôt que de se sentir coupable d'une chose sur laquelle elle n'avait eu aucun contrôle.

Il avait fallu qu'Izzy accepte de s'installer chez lui pour qu'il cesse de se reprocher le départ de Janet. Il s'était senti accepté et apprécié. Il devait bien avoir des qualités pour qu'une femme aussi adorable qu'Izzy ait envie de partager son quotidien avec lui dans une période aussi importante de sa vie. Finalement, il n'était peut-être pas une personne aussi mauvaise qu'il l'avait cru jusque-là.

— On dira simplement que je suis enceinte de jumeaux dont tu es le père et que je marque mon territoire, dit-elle en souriant, passant outre l'épisode incandescent qui venait de se produire.

On sonna à la porte, ce qui lui donna une excuse pour quitter la pièce avant de prendre son commentaire au sérieux.

L'idée qu'Izzy marque son territoire sur son corps réveilla certaines parties de son anatomie manifestement décidées à ne pas se contenter d'une relation platonique.

— J'y vais. Ce doit être la livraison des courses.

Comme ils travaillaient tous les deux, ils avaient fait leurs courses en ligne et décidé de se faire livrer. Izzy avait besoin de se nourrir correctement, c'est-à-dire pas de la nourriture industrielle réchauffée au micro-ondes qui était devenue son quotidien depuis sa rupture avec Janet.

— J'arrive ! cria-t-il face à l'impatience de la personne qui venait d'appuyer une deuxième fois sur la sonnette.

Il descendit les marches et se dirigea vers la silhouette visible à travers le verre dépoli. Il ouvrit la porte et eut envie de la refermer aussitôt.

— Bonjour, Cal.

Avec ces deux simples mots, Janet refaisait surface dans sa vie, dont il eut l'impression que les fondations se remettaient à vaciller. S'imaginait-elle qu'il allait lui rendre son sourire alors qu'elle avait arraché et piétiné son cœur sans pitié ? Quel culot !

— Je peux ? dit-elle en désignant le hall d'un signe de tête.

Elle prit son silence pour une invitation à entrer et le bouscula presque, de son gros ventre de femme enceinte arrivée au terme de la grossesse.

— J'espère que tu as des crackers au fromage. Je meurs d'envie de manger du salé.

Il se retourna en entendant Izzy descendre les marches et la vit s'arrêter net en voyant Janet.

Si Janet s'était fendue d'un déplacement jusque-là, c'est qu'elle avait quelque chose à lui demander. Mieux valait couper court à la conversation et en finir le plus rapidement possible. Il n'avait vraiment rien à lui dire.

— Qu'est-ce que tu veux ? demanda-t-il.

Janet regarda Izzy de la tête aux pieds avec le dédain dont elle avait toujours fait preuve à son égard. Pour la première fois de sa vie, Cal comprit de quoi il retournait : Janet était jalouse. Izzy était une personne honnête et bienveillante, des qualités que Janet ne possédait pas.

Il l'avait aimée corps et âme mais, à présent, il ouvrait les yeux sur le côté hideux de sa personnalité.

— Je viens chercher le reste de mes affaires, dit-elle en passant devant Izzy comme si elle était encore chez elle et pouvait aller et venir à sa guise dans la maison.

Cal lui emboîta le pas.

— Il me semble que tu as tout pris, dit-il.

Il se souvenait très bien du soir où il était rentré de la base et avait trouvé les placards et les tiroirs vidés de leur contenu. Croyant à un cambriolage, il avait failli appeler la police puis il était tombé sur le mot qu'elle avait laissé sur le réfrigérateur, qui mettait fin à leur relation et anéantissait son rêve de fonder une famille avec elle.

— Je viens prendre les affaires du bébé, dit-elle en se dirigeant vers la chambre d'enfant.

— Tu plaisantes, j'espère.

Ne se doutait-elle pas que cela pouvait lui fendre le cœur ? Peut-être s'en fichait-elle complètement. Vu la façon dont elle s'était comportée avec lui jusque-là, il penchait pour cette dernière option.

Il sentit la main d'Izzy se poser sur le bas de son dos. Si Janet était insensible ou pire, cruelle, Izzy était là, comprenant ce que cette chambre d'enfant représentait pour lui. Tout ce qui lui importait désormais, c'était que Janet sorte de la maison et de sa vie à tout jamais.

— Je ne vois pas ce que tu pourrais faire de tout ça, dit-elle en jetant une peluche dans le berceau.

Il s'apprêtait à rétorquer que, justement, il comptait se servir de cette chambre et de tout son contenu quand il croisa le regard d'Izzy. Quoique aussi horrifiée que lui par l'attitude de Janet, elle secoua doucement la tête comme pour lui suggérer de la laisser faire. Janet ne méritait pas de sortir victorieuse de la maison, mais il était évident qu'Izzy préférait abréger le cauchemar plutôt que de voir sa visite s'éterniser et la situation dégénérer en guerre ouverte.

— Darren n'a pas les moyens ? lança-t-il, acerbe.

Cal n'avait jamais rien refusé à Janet. Peut-être regrettait-elle le temps où elle était traitée comme une princesse ?

— Bien sûr que si, rétorqua-t-elle, sur la défensive. Mais comme ce sont les affaires du bébé, je les prends.

— C'est moi qui les ai achetées, je te rappelle. Et même choisies.

Pour un bébé qui n'était pas le sien.

Cette funeste apparition eut au moins un effet positif : il avait désormais la certitude de ne plus aimer Janet. Il espérait même pouvoir l'oublier tout à fait, une fois qu'elle aurait pris le peu qui les rattachait encore à leur vie commune.

— Cet enfant n'y est pour rien, dit-elle, essayant de jouer sur la corde sensible.

L'enfant en question était un petit garçon avec lequel il s'était imaginé passer des moments père-fils, comme son propre père l'avait fait avec lui.

— C'est vrai, acquiesça-t-il pour éviter d'attiser le débat.

— Dans ce cas, je veux bien que tu démontes tout pour le mettre dans la voiture. *Elle* peut bien te donner un coup de main.

Entendre Janet parler d'Izzy sur ce ton le fit sortir de ses gonds.

— Non, *elle* ne peut pas. Tu n'as qu'à demander à Darren.

Le fait que Darren ait laissé Janet venir seule en disait long sur son courage. Darren était lâche, comme il l'avait été au départ en ne s'engageant pas aux côtés de la femme qui attendait un enfant de lui et qu'il avait laissée poursuivre une relation avec un autre.

— Il attend dehors. Il ne voulait pas assister à une scène.

— S'il veut les affaires du bébé, il n'a qu'à venir les chercher lui-même, dit-il.

Il s'agenouilla avec son tournevis pour démonter le berceau. Les achats qu'il avait faits en se réjouissant de la naissance du bébé finissaient par ne lui rappeler que des mauvais moments. Son seul regret était d'avoir proposé à Izzy de s'en servir et de ne plus être en mesure de tenir ses promesses.

Janet se mit à dévisager Izzy, postée sur le seuil de la porte, puis elle aperçut les pots de peinture, avant que son regard se pose sur la marque de mains bleu turquoise qui ornait l'arrière de son jean.

— C'est pas vrai ! s'exclama-t-elle. En fait, vous emménagez ensemble !

Elle éclata d'un rire tonitruant.

— Ce n'est pas ce que tu penses, dit-il en comprenant où Janet voulait en venir.

— Je comprends tout, maintenant. Tu m'as fait passer pour

la méchante alors que, pendant tout ce temps, vous faisiez vos petites affaires dans mon dos ! Je savais bien qu'il y avait quelque chose entre vous. C'est sûrement ce qui m'a jetée dans les bras de Darren.

La voir jouer les victimes et se décharger de ses responsabilités était insupportable.

— Au cas où tu l'aies oublié, c'est toi qui m'as trompé et menti au sujet du bébé. Maintenant, pour ne pas aggraver ton cas, je te suggère de sortir d'ici et de demander à Darren de venir chercher les affaires que tu prétends être les tiennes. Après quoi je ne veux plus ni te voir ni entendre parler de toi. Plus jamais.

C'était la première fois qu'il laissait libre cours à la colère qu'il éprouvait vis-à-vis de Janet. Elle en fut certainement aussi surprise que lui et préféra soupirer son indignation et tourner les talons plutôt que de reconnaître ses torts.

Tout en refrénant les émotions qui se bousculaient en lui, il parvint à donner l'illusion d'une grande maîtrise. Il était temps d'en finir avec cette intrusion et le poison qu'elle distillait, auquel Izzy n'aurait jamais dû être exposée. Dès que Janet aurait tourné le dos, ils repartiraient sur des bases saines, lui partageant avec Izzy ce qu'elle le laisserait partager avec elle.

Il se mit à démonter les meubles, de sorte que Darren les emporte sans discuter. Il n'y avait rien à ajouter, à part présenter des excuses à Izzy pour l'avoir entraînée avec lui dans ce cauchemar. Décidément, son désir de fonder une famille ne lui apportait que des ennuis.

Izzy parvint à tenir sa langue jusqu'à ce que les meubles et les hôtes indésirables de Cal aient quitté les lieux. Elle n'avait jamais beaucoup apprécié Janet, mais le culot que celle-ci avait eu de venir et de réclamer des choses qui, de surcroît, ne lui revenaient pas la fit dégringoler dans son estime.

— Je suis désolée, Cal. Ce qui vient de se passer était…

Froid, cruel, impitoyable. Et surtout, surréaliste.

Voir Cal assis contre le mur à moitié repeint de la chambre d'enfant vide, l'air défait, était déchirant. L'attitude et les manières que Janet avait eues ce soir en disaient long sur la façon dont elle s'était comportée avec Cal à la fin de leur relation. Et il n'y avait pas de quoi se vanter.

Qu'est-ce qui autorisait Janet à traiter Cal de cette manière alors qu'il était la gentillesse incarnée ? Il ne faisait aucun doute qu'il était aussi bienveillant et fiable en tant que fiancé qu'il l'était en tant qu'ami.

— Tu n'aurais jamais dû assister à cela, Iz, dit-il, la tête penchée en avant.

Pourtant, elle était plus inquiète sur la façon dont l'irruption de Janet l'avait affecté, lui.

— C'est plutôt que Janet n'aurait jamais dû venir ici comme elle l'a fait. Je n'en reviens pas qu'elle ait eu le culot de se pointer avec Darren pour prendre des affaires qui ne lui appartenaient pas.

Comme si Cal n'avait pas suffisamment souffert, Janet était venue mettre du sel sur ses plaies.

Cal prit le petit mouton en peluche que Janet avait oublié.

— J'ai l'impression d'avoir été cambriolé. Au moins, elle a laissé Lamby. C'était mon mouton quand j'étais petit.

Il lui adressa un sourire triste et, quand elle le serra dans ses bras, il se laissa faire mollement, comme s'il n'avait plus d'énergie.

— Il sera bien plus heureux ici, avec nous, dit-elle.

Elle poussa un grand soupir.

— De toute façon, le pastel, c'est salissant. D'ici une semaine ou deux, tout ce qu'elle a pris ici sera plein de vomi et de caca. Elle regrettera de ne pas avoir acheté d'autres affaires elle-même.

Rien de ce qu'elle disait ne semblait pouvoir alléger sa peine mais elle était contente d'être là pour lui remonter le moral ou lui changer les idées quand il se remettait à broyer du noir. La situation aurait sûrement été pire s'il était resté seul dans cette chambre d'enfant dévalisée.

— J'espère que tu as raison.

— Je pourrai aller faire des courses, lors de notre prochain jour de repos. J'aurai certainement besoin de tes conseils, dit-elle dans une tentative de l'impliquer et de lui donner des perspectives d'avenir.

Mais elle redoutait aussi que ses bonnes intentions ne fassent qu'aggraver la situation. Elle ne se voyait pas le traîner dans des magasins de puériculture si la plaie était encore trop vive pour lui.

— Je sais tout ce qu'il faut savoir en matière de qualité et de sécurité.

— Je n'en doute pas, dit-elle en souriant.

L'évaluation des risques faisait partie de son métier et il était rigoureux et consciencieux dans tout ce qu'il faisait.

— Elle m'a quitté en me laissant un mot sur le frigo, tu sais. On avait vécu ensemble pendant des années, fait des projets pour l'avenir, mais je n'ai même pas eu droit à une conversation entre adultes. Ni à des explications et encore moins des excuses. « Je pars avec Darren. Le bébé est de lui, pas de toi. » Qu'est-ce que je lui ai fait pour qu'elle me traite de cette manière ? J'ai passé des mois à me torturer pour comprendre ce que j'avais fait de mal. Étais-je trop présent ou, au contraire, trop négligent ? Est-ce qu'elle s'ennuyait avec moi ? Est-ce que je travaillais trop ? Je n'ai toujours pas compris ce qu'elle me reprochait.

Ses yeux étaient brillants et elle se demanda s'il n'allait pas éclater en sanglots.

— Tu n'as rien à te reprocher, Cal. Janet n'a aucune excuse pour ce qu'elle a fait. Elle t'a menti, elle t'a trompé, elle s'est servie de son bébé pour arriver à ses fins. Toi, tu as simplement eu la malchance de la croiser sur ton chemin.

Il fallait désormais qu'il se concentre sur l'avenir, pas sur le passé.

— Peut-être, mais c'est ce qui est arrivé et j'ai encore du mal à pardonner et à oublier.

— Il te faudra peut-être du temps pour pardonner et oublier, mais ne la laisse pas te gâcher la vie. Considère cet épisode comme un nouveau point de départ. Maintenant, tu es libre. Tu n'as plus rien en commun avec elle. Et moi, je suis là. Contrairement à elle, je t'apprécie beaucoup.

Dorénavant, elle ferait tout ce qui était en son pouvoir pour aider son ami à tourner la page. Avec elle.

6

— Il ne manque rien. Nous avons presque de quoi ouvrir une boutique, dit Izzy en jetant un coup d'œil circulaire dans la chambre d'enfant totalement remeublée.

— Il faut bien ça pour accueillir des jumeaux, répondit-il.

Après la razzia de Janet, ils avaient laissé passer quelques jours avant d'aller racheter le nécessaire pour les deux bébés à venir. Izzy avait attendu que ce soit Cal qui remette le sujet sur le tapis et se propose de l'accompagner. Ils étaient ainsi allés faire les courses ensemble. Cal lui avait montré les produits les plus adaptés à leurs besoins, et l'avait laissée choisir la décoration de la chambre. Sans surprise, il avait insisté pour payer la totalité des achats, et elle avait juré qu'elle le rembourserait d'une manière ou d'une autre.

Cette petite virée shopping avait permis de dissiper le malaise que la visite surprise de Janet avait généré.

Il était important pour Izzy que Cal s'implique dans cette grossesse et qu'il participe aux décisions concernant les bébés. Jusque-là, il s'était beaucoup occupé des aspects pratiques mais semblait avoir plus de difficultés à exprimer ce qu'il ressentait face à sa paternité. Il avait sûrement autant de doutes et de peur qu'elle concernant l'avenir, et mieux valait qu'il ne les garde pas trop longtemps pour lui. Elle n'avait pas envie de découvrir les problèmes trop tard, comme cela avait été le cas avec Gerry. D'autant que la vie de deux petits êtres innocents était en jeu, cette fois, en plus de la sienne et de celle de Cal.

Il n'était pas sain que Cal conserve cette distance quand les bébés seraient là. Il avait tellement d'amour à donner. Quant à elle, il lui restait quelques mois pour lui montrer que toutes les femmes n'étaient pas des Janet en puissance et qu'il pouvait rouvrir son cœur sans crainte.

— Tu es conscient que nous allons prendre beaucoup de place dans ta maison ? demanda-t-elle en regardant les cartons contenant les chaises hautes et les trotteurs qu'ils ne déballeraient pas avant quelques mois.

Sa belle maison impeccable serait habitée par trois nouvelles personnes, dont deux bébés. Ils avaient opté pour une décoration sur le thème de la mer avec, au-dessus des berceaux, des mobiles figurant des animaux marins. C'était le genre de chambre aménagée avec amour dont elle rêvait quand elle était petite, quand elle dormait dans les chambres d'amis sans âme dans lesquelles on l'installait systématiquement quand elle arrivait dans une famille d'accueil.

Quand les jumeaux seraient assez grands pour choisir leur propre décoration, elle ferait en sorte que leur chambre reflète leur personnalité et leurs goûts personnels, et qu'ils n'aient jamais l'impression d'être des intrus comme elle avait eu l'impression de l'être toute son enfance. Chez eux, les enfants devaient trouver la sécurité, l'amour et l'affection dont ils avaient besoin pour grandir.

— Je sais exactement quel chaos j'ai invité chez moi, répondit-il.

Le léger sourire qui se dessina sur ses lèvres confirma qu'il faisait les choses en connaissance de cause.

Après l'irruption de Janet, elle n'aurait pas été étonnée de le voir changer d'avis et refuser de partager sa maison et sa vie avec qui que ce soit. À sa place, elle aurait sans doute décidé de vivre seule plutôt que de s'encombrer de la présence d'une femme enceinte. Mais Cal n'avait, à aucun moment, reconsidéré son invitation à s'installer chez lui. Cela confirmait ce qu'elle avait déjà compris depuis longtemps de lui, à savoir qu'il était une personne fiable et généreuse. Ce qui avait pesé lourd dans sa décision d'accepter.

— Cal, j'ai une chose à te demander.

— Je t'écoute, répondit-il en finissant d'installer une lampe qui projetait des silhouettes d'hippocampes et de méduses sur les murs.

Chaque détail qu'il ajoutait lui donnait envie de s'installer elle-même dans cette chambre.

— Tu peux dire non, bien sûr... Tu n'es pas obligé d'accepter ce que je vais te...

— Dis toujours, la coupa-t-il en souriant des précautions qu'elle prenait.

Elle prit une profonde inspiration et se lança.

— Est-ce que tu accepterais d'assister à l'accouchement ?

Dès qu'elle avait vu la ligne bleue se dessiner sur le test de grossesse, elle s'était vue accoucher et élever son enfant seule. À l'époque, elle pensait ne pas avoir le choix. Or, au cours des dernières semaines qu'elle avait passées auprès de lui, Cal lui avait montré qu'il était là pour elle et qu'il le serait toujours.

De plus, qui était mieux placé que Cal, à la fois ami et père de ses enfants, pour l'accompagner pendant la grossesse et l'accouchement ?

Elle n'avait pas l'intention pour autant de le solliciter en permanence mais il y aurait des moments où elle aurait besoin de quelqu'un à ses côtés. Ce serait aussi un bon moyen pour lui de renforcer le lien entre les jumeaux et lui, sans attendre une occasion qui ne se présenterait peut-être pas d'elle-même.

— Tu veux dire... Avec toi ? En salle d'accouchement ?

Il posa ses outils et s'approcha d'elle. Son cœur fit un petit bond dans sa poitrine et elle se demanda si c'étaient ses hormones qui réagissaient à sa présence ou si c'étaient les bébés qui, dans son ventre, manifestaient leur joie à l'idée que leur père assiste à leur naissance.

— Oui, si tu en as envie.

— Si tu veux, dit-il sans préciser si c'était ce que *lui* souhaitait.

— Que les choses soient claires : cela ne te donne pas le droit de me donner des ordres, dit-elle sur un ton faussement sérieux, dans l'espoir que l'humour l'aiderait à se détendre et parler plus librement de ce qui le tracassait.

De toute façon, elle ne supporterait pas que quelqu'un décide pour elle et la prive de l'indépendance qu'elle avait chèrement acquise et à laquelle elle ne pourrait plus jamais renoncer.

— D'accord, j'essaierai de te laisser les rênes, répondit-il. Cela dit, j'aimerais tout de même participer aux discussions et aux décisions que tu prendras au sujet de la grossesse et des bébés. Comme la préparation à l'accouchement, la péridurale, l'allaitement. Ce sont des sujets qui m'intéressent et je trouverais pertinent qu'on explore ensemble toutes les solutions possibles avant de trouver celle qui te conviendra le mieux.

Une fois encore, Cal montrait qu'il n'envisageait pas la situation de son seul point de vue. Il pensait à ce qui serait le mieux pour elle et lui donnait l'impression qu'il ne la laisserait pas tomber quand elle aurait besoin de lui. Sur le plan pratique, en tout cas.

— Et on pourrait choisir les prénoms ensemble, suggéra-t-elle. Sache seulement que je m'oppose formellement à des associations du genre Bill et Ben ou Pinky et Perky...

— Je suis d'accord, dit-il en souriant.

Il y avait au moins une chose qu'Izzy pouvait garantir à ses bébés, c'était qu'ils auraient un endroit confortable et sécurisant où vivre, et ce, grâce à la gentillesse de Cal. Même si, pour l'instant, la perspective d'être père ne semblait pas l'enchanter.

Cal entra dans le bureau et vit Izzy qui se massait l'estomac en grimaçant. Il posa un grand verre de lait et une boîte de comprimés antiacides devant elle, sur la table.

— Tiens, pour les brûlures d'estomac.

Elle y était très sujette, ces derniers temps, au point que cela la réveillait la nuit, à en juger par les bruits de pas qu'il entendait de l'autre côté de la cloison.

En conséquence de ses insomnies, elle était fatiguée et irritable mais, comme elle refusait de lever le pied pour se reposer dans la journée, il n'y avait rien d'autre à faire que d'attendre que les symptômes se dissipent.

Il était difficile de veiller à ce que la grossesse se déroule bien sans avoir l'air d'être constamment sur son dos. La limite entre aider et interférer était ténue et il avait conscience de l'enfreindre régulièrement. Surtout depuis qu'elle lui avait demandé d'assister à l'accouchement. Elle devait savoir qu'il prendrait ce défi très à cœur. Il avait été étonné qu'elle mette autant de temps à lui annoncer qu'elle était enceinte.

Cal n'était ni le genre d'homme ni le genre de médecin à considérer que les femmes enceintes devaient vivre leur grossesse dans du coton. Cela dit, les raisons de s'inquiéter étaient parfois réelles. Les grossesses multiples comportaient des risques de complications plus élevés et il était bien placé pour savoir qu'Izzy ne se ménageait pas, notamment dans son métier qui l'exposait fréquemment à un haut niveau de stress et à une activité physique soutenue.

— Que ferais-je sans toi ? dit-elle en battant des cils.

— Je suis persuadé que tu t'en sortirais très bien, répondit-il, refusant d'être assimilé au chevalier servant qu'il était devenu pendant la grossesse de Janet.

L'idée de jouer ce rôle lui était devenue insupportable quand il s'était retrouvé seul, trahi, et qu'il s'était rendu compte qu'elle s'était servie et surtout moquée de lui pendant tout ce temps. Cela lui avait servi de leçon. On ne l'y reprendrait plus.

— Je plaisantais, dit Izzy. Je sais aussi bien que toi que je m'en sortirais si j'étais toute seule.

Il lui sut gré d'insister sur le fait qu'ils étaient indépendants l'un de l'autre et qu'il ne fallait pas considérer pour acquise la situation dans laquelle ils se trouvaient actuellement.

— Tu as parlé à Mac ? demanda-t-il, préférant passer à des sujets plus pratiques, moins affectifs.

Izzy avait pris son temps pour annoncer sa grossesse à ses supérieurs, probablement de peur qu'on lui interdise de voler. Travailler au sol n'était peut-être pas l'emploi pour lequel elle avait postulé mais les risques professionnels et personnels en matière de santé et de sécurité étaient trop grands pour qu'elle continue à garder le secret.

— Oui. Il me laisse le choix sur la date de mon congé maternité. Ce que j'ai trouvé assez sournois de sa part, je dois dire. C'est un bon moyen pour que je ne vienne pas me plaindre quand je serai obligée de partir. Quant à l'hélicoptère, j'imagine que cela dépend de la manière dont va se dérouler la grossesse. Si je couve deux éléphanteaux, mon poids risque de l'empêcher de décoller du sol.

Mac avait eu l'intelligence de laisser la balle dans le camp d'Izzy parce qu'il savait qu'elle ne mettrait jamais en danger la sécurité de son équipe. Au moins la grossesse était-elle officielle, à présent, ce qui était une bonne chose, maintenant que ses vêtements commençaient à être un peu trop serrés. Elle ne pourrait pas continuer à faire comme si elle ne s'était pas aperçue qu'elle avait pris du poids. Elle finirait par devoir aller acheter des vêtements de femme enceinte, ne serait-ce que pour être plus à l'aise. Les grossesses multiples arrivaient rarement à leur terme et personne ne pouvait prévoir quand elle accoucherait ni même comment allait se dérouler la grossesse. Toujours est-il qu'il serait soulagé quand elle prendrait la décision de ne plus monter à bord de l'hélicoptère, pour son bien à elle et pour la paix de son esprit à lui.

Mac sonna l'alarme et tous les membres de l'équipe rejoignirent l'hélicoptère en enfilant leurs combinaisons. Izzy sentit arriver la montée d'adrénaline qui lui rappela, comme toujours, qu'elle avait un rôle important à jouer dans chacune de ces interventions d'urgence.

— Nous avons une femme de cinquante-deux ans qui a fait une chute de cheval, probablement atteinte d'un traumatisme crânien, annonça Cal, répétant les informations qu'on lui avait transmises. Il faudra se poser le plus près possible, dans un champ.

Il donna des instructions au pilote à travers le casque au sujet de l'endroit où atterrir.

Izzy scruta le sol qui se rapprochait d'eux, estimant le temps qu'il leur faudrait pour rejoindre les blessés. Pour la première fois de sa vie, le bruit et les vibrations de l'hélicoptère l'indisposèrent.

Avant la grossesse, le chahut et les cris précédant l'atterrissage ne faisaient qu'augmenter l'impatience de sauter et courir le plus vite possible vers les victimes. À présent, son corps réagissait tout à fait différemment. Le moindre soubresaut, la moindre perte d'altitude lui donnaient des haut-le-cœur. Elle était incapable de savoir s'il s'agissait d'un accès subit et inédit de mal des transports ou d'un reste de nausées matinales. Une chose était sûre, cependant : les bébés commençaient à se plaindre du mode de transport habituel de leur mère. Ce qui était fâcheux, étant donné qu'il s'agissait aussi de son lieu de travail.

Izzy ne pourrait jamais mettre intentionnellement un patient en danger à cause de problèmes personnels potentiels. Elle pria pour que ce soit un petit malaise ponctuel et isolé. Sans quoi elle allait devoir raccrocher sa combinaison de vol plus tôt qu'elle ne l'avait prévu. Elle ne pouvait décemment pas courir au secours de quelqu'un si elle avait la nausée chaque fois qu'elle était en intervention.

Le vent généré par les pales de l'hélicoptère aplatit l'herbe tout autour d'eux. Cal sauta. Elle sauta à son tour et le laissa prendre de l'avance dans l'espoir qu'il ne la voie pas vomir près de la haie et se rincer la bouche avec l'eau de sa petite bouteille. Mais lorsqu'elle se releva, Cal la regardait. Il n'eut pas besoin de parler pour qu'elle comprenne qu'il était mécontent de la voir s'acharner au travail en dépit de ses malaises. Dans d'autres circonstances, elle aurait pu l'accuser de discrimination liée à la grossesse mais, vu l'état dans lequel elle se trouvait, elle ne pouvait qu'admettre qu'il avait raison.

— Je n'aurais pas dû boire un grand verre de lait avant de monter à bord, dit-elle.

Cette fois, elle avait une excuse toute trouvée, mais elle ne pourrait pas continuer à raconter n'importe quoi très longtemps. Cal pourrait profiter de sa position de médecin pour l'obliger à lever le pied. Au moindre incident à peine plus grave qu'une nausée, il la forcerait à aller s'allonger. Elle était têtue mais elle savait aussi ce qu'être enceinte de jumeaux impliquait.

Cal ouvrit la bouche, probablement pour lui remonter les bretelles, puis se ravisa et reprit la direction de l'attroupement qui s'était formé dans le champ d'à côté. C'était presque pire d'avoir des collaborateurs compréhensifs qui lui faisaient confiance et lui laissaient la décision de s'arrêter quand elle le jugerait bon plutôt qu'une hiérarchie qui lui imposait son point de vue sur la question. Mais elle n'aurait pas le droit de râler et d'en vouloir à qui que ce soit, le jour où l'équipe décollerait sans elle.

Pour l'heure, elle devait faire au mieux le travail pour lequel elle avait été formée et rejoindre une personne qui comptait sur eux pour arriver saine et sauve à l'hôpital le plus proche.

Cal se présenta à l'homme agenouillé près d'une femme allongée par terre.

— Que s'est-il passé ? demanda-t-il.

Izzy s'agenouilla à son tour dans l'herbe humide et commença à sortir le matériel dont ils allaient probablement avoir besoin pour examiner et traiter la victime.

— Je ne sais pas exactement, dit l'homme. Ne la voyant pas rentrer, à l'heure du déjeuner, je suis parti à sa recherche et je l'ai trouvée ici, dans cette position, inconsciente.

Il s'efforçait manifestement de ne pas céder à la panique. En tout cas, il avait eu un bon réflexe en ne la déplaçant pas et en appelant d'emblée les secours.

— A-t-elle repris connaissance, depuis que vous l'avez trouvée ?

— Je l'ai entendue gémir mais elle ne s'est pas réveillée.

C'était déjà un signe encourageant.

— À quelle heure l'avez-vous trouvée ?

— Il y a une vingtaine de minutes, répondit-il, agrippé à la main de sa femme.

Izzy pria pour que l'histoire connaisse un dénouement heureux. Depuis qu'elles avait qu'elle allait avoir des enfants, elle était devenue beaucoup plus sentimentale, en ce qui concernait les conjoints et les enfants touchés par la maladie ou l'accident d'une personne. L'amour qu'elle portait déjà à ses bébés et la présence inconditionnelle de Cal la rendaient plus sensible à l'impact de ces problèmes sur les proches.

— Comment s'appelle-t-elle ?

— Agnes.

— Agnes, vous m'entendez ? demanda Cal tandis qu'elle la préparait pour le transfert en hélicoptère.

Agnes émit un son indistinct, signe qu'elle revenait à la conscience.

— Agnes, ne bougez pas. Il semble que vous soyez tombée et que vous souffriez d'un traumatisme crânien. Nous allons vous mettre une minerve pour immobiliser votre cou et vous donner des antalgiques pour la douleur. Plus vite nous vous aurons stabilisée, plus vite nous vous emmènerons en hélicoptère à l'hôpital. Il est important que vous restiez immobile, vous comprenez ?

Agnes émit un autre gémissement. Ils la déposèrent sur une planche dorsale et lui mirent la minerve.

— Nous allons l'emmener à l'hôpital. L'équipe de traumatologie nous attend. Vous pouvez nous y rejoindre, dit Cal au mari de la victime.

Il fallait un quart d'heure à l'hélicoptère pour accomplir le trajet alors qu'on mettait près de quarante minutes pour atteindre l'hôpital en voiture.

Quand Izzy se releva pour transporter le brancard jusqu'à l'hélicoptère, elle sentit la tête lui tourner et elle vacilla. Par chance, le malaise passa aussi vite qu'il était venu et elle pria pour que personne ne s'en soit aperçu. Mais Cal avait les yeux braqués sur elle.

— Tout va bien, dit-elle à mi-voix, mais elle sentit que la fin de ses expéditions sur le terrain était proche.

Ils montèrent à bord et mirent Agnes sous moniteur.

— Je me mets là, dit Cal en indiquant le strapontin.

Le message était clair : pas question qu'Izzy continue à s'activer.

Elle ne protesta pas, ne serait-ce que pour ne pas détourner l'attention de Cal de la patiente. De toute façon, si elle avait été convaincue qu'il avait tort, elle ne se serait pas gênée pour le lui dire plus tard. Dans ces circonstances, elle ne pouvait que s'incliner devant son bon sens et sa prudence. Elle n'était d'aucune utilité à Cal ni à Agnes si elle avait les jambes en coton et menaçait de s'évanouir à chaque instant.

— Il y a un jus de fruits et une barre de céréales dans mon sac. Prends-les.

Elle avait beau lui avoir dit qu'elle ne supporterait pas qu'il lui donne des ordres, elle s'exécuta sans protester. Elle qui pensait pouvoir continuer à vivre comme si de rien n'était devait se rendre à l'évidence : la situation avait changé. Elle ne pouvait pas continuer, par exemple, à sauter des repas et à prendre le risque que sa tension baisse trop. Et surtout, elle ne pouvait mettre en péril leurs missions en s'évanouissant en vol ou au milieu des soins prodigués à un patient. Dorénavant, elle allait devoir tout faire pour que ce genre d'éventualité ne se concrétise plus jamais. Si toutefois on la laissait remonter à bord. Car Cal aurait à rapporter officiellement l'incident.

Elle n'avait ni faim ni soif mais elle but et mangea et, lorsque l'hélicoptère se posa sur le toit de l'hôpital, elle était tout à fait remise de son malaise.

— Agnes, nous sommes arrivés à l'hôpital. Les médecins vont s'occuper de vous, maintenant, dit Cal à la patiente qui continuait à osciller entre conscience et inconscience.

Izzy prit place de l'autre côté du brancard, qu'ils transportèrent dans une salle du service de traumatologie. Cal transmit les informations en sa possession à l'équipe qui prenait déjà Agnes en charge. Puis ils reprirent le chemin de la plate-forme où était stationné l'hélicoptère.

— Rentre, fais-toi un vrai repas et va te reposer, dit Cal.

Elle accueillit la proposition avec soulagement. De toute façon, Cal ne lui laissait pas vraiment le choix. Elle le connaissait : il serait même prêt à aller cuisiner et à la border pour être sûr qu'elle suive ses recommandations.

— Bien, docteur, dit-elle en claquant les talons et en le saluant, la main sur le front, pour lui faire comprendre, avec le sourire, qu'il pouvait cesser de se faire du souci pour elle.

Mais tout se remit à tourner autour d'elle et elle eut la sensation qu'un tourbillon aspirait l'oxygène de l'atmosphère et l'entraînait dans son élan. Elle ne parvint pas à fixer un point, pas même le visage inquiet de Cal.

Elle entendit sa voix l'appeler de loin, de très loin. Puis elle se sentit partir et plonger dans l'obscurité. La dernière chose dont elle se souvint fut les bras de Cal la rattrapant, ainsi qu'une incroyable sensation de légèreté.

7

— Izzy ? Fizz ? dit Cal dès qu'il la vit vaciller.

Il regretta de ne pas avoir demandé un brancard au personnel de l'hôpital. Il avait pourtant senti que quelque chose ne tournait pas rond.

Il vit son regard devenir flou et la rattrapa de justesse avant qu'elle tombe sur le sol. Tout en criant pour alerter leurs coéquipiers, il la prit dans ses bras et reprit la direction du service.

Son instinct et ses connaissances médicales l'amenèrent à penser qu'il s'agissait d'un malaise sans gravité. Rien d'anormal chez une femme enceinte, a fortiori si elle se nourrissait n'importe comment et vivait toujours au même rythme qu'avant la grossesse. Cela n'empêcha pas son sang de ne faire qu'un tour quand il la vit s'effondrer. Il se mit à paniquer à l'idée de perdre encore un être cher et réagit comme si la vie d'Izzy en dépendait.

Elle paraissait si fragile dans ses bras. Les souffrances du passé qui l'empêchaient de créer un lien avec ces bébés n'étaient rien comparées à ce qu'il éprouvait à présent, confronté à la possibilité de les perdre. Ces enfants étaient les siens, après tout, et il était vain de résister à la formation de ce lien entre eux et lui. L'inquiétude était simplement une facette de la paternité à laquelle il n'échapperait pas. Alors pourquoi essayer de l'esquiver, alors que tout ce qui était là, sous ses yeux, pouvait disparaître de sa vie du jour au lendemain ? Il ferait mieux de profiter de chaque instant passé avec ces êtres innocents qui n'étaient pas censés supporter ses doutes et ses craintes.

Le temps d'arriver aux urgences, Izzy commençait à revenir à elle.

— Sasha, j'ai besoin d'aide, dit Cal à l'infirmière qui venait à sa rencontre, tout en réquisitionnant un box libre.

Il posa délicatement la tête d'Izzy sur l'oreiller de la table d'examen, se félicitant de l'avoir rattrapée avant qu'elle heurte le sol et d'avoir ainsi évité un traumatisme crânien.

— Qu'est-ce qui lui est arrivé ? demanda Sasha en reconnaissant Izzy.

Il comprit à son inquiétude qu'elle pensait peut-être qu'il était arrivé un malheur en hélicoptère et la rassura aussitôt.

— Elle s'est évanouie sur le toit, pendant qu'on transférait une patiente. Il faut que je vous dise une chose : elle est enceinte de jumeaux, de près de quatre mois.

L'infirmière ne cacha pas sa surprise mais ne posa pas de questions. Aussi s'abstint-il d'entrer davantage dans les détails, sans toutefois se faire d'illusions sur le fait qu'on finirait bien par découvrir, tôt ou tard, qu'il était le père des enfants.

— Est-ce qu'elle s'est cogné la tête ?

— Non, dit-il, sûr de lui au moins sur ce point.

Il était fier d'avoir gardé un œil sur elle et d'avoir eu de bons réflexes.

— Izzy, est-ce que vous m'entendez ? C'est Sasha, du service des urgences. Essayez d'ouvrir les yeux.

Tandis que l'infirmière essayait de sortir Izzy de sa torpeur, Cal alla mouiller des serviettes en papier au lavabo.

— Cal ? Où est Cal ?

Il l'entendit marmonner et se précipita pour appliquer les compresses fraîches sur son front.

— Je suis là, Fizz.

Elle tenta de s'asseoir mais il posa la main sur son épaule pour l'inciter à rester couchée. Au pire, si elle ne l'écoutait pas, les infirmières sauraient la convaincre.

— Tu es tombée dans les pommes. Il faut te reposer un peu.

— Et les bébés ? demanda-t-elle en posant la main sur son ventre.

Cal était bien placé pour comprendre la terreur et l'impuissance qu'elle pouvait ressentir pour les avoir éprouvées lui-même quand il l'avait vue tomber comme une pierre. Même s'ils n'étaient pas en couple, cela ne l'empêchait pas de se faire du souci pour elle et ses bébés.

De plus, il était la seule personne, à part Helen, sur qui Izzy pouvait compter et il ne comptait pas se dérober.

— Je suis sûr qu'ils vont bien. Tu n'es pas restée sans connaissance très longtemps. Je t'ai amenée ici dès que tu t'es évanouie, dit-il en lui serrant doucement la main.

Le menton d'Izzy se mit à trembloter et elle déglutit plusieurs fois, déployant des efforts manifestes pour retenir ses larmes. Lui-même s'éclaircit la gorge et, du regard, appela Sasha à la rescousse.

— On va faire une échographie pour s'assurer que tout va bien, si vous voulez. Cela vous rassurera tous les deux, dit Sasha avec douceur. Nous allons aussi vérifier la tension et faire une prise de sang pour essayer de déceler les causes possibles de l'évanouissement. Est-ce que vous avez plus soif que d'habitude, ou plus envie d'uriner ?

— Non, pourquoi ? Vous pensez qu'il pourrait s'agir de diabète gestationnel ? demanda Izzy, qui avait déjà tiré des conclusions.

Mais Cal était persuadé qu'elle s'était évanouie pour des raisons plus simples. Son taux de glycémie était plutôt trop bas que trop élevé.

— Nous allons faire des analyses pour être sûrs, mais si vous n'avez pas ces symptômes, il y a peu de chance que ce soit un diabète gestationnel.

— Elle ne se nourrit pas très bien, dit-il, prêt à s'entendre traiter de mouchard par Izzy.

Mais au moins entendrait-elle peut-être enfin les recommandations de l'infirmière en matière d'alimentation des femmes enceintes.

— Ce qu'il faut avoir à l'esprit, Izzy, c'est qu'en étant enceinte vous partagez l'apport sanguin avec le bébé – en l'occurrence, avec deux bébés. Ne pas manger suffisamment aura plus de conséquences, dorénavant. Je vous conseille d'avoir des petits en-cas sur vous.

— Merci, Sasha. Je crois qu'il va falloir que je sois plus à l'écoute de mon corps, dit Izzy.

Elle avait peut-être pris conscience que la grossesse pouvait se dérouler sans complications jusqu'à son terme, et qu'il fallait commencer par du repos et des soins attentionnés, que Cal lui-même était tout à fait disposé à lui prodiguer.

Leur relation avait dépassé de beaucoup le stade de la simple amitié, en dépit de son intention de ne pas franchir certaines limites, mais il avait du mal à le reconnaître. L'enjeu était de taille et il ne pouvait pas se permettre de mettre en péril ce qu'ils avaient déjà construit ensemble. Tout ce qu'il pouvait espérer de mieux était qu'elle continue à l'impliquer dans sa vie et dans celle de leurs bébés.

Cet épisode avait effrayé Izzy. Si c'était un signe pour qu'elle prenne davantage soin d'elle, elle allait le prendre au sérieux et veiller à ce que cela ne se produise plus jamais. L'échographie avait confirmé que ses petites crevettes n'avaient pas souffert durant son malaise. Mais elle rêvait qu'on lui installe un échographe à la maison pour qu'elle puisse vérifier tous les jours s'ils continuaient à bien se porter. Ce qui était sans doute trop demander.

— On va vous garder en observation cette nuit, Izzy. Le bilan sanguin révèle des signes d'anémie et votre tension est un peu basse. C'est peut-être ce qui est à l'origine de votre évanouissement.

Elle comprenait les précautions prises mais elle ne souhaitait rien de plus que rentrer chez elle. Ou plus exactement chez Cal. Mais le médecin ne lui laissa pas le loisir de protester.

— Tu ne peux pas me faire passer par la porte de derrière et me ramener à la maison ? demanda-t-elle tandis qu'un infirmier transférait son lit du box de consultation à la chambre qu'on lui avait attribuée.

— Je le ferais volontiers si je pouvais, tu le sais, Fizz. Mais ils sont mieux équipés ici pour te monitorer.

Il était pâle, sans doute épuisé par ce qu'elle lui avait fait vivre en cette journée. Cela n'avait pas dû être simple de la porter depuis le toit et, apparemment, il n'avait pas bougé de son chevet depuis. La pensée de ne pas être totalement livrée à elle-même rendait la situation moins stressante. Même s'il n'en disait rien, il était évident que Cal se souciait de la santé de ses jumeaux autant qu'elle et ce simple fait était déjà un énorme progrès.

Jusqu'à présent, il ne lui avait jamais interdit quoi que ce soit ni imposé de rester allongée mais elle était prête à écouter tout ce qu'il lui dirait une fois rentrée chez elle, pour ne plus être couchée dans un lit d'hôpital. Quand elle pensait à rentrer *chez elle*, ces mots évoquaient une vraie maison, chaleureuse et confortable, et surtout indissociable de la présence de Cal. *Chez elle*, c'était *chez lui* et donc, désormais, *chez eux*.

— Tu devrais peut-être aller manger quelque chose ou dormir un peu. Je n'ai pas envie que tu tombes malade à cause de moi.

Cela dit, elle n'avait pas envie non plus de le voir quitter cette chambre. Même dans ce service plein de soignants et de patients, elle était prête à se recroqueviller dans un coin tout en érigeant de nouveau ses murailles protectrices familières, au cas où il décide de partir et la laisse seule.

Cal demeura auprès d'elle tandis que les infirmières s'activaient autour de son lit, la préparant pour la nuit à venir. Une fois qu'ils se retrouvèrent seuls, Cal se pencha vers elle qui était reliée à un moniteur et à une perfusion.

— J'ai le bras long, dit-il, un sourire entendu sur les lèvres.

— Qu'est-ce que ça veut dire ?

— Que, tant que je reste discret et que je ne mets pas le bazar dans la chambre, j'ai le droit de rester ici en dehors des heures de visite.

Il sous-entendait qu'il avait demandé à passer la soirée à l'hôpital au lieu de rentrer dans sa belle maison confortable. Évidemment, elle aurait pu avoir pitié de lui et lui assurer qu'elle pouvait très bien demeurer là toute seule. Mais elle éprouva un tel soulagement à l'idée qu'il reste avec elle un peu plus longtemps qu'elle accepta sans hésitation.

Izzy était un peu gênée chaque fois que son regard s'arrêtait sur la combinaison de travail de Cal posée à cheval sur le dossier de la chaise. Si elle n'était pas bêtement tombée dans les pommes, il serait chez lui, en train de se détendre et de se reposer après une journée de travail aussi éprouvante que toutes les autres.

— Ce n'est pas ce que j'appelle de la *haute cuisine*, dit-elle alors qu'ils finissaient le repas qui leur avait été servi et qui lui faisait d'autant plus apprécier les efforts de Cal pour préparer le repas tous les soirs.

— Peu importe. Je suis content et reconnaissant que l'aide-soignante ait eu pitié de moi et qu'elle m'ait donné un repas qui allait, de toute façon, finir à la poubelle.

Vu la situation, il n'avait pas refusé le plateau dont un autre patient, moins affamé ou plus exigeant que lui, n'avait pas voulu. Elle, par contre, avait mâché et avalé chaque bouchée à contrecœur. Elle était trop angoissée par l'état de santé de ses bébés pour avoir faim. Les tentatives du personnel de l'hôpital pour la rassurer n'étaient pas parvenues à lui faire oublier que le chemin était encore long et qu'elle n'était pas à l'abri de toutes sortes de complications.

— Je suis désolée, je ne suis pas d'une compagnie très agréable, dit-elle tandis qu'il empilait son assiette sur la sienne.

— Tu préfères que je m'en aille ?

— Non, répondit-elle en s'agrippant à son bras comme à une bouée de sauvetage.

Cal était la seule personne à pouvoir lui remonter le moral. Si elle restait seule, elle risquait de déprimer et ressasser.

— Tant mieux. Il faut bien que quelqu'un soit là pour vérifier que tu finis ta salade de fruits, dit-il en tirant une chaise près du lit.

Il prit le bol et la cuillère.

— Tu ouvres la bouche toute seule ou je dois faire voler la cuillère comme un avion ?

Il approcha la cuillère de sa bouche et elle obéit, touchée par sa façon de prendre soin d'elle. Elle avait beau fouiller sa mémoire, elle n'avait aucun souvenir qu'on se soit occupé d'elle avec autant de gentillesse, même quand elle était malade. Dans les familles d'accueil où elle avait vécu, les parents avaient trop peur que toute la fratrie soit contaminée et la mettaient en quarantaine dans sa chambre au moindre signe de maladie. Elle s'était dit que toutes les images qu'elle voyait à la télévision de parents passant un linge humide sur le front de leurs enfants fiévreux n'étaient que pure fiction. En voyant Cal à son chevet, elle prenait conscience de tout ce qu'elle n'avait pas reçu dans son enfance. Jamais elle n'avait connu quelqu'un qui se soucie davantage du bien-être d'une amie que du sien propre. Elle serait tout à fait disposée à ce que cela devienne une habitude.

— Qu'est-ce que je gagne, si je finis mon bol ? demanda-t-elle avant d'accepter un morceau de fruit.

En d'autres circonstances, elle aurait pu envoyer balader quelqu'un qui aurait voulu lui donner à manger à la cuillère, mais elle savait que Cal ne la traitait pas comme une enfant. Il avait seulement envie de lui remonter le moral et de faire en sorte qu'elle mange suffisamment. Elle était même contente qu'on s'occupe d'elle avec une telle dévotion.

— Qu'est-ce qui te tente ? demanda-t-il en remuant les sourcils d'une manière suggestive qui la fit rire.

Comme c'était bon d'avoir quelqu'un, auprès d'elle, qui la distraie au moment où elle en avait le plus besoin. Et quelle distraction ! Il y avait eu des moments où elle était persuadée qu'ils allaient de nouveau céder à la tentation. Elle en mourait d'envie mais Cal avait plus de présence d'esprit qu'elle et s'écartait avant qu'il soit trop tard. C'était d'ailleurs elle qui avait insisté pour que leur relation reste platonique et en avait fait la condition de son emménagement chez lui. Mais il fallait croire que ses hormones étaient plus fortes que sa raison.

— Que tu viennes dans mon lit, répondit-elle en riant à l'expression de choc qu'elle lut sur son visage.

Sur ce, elle se pencha et engloutit le dernier morceau de pomme. Puis elle tapota le matelas à côté d'elle.

— Le personnel de l'hôpital est plutôt arrangeant mais je pense qu'il ne faut pas trop en demander, dit-il.

— Je ne dirai rien si tu te tais, répondit-elle d'un air entendu.

C'était sans doute la fatigue, à la fois physique et psychologique, qui les poussait à se laisser aller au badinage. Cela faisait des années qu'ils se connaissaient et plaisantaient sur ce ton mais l'atmosphère parut soudain différente. Comme si cette façon de flirter gentiment allait déboucher sur autre chose. Au-delà du réconfort et du soutien que Cal lui apportait, l'attirance était toujours là, du moins en ce qui la concernait, même si elle était consciente qu'elle ne mènerait à rien.

Elle avait la certitude que cette toquade passerait dès que les bébés seraient nés et qu'elle se sentirait moins vulnérable. Il ne fallait pas prendre sa gentillesse pour de l'amour, ce sentiment dont elle avait manqué toute sa vie.

Mais Cal n'hésita pas une seconde de plus. Il retira ses chaussures, s'assit à côté d'elle et passa le bras sur ses épaules pour la serrer contre lui. Elle se blottit contre son torse dans un grand soupir de soulagement. Puis, peut-être parce qu'elle se sentait vulnérable, peut-être parce que les événements récents les avaient rapprochés, elle eut envie de lui dire à quel point sa présence était importante pour elle.

— Tu sais que, d'habitude, je ne laisse jamais personne m'approcher quand je suis malade ?

— Pas même Gerry, quand vous étiez ensemble ?

Il devait être difficile pour lui d'imaginer qu'on ne soit pas aussi attentionné que lui l'était naturellement. Sans parler de son métier de médecin qui consistait essentiellement à s'occuper des gens faibles et malades.

L'image de Gerry à son chevet la fit presque rire tant elle était improbable.

— Il n'était pas souvent à la maison. C'était aussi bien qu'il ne soit pas dans les parages quand j'étais malade.

Avec le recul, il lui apparaissait plus clairement que l'intérêt de Gerry dans ces moments-là lui aurait donné un prétexte de plus pour se faire bien voir et, sans doute, la manipuler. De toute façon, cela ne risquait pas de se produire. Gerry était toujours sur les routes et elle avait bien intégré l'idée qu'il fallait garder ses microbes pour soi afin de contenir toute éventuelle propagation de la maladie.

L'attitude de Cal lui faisait prendre conscience de tout ce dont elle avait manqué depuis sa naissance, et elle se jura que ses enfants sauraient ce que signifiait être aimés et chéris tout au long de leur vie.

— C'est l'une des choses qui me manquent le plus de ma mère, dit Cal en lui caressant les cheveux.

Allongée à ses côtés, elle ferma les yeux et se laissa aller au contact tendre de ses doigts.

— Quand j'étais malade, elle prenait sa journée, quoi qu'il arrive, pour rester avec moi. Elle préparait un bouillon et me l'apportait au lit. Elle se coupait en quatre pour moi, me lisait des histoires ou jouait à des jeux de société avec moi. Même quand j'ai quitté la maison pour mes études, elle accourait avec un bocal de bouillon au moindre éternuement. On peut dire que j'étais un enfant gâté.

Il éclata de rire. Le tableau qu'il venait de décrire montrait une relation mère-fils magnifique et non pas les caprices d'un fils gâté.

— Ou aimé, tout simplement. Je comprends de qui tu tiens ta gentillesse. Ta maman devait être une personne adorable.

— Elle l'était, en effet. J'ai eu la chance que mes deux parents l'aient été. Ma vie a changé quand ils sont morts. C'est comme si le ciment qui nous liait tous disparaissait. J'ai eu l'impression de perdre toute ma famille en même temps qu'eux. Mes sœurs ont déménagé avec mari et enfants et, du jour au lendemain, j'ai cessé d'être à la fois un fils, un frère et un oncle. J'ai perdu une partie de mon identité. Quand Janet m'a dit qu'elle était enceinte, j'ai pu de nouveau endosser un rôle, celui de mari et de père. Je pense que c'est ce qui a rendu son départ aussi douloureux pour moi. Il m'a fallu du temps pour redécouvrir ma propre identité, indépendante des rôles que je jouais socialement. C'est sans doute la raison pour laquelle j'ai du mal à enfiler de nouveau le costume de père. Je ne veux pas qu'il définisse à lui seul ce que je suis.

Il parlait d'une voix triste qui la poussa à le serrer à son tour dans ses bras. Elle comprenait mieux à présent sa retenue et sa peur de s'engager totalement et d'être une fois de plus dépossédé si elle décidait de se comporter avec lui comme Janet l'avait fait.

— Je te connais, Cal, et je t'ai connu avant que tout cela arrive. Je souhaite que tu prennes pleinement ta place auprès de tes enfants. Mais je ne te laisserai pas partir à la dérive et disparaître derrière ton rôle de père pour autant.

Il hocha lentement la tête avant de changer de sujet.

— Et toi ? Tu ne m'as jamais parlé de tes parents adoptifs, à part le fait qu'ils vivaient loin d'ici.

— Je ne les ai jamais vraiment considérés comme mes parents, mais ils ont été le dernier couple à jouer ce rôle. Je ne connais pas mes parents biologiques. J'ai passé ma vie de famille d'accueil en famille d'accueil jusqu'à ce que je sois assez grande pour vivre seule. Dans ce système, certains parents ont vraiment envie d'aider les enfants, d'autres ont apparemment des motivations différentes, comme l'appât du gain. En tout cas, très peu étaient capables de gérer les problèmes que certains d'entre nous trimballaient avec eux depuis leur naissance. Je sais que j'ai fait n'importe quoi, que j'ai tellement repoussé les limites des familles, simplement pour tester leur désir de m'élever comme si j'étais vraiment leur fille, si bien que je ne suis jamais restée très longtemps au même endroit.

» C'est quand j'ai rencontré Helen que les choses ont changé pour moi. À cette époque, nous étions voisines et elle est peu à peu devenue une amie, une vraie. La seule que j'aie jamais eue. Elle m'invitait tout le temps chez elle, où j'étais traitée comme un membre de la famille. J'ai passé plus de temps chez eux, à manger avec eux, à parler avec eux – y compris de mes problèmes –, que dans mes familles d'accueil. Je pense que c'est ce qui m'a donné envie de fonder une famille et d'en prendre soin. Je veux donner à mes enfants tout l'amour et la stabilité que je n'ai pas reçus à la naissance. À part chez Helen, je n'ai jamais été considérée comme un enfant de la famille ni reçu de véritable affection. Je m'en suis rendu compte en observant les parents d'Helen. Je pense que c'est pour ça que je ne supporte pas qu'on soit là quand je suis malade. Je n'ai pas l'habitude. »

— Ma pauvre Izzy ! Je suis flatté que tu tolères ma présence, dit-il en déposant un baiser sur son front.

— Toi, c'est différent. Je...

Elle s'interrompit avant de dire « je t'aime ».

— Je suis habituée, dit-elle de justesse, soulagée de n'avoir pas gâché ce moment merveilleux en disant n'importe quoi, ce qui l'aurait fait fuir puisqu'il n'éprouvait pas les mêmes sentiments envers elle.

— Content de te l'entendre dire.

Le silence tomba sur la chambre et elle se blottit plus étroitement contre son torse. Mais il ne s'écoula pas longtemps avant que ses angoisses reviennent à la charge.

— Cal ?

— Hum ?

— J'ai peur.

Il se pencha vers elle jusqu'à ce que leurs nez se touchent.

— Je suis là, dit-il, et je ne laisserai jamais rien t'arriver de mal. Tu es la personne la plus chère à mon cœur.

Lasse de lutter contre un sentiment qui prenait de plus en plus de place, elle se demandait, quand il la regardait avec une telle adoration dans les yeux, pourquoi elle continuait à résister à l'inévitable.

Elle ferma les yeux et leva légèrement la tête, invitant Cal à prendre la décision qui scellerait leurs destins. Elle sentit la douceur de ses lèvres sur les siennes et eut l'impression que tout son corps reprenait vie après un long sommeil. Pour une fois, elle était en accord avec elle-même et avec ce qu'elle ressentait, et elle pria pour que ce soit aussi le cas de Cal et qu'il ne l'embrasse pas simplement pour la consoler.

Mais il l'attira à lui et la détermination de son geste la rassura sur ses intentions. Cal la considérait comme son amie la plus chère et il ne lui aurait jamais parlé de son enfance et de ses peurs s'il avait senti que le lien qui les unissait n'était pas solide.

Elle libéra son esprit de tout ce qui n'était pas lié au contact des mains de Cal sur son corps. Tout ce dont elle avait envie était là, dans ce baiser : le confort, la sécurité mais surtout la passion dont elle essayait depuis des mois de se convaincre qu'elle n'avait existé qu'une nuit. La fougue avec laquelle Cal l'attirait à lui à présent le démentait. La passion, le désir, étaient bel et bien là.

Au point que le moniteur s'emballa. Cal sut ainsi exactement quel effet il produisait sur elle. Elle le sentit sourire contre ses lèvres et se détacher d'elle.

— Je ferais mieux de partir avant que les infirmières me jettent dehors, dit-il d'une voix rauque de désir.

— Tu ne veux pas rester encore un peu ? demanda-t-elle, pas plus enthousiaste que lui à l'idée de le voir partir.

— Il faut que tu te reposes. Tu vois bien que je t'empêche de dormir, dit-il sans cesser de sourire, ce qui ne fit que redoubler son envie de passer encore du temps dans ses bras.

Il se leva et arrangea les oreillers.

— Si tu veux, je reste jusqu'à ce que tu t'endormes, lui murmura-t-il dans le creux de l'oreille.

Elle ferma les yeux en souriant puis la fatigue la rattrapa. Elle ne souhaitait jamais autant que Cal fasse partie de sa vie que lorsqu'elle imaginait vivre sans lui.

8

Tel un gamin le jour de Noël, Cal avait attendu, fébrile, qu'on l'appelle pour l'autoriser à aller chercher Izzy à l'hôpital.

Sa maison était spacieuse, paisible et confortable, mais sans Izzy, elle n'avait plus aucun intérêt. Il avait été heureux de passer du temps enlacé à elle – en dépit des fourmillements dans le bras – simplement pour pouvoir être près d'elle. C'est ce qui lui avait fait comprendre que la situation avait pris un nouveau tour.

En l'invitant à vivre avec lui dans sa grande maison, il pensait simplement au départ lui rendre un service. Il n'avait jamais eu l'intention de se rapprocher d'elle à ce point. Sur le plan émotionnel, cela l'exposait au risque auquel il avait déjà été confronté trop souvent. En voulant l'impliquer à chaque étape de la grossesse, Izzy avait ouvert une brèche dans les murailles censées protéger son cœur. Quand il envisageait la possibilité de la perdre, elle, ou qu'il arrive quelque chose aux bébés qui étaient dans son ventre, l'idée de former une petite famille avec eux lui paraissait des plus naturelle.

La veille avait été une journée stressante pour eux deux mais elle avait dû coûter particulièrement cher à Izzy pour qu'elle le laisse l'approcher de si près et lui demande de rester avec elle. Elle avait toujours été quelqu'un de dynamique et dont l'indépendance farouche confinait parfois à la rébellion. Aussi son attitude dans la chambre d'hôpital était-elle le signe de l'agitation intérieure à laquelle elle était en proie. Izzy n'avait pas de famille ni d'amis dans cette région et il était naturel qu'elle se tourne vers le premier qui lui témoigne de l'intérêt. Lui, en l'occurrence.

Mais c'était ignorer le baiser qu'ils avaient échangé. La situation d'Izzy l'avait tellement ému, il éprouvait tellement de compassion pour elle, tellement de reconnaissance d'avoir croisé son chemin, tellement d'amour, que rien n'aurait pu empêcher qu'il se produise. Quand elle l'avait embrassé en retour, il s'était réjoui qu'elle ne le rejette pas. Il avait fallu que le moniteur se mette à biper, sous l'effet d'une hausse de sa pression sanguine, pour qu'il se rappelle qu'elle était en observation à l'hôpital parce qu'elle avait eu un malaise. Loin de lui l'idée de profiter de sa faiblesse passagère alors qu'il était la seule personne sur laquelle elle pouvait s'appuyer. Il était là pour lui procurer sécurité et stabilité – deux choses qu'elle n'avait pas beaucoup connues dans sa vie – dans une période chaotique de son existence.

— Veux-tu que j'aille chercher un fauteuil roulant pour aller jusqu'à la voiture ? demanda-t-il tandis qu'elle rangeait ses médicaments et ses affaires de toilette dans le sac qu'il lui avait apporté.

Elle lui coula un regard en coin.

— Veux-tu que je te pousse en fauteuil roulant jusqu'à la voiture ?

— D'accord, j'ai compris. Je voulais juste t'éviter de marcher jusque-là, dit-il en levant les mains en signe de reddition.

Mais, au fond de lui, il était content qu'Izzy ait recouvré sa combativité. C'était pour lui un signe de guérison plus fiable que les résultats des bilans sanguins.

— J'ai passé trop de temps dans ce lit. J'ai besoin de bouger et de prendre l'air. Sans parler de manger quelque chose qui n'ait pas l'aspect d'aliments pour bébés. On pourra s'arrêter quelque part sur la route ?

— Je te propose mieux que ça : le frigo est plein de fruits et légumes frais. J'ai envie de cuisiner quelque chose de bon pour fêter ton retour à la maison. Dis-moi simplement ce qui te fait envie.

Il se pencha et prit son sac avant qu'elle proteste pour le porter elle-même.

Dorénavant, il concocterait des plats complets et nourrissants afin qu'elle n'ait aucune carence en vitamines et sels minéraux.

— Pour l'instant, j'aimerais que tu me ramènes et que tu fasses chauffer de l'eau pour le thé, dit-elle sur un ton empreint de douceur, en glissant un bras sous le sien.

Elle s'appuya sur lui pour marcher jusqu'à la voiture.

Il avait eu peur que, après qu'il était rentré chez lui, Izzy ait remonté ses murailles défensives et qu'elle se soit mise à regretter de s'être laissée aller à ce baiser passionné. Son lit lui avait soudain paru immense et vide. Encore plus, même, qu'après le départ de Janet. En repensant aux années pendant lesquelles il avait dormi avec Janet, il prit conscience que la vraie intimité n'avait rien à voir avec la proximité. Le moment qu'Izzy et lui avaient passé, blottis l'un contre l'autre sur ce lit d'hôpital, avait été un moment d'une grande intimité. Avec Janet, il formait officiellement un couple mais il n'avait jamais eu le lien qu'il avait avec Izzy. Raison pour laquelle Janet n'avait jamais vraiment approuvé leur amitié.

La veille, le partage de leurs souvenirs et de leurs inquiétudes actuelles, le fait d'exprimer des émotions enfouies en eux depuis trop longtemps avaient renforcé ce lien. À présent, leur seul sujet de préoccupation était la venue au monde de ces enfants.

Il déverrouilla la voiture et, au lieu de s'installer sur le siège passager comme il s'y attendait, Izzy se tourna vers lui.

— Merci pour tout, Calum, dit-elle avant de l'embrasser sur la bouche.

Il roula en pilote automatique, dans un état second, jusqu'à la maison, seul endroit où ils avaient envie d'être, où ils pouvaient s'enfermer pour recréer ce cocon. Car tout ce dont ils avaient besoin, c'était l'un de l'autre.

Izzy avait passé le reste de la semaine assignée à résidence sur ordre de Cal. Elle savait, pour travailler avec lui depuis des années, qu'il ne cherchait pas à avoir l'ascendant sur elle ni à exercer une quelconque forme d'autorité. Au contraire, il était attentionné et courtois. Des qualités hautement appréciables, sauf peut-être pour quelqu'un qui était férocement attaché à son indépendance.

Elle avait l'impression de tourner en rond et de devenir folle, à ne pas pouvoir sortir ni lever le petit doigt. C'était une situation totalement inédite face à laquelle elle ne savait pas comment réagir. Alors elle était redevenue la femme récalcitrante qu'elle savait être, accusant Cal de l'étouffer. Au fond d'elle, elle avait peur de lui sauter dessus chaque fois qu'il lui accordait un peu d'attention.

Non que Cal lui ait tendu des perches en ce sens. En tout cas, s'il éprouvait la même envie qu'elle, il n'en laissait rien paraître. Elle pensait que le soir où elle s'était endormie dans ses bras, à l'hôpital, marquerait une nouvelle étape de leur relation. Mais Cal était redevenu un simple garde-malade manifestement obsédé par l'idée qu'elle et les jumeaux se portent au mieux.

Il n'avait pas eu de réaction particulière quand elle l'avait embrassé sur le parking de l'hôpital, si bien qu'elle avait ajouté ce geste malheureux à la liste des erreurs qu'elle avait commises avec les hommes. Elle avait saboté leur relation en voulant la transformer en une chose qu'elle n'était pas. Et surtout dont Cal ne voulait pas.

Elle s'était confiée à lui et lui avait demandé de se coucher auprès d'elle. Que pouvait-il faire, à part la réconforter ? Elle avait failli tout gâcher en voulant prolonger ce moment en dehors des murs de l'hôpital.

Malheureusement, le repos forcé produisait sur elle l'effet inverse de celui qu'il était censé produire. Au lieu d'en profiter et de décompresser, elle passait tout son temps à ressasser ce qui venait de se passer ou à cogiter sur ce qui allait arriver dans un futur proche.

Elle avait tout essayé pour ne pas penser à Cal et à ce qu'il était en train de faire au travail. Y compris les émissions de télévision minables et le tricot – en faisant tellement de trous dans les carrés qu'elle comptait assembler pour en faire une couverture qu'on aurait dit qu'elle les avait faits au crochet.

Elle bondit en entendant la clé dans la serrure, impatiente de pouvoir enfin parler à un humain.

— Tu aurais dû me prévenir que tu rentrais, j'aurais mis le dîner à réchauffer.

Elle se fit l'effet d'une femme au foyer des années 1950 attendant, pieds nus et enceinte, que le centre de son univers rentre à la maison et donne un sens à sa vie. Il fallait qu'elle retourne travailler au plus vite, qu'elle se remette à faire quelque chose d'utile. Elle ne s'était jamais vue dans le rôle de femme au foyer – ne serait-ce que parce qu'elle ne savait même pas que cela existait. Certes, il était agréable de dîner et de partager les tâches ménagères avec un homme tout prêt à vous hisser sur un piédestal, mais comment était-il possible de passer ses journées, collée à l'évier de la cuisine, sans centres d'intérêt qui vous poussent à sortir de la maison ?

— Tu n'as pas à faire cela pour moi. Tu es censée te reposer, répondit-il en accrochant sa veste.

Il retroussa ses manches en vue d'aller préparer le dîner. Pas étonnant que Janet ait profité de sa gentillesse. Mais Izzy, elle, n'avait pas l'habitude qu'on soit aux petits soins pour elle. Et, surtout, elle ne savait pas que faire de ses journées.

— Cal, je me repose tellement que je suis pratiquement dans le coma. La sage-femme a confirmé que tout allait bien, lors de la dernière visite. La tension est bonne, le taux de fer est remonté. Et tu as préparé de quoi me nourrir pendant le restant de la grossesse. Je n'ai rien d'autre à faire que réchauffer mon assiette.

Cal avait une propension à aider et à s'occuper des gens mais, s'il continuait sur cette lancée, elle allait finir par imploser.

— Tu dis ça comme si c'était négatif.

— J'apprécie beaucoup les efforts que tu fais pour moi, Cal, mais je ne suis pas du genre à rester assise pendant que tout le monde s'agite autour de moi, quelles que soient les circonstances. Je vais reprendre le travail lundi. Mais, ne t'inquiète pas, je vais demander à faire partie de l'équipe au sol.

Cal hocha la tête.

— C'est à toi de décider, Iz. Je ne fais que tenir ma promesse de bien m'occuper de toi et des bébés.

— Je sais.

Et elle lui en était très reconnaissante.

— Et si on allait dîner dehors ? proposa-t-il.

L'idée d'une soirée en amoureux lui fit soudain battre le cœur mais elle la chassa aussitôt. Ce que Cal proposait, c'était un compromis, un moyen de pacifier les choses. Mieux valait qu'elle tempère son excitation à l'idée – l'illusion, plus exactement – que leur relation ait évolué vers quelque chose de plus intime.

— Bonne idée. Cela me fera du bien de sortir d'ici et de me reconnecter à la civilisation.

Ce ne serait pourtant pas une sortie entre collègues comme ils avaient pris l'habitude de le faire après le travail. Peut-être un jour iraient-ils dîner ensemble comme un couple et, pourquoi pas, comme une famille au grand complet ?

— Laisse-moi dix minutes pour prendre une douche et me changer, dit-il en gravissant les marches quatre à quatre, pendant qu'elle priait pour recouvrer un pouls normal.

— Le serveur doit penser que nous avons une liaison clandestine, dit Izzy, une fois qu'ils furent assis à une table éclairée à la bougie dans le but évident de créer une ambiance romantique.

Cal sourit, manifestement amusé par le fait que le serveur ait choisi de les installer dans un coin intime de la salle, loin des familles remuantes et des hommes d'affaires.

— Je ne demande pas mieux que d'apporter de l'eau à son moulin, dit-il en lui prenant la main pour la porter à ses lèvres.

Izzy sentit des picotements parcourir son bras. Sa raison avait beau s'être faite à l'idée qu'il valait mieux oublier les baisers qu'ils avaient échangés, son corps ne manquait jamais de lui rappeler l'intensité des sensations que le contact de la main de Cal pouvait susciter.

Elle s'efforça de maîtriser ses pensées et les parties de son anatomie en pleine rébellion et remarqua que Cal était devenu silencieux. Il était vraiment temps de jouer cartes sur table et de parler franchement de ce qui se passait entre eux sur le plan affectif.

— Cal, je pense qu'il faut qu'on parle.

Il n'eut pas le mouvement de retrait que ce genre d'annonce aurait pu provoquer. Au contraire, il serra plus fort sa main dans la sienne.

— Tu as raison. Il me semble que la situation nous a un peu échappé, ces derniers temps, dit-il en souriant.

Il avait l'air de n'éprouver aucun regret à l'évocation des moments de folie où leur relation avait dégénéré.

— Je voudrais seulement savoir où j'en suis. Où nous en sommes.

Ils ne pourraient pas continuer longtemps à faire comme s'il n'y avait aucune attirance entre eux et comme s'ils pouvaient la faire disparaître. Lorsqu'ils s'étaient embrassés sur le parking, elle avait compris qu'elle ne pourrait pas revenir en arrière et le considérer de nouveau comme un simple ami. Il fallait regarder les choses en face maintenant que des sentiments plus forts s'en étaient mêlés.

L'amour avait fait son apparition lentement, s'immisçant entre leur amitié solide et la passion qu'ils avaient éprouvée ponctuellement. Elle avait fini par comprendre qu'ignorer ses sentiments ne les faisait pas disparaître. Au contraire, cela provoquait des situations dont ils perdaient totalement le contrôle. Mais elle était enceinte de lui et l'accouchement approchant, il était plus important que jamais qu'ils clarifient la nature de leur relation. Et qu'elle sache sur quelles bases elle allait fonder la famille dont elle avait toujours rêvé et qui était sur le point de devenir réalité.

Évidemment, le serveur revint au moment crucial où Cal s'apprêtait enfin à répondre.

— Merci, dit-il poliment.

Elle se retint jusqu'au départ du serveur puis reprit, ignorant l'assiette de poulet cajun qu'il venait de déposer devant elle.

— Que nous le voulions ou non, nous allons être parents.

Elle n'avait plus envie de tergiverser, de se taire de peur de le perdre, alors que quelques mois seulement les séparaient de la naissance de leurs enfants.

Cal exhala un gros soupir.

— Je sais que je n'ai pas fait montre d'un grand enthousiasme à l'idée d'être père et que ce que j'ai vécu avec Janet m'a refroidi. Je ne sais plus que penser de la paternité.

— Je m'en doute, dit-elle en piquant une pâte dans son assiette.

Le plat délicieux qu'elle avait commandé avait un goût amer. Elle maudit intérieurement cette femme d'avoir rendu leur vie encore plus compliquée qu'elle ne l'était déjà. Si Janet ne s'était pas comportée de façon aussi cruelle avec cet homme merveilleux, Cal et elle-même seraient probablement installés ensemble depuis longtemps, impatients de voir leurs enfants venir au monde. Sans redouter que leur naissance soit synonyme de trahison et de chagrin d'amour.

— Pourtant, j'avais vraiment envie de fonder une famille. Je voulais tout à la fois : une femme, des enfants, la maison qui va avec. À la mort de mes parents, j'étais obsédé par l'idée de recréer une famille unie autour de moi.

— Tu pourrais avoir tout cela aujourd'hui, si tu ne le rejetais pas.

Elle était lasse de payer les pots cassés par une femme sans scrupule. Ses bébés et elle méritaient mieux que cela.

— Au début, j'ai pensé que tu regrettais qu'on ait couché ensemble et l'idée que notre histoire n'aille pas plus loin m'a déprimé. J'ai lutté comme un fou contre les sentiments que j'éprouvais pour toi. Il ne s'agissait pas seulement d'un désir sexuel – même si on ne peut pas nier l'alchimie qui a existé entre nous cette nuit-là.

Il sourit et elle se demanda ce qui, de ce sourire ou du fait qu'il la considère comme autre chose qu'une histoire d'un soir, la bouleversait le plus.

— J'ai pensé que nous pouvions séparer notre relation de couple de notre rôle de parents. Ce qui est idiot, j'en conviens, mais la paternité me faisait peur. Mais tu ne m'as jamais fait comprendre d'aucune façon que tu voulais que notre histoire aille plus loin. Alors je me disais que, le jour où tu trouverais quelqu'un, tu partirais avec les bébés et je me retrouverais seul, privé de ces enfants comme de celui que Janet m'avait enlevé.

La douleur était encore vive. Il était normal qu'il ait cherché à se protéger pour ne pas revivre la même tragédie.

— Ces enfants sont les tiens autant que les miens, dit-elle. Je n'ai aucune intention de te les enlever. Pour moi aussi, fonder une famille est le rêve de ma vie. Mais, contrairement à toi, je ne sais pas ce que c'est qu'avoir une famille aimante et bienveillante. C'est justement ce que j'ai envie de créer avec mes enfants. Je veux qu'ils se sachent et se sentent aimés chaque jour de leur vie. Qu'ils grandissent avec des parents affectueux. Mais moi aussi j'ai eu peur en voyant que la perspective de devenir père ne t'emballait pas. C'est du moins ce que je percevais.

— Je t'ai expliqué ce qui me retenait d'être tout à fait confiant et enthousiaste à l'idée d'être père. Je suis désolé de ne pas pouvoir faire autrement.

En d'autres termes, il lui laissait la décision de s'engager avec quelqu'un qui était plutôt réticent et qui risquait de lui briser le cœur.

— J'apprécie ton honnêteté mais je ne suis pas prête à m'engager dans une relation bancale avec quelqu'un qui n'y croit pas. Cela peut paraître égoïste mais, après ce que j'ai vécu avec Gerry, je ne veux plus être reléguée au second plan.

— Je ne suis pas Gerry, dit Cal, piqué par la comparaison.

— Tout va bien ? demanda le serveur qui était réapparu comme par enchantement et regardait les assiettes encore pleines auxquelles ils avaient à peine touché.

— Très bien, merci, répondit-elle dans l'espoir qu'il s'éloigne et les laisse aller au bout de cette conversation.

Le serveur hocha la tête et s'éclipsa sans rien ajouter. Cal attendit qu'il soit hors de portée et poursuivit.

— Gerry ne pensait qu'à lui dans les décisions qu'il a prises. J'ose espérer que ce n'est pas mon cas. Justement, je ne veux pas me précipiter et préfère m'assurer que tout ce que je fais je le fais pour les bonnes raisons et dans l'intérêt de nous tous.

Il se leva pour aller régler la note sans attendre qu'on la leur apporte à table et il sortit, manifestement en colère d'avoir à se justifier. Izzy se dit qu'elle ferait sans doute bien de faire des concessions, elle aussi. Après tout, malgré ses réserves sur l'avenir, il lui avait spontanément proposé de les héberger, elle et son gros ventre.

Comment lui en vouloir de chercher à faire les choses du mieux possible pour toutes les personnes concernées ? C'était peut-être beaucoup lui demander que d'exiger de lui qu'il ait une idée claire sur les mois à venir alors qu'il essayait encore de se faire à l'idée qu'il allait être père.

— Cal, attends-moi !

Ce dîner aurait pu être l'occasion de resserrer leurs liens, de passer une soirée tranquille, romantique à souhait, mais, au lieu de cela, elle avait pratiquement poussé Cal jusqu'au point de rupture en exigeant de lui l'impossible.

— Cal, c'est juste que... Je ne veux pas te perdre. Je ne sais pas ce que je ferais sans toi.

En se voyant au milieu de la rue, cherchant désespérément à croiser le regard de Cal, elle sentit les larmes perler à ses paupières. Pourquoi fallait-il qu'elle soit tombée amoureuse de lui ? Cal n'était pas seulement un ami dont elle s'était habituée à la présence quotidienne. Il était devenu une partie de sa vie, une partie d'elle sans laquelle elle sentait qu'elle ne pouvait fonctionner correctement. Cela s'était fait tout seul. Indépendante comme elle l'était, elle n'avait pas décidé un beau jour qu'elle avait besoin de quelqu'un pour vivre.

Cal se tourna brusquement et revint vers elle. Il posa les mains sur ses hanches et approcha son visage du sien.

— Je n'irai nulle part sans toi, Fizz. Sauf si tu me le demandes.

Il se pencha et l'embrassa tendrement. Elle se raidit, priant pour qu'il ne l'embrasse pas simplement pour la réconforter ou l'apaiser, puis décida de s'abandonner. Elle glissa les doigts dans ses cheveux et l'attira à elle, déterminée à comprendre la vraie nature de son affection.

Elle était sûre de sa loyauté en tant qu'ami mais ne voulait pas que l'un ou l'autre la confonde avec des sentiments qu'ils n'éprouvaient pas au départ.

Mais elle s'inquiétait pour rien. Dès qu'elle lui montra qu'elle n'attendait rien d'autre de lui que ce témoignage passionné, Cal la serra dans ses bras avec une ardeur qui la fit presque chanceler. Il l'embrassa fougueusement, longuement. Alors elle se laissa aller à son tour à exprimer tout son désir pour lui

Ils se détachèrent l'un de l'autre, se rappelant qu'il leur fallait respirer, aussi haletant l'un que l'autre.

— On rentre ? dit-il sans la lâcher.

— Hum, dit-elle avec le même manque d'empressement.

Elle était bien là où elle se trouvait, tout en étant impatiente de voir leur relation évoluer. Cal avait été honnête et c'était à elle de décider si cela lui suffisait pour envisager l'avenir avec lui.

Restait à demander à son cœur meurtri s'il était prêt à prendre ce risque, alors que son corps, lui, hurlait : « Oui ! »

9

Le trajet du retour avait permis à Cal de calmer ses ardeurs et de réfléchir à ce qui venait de se produire. Izzy lui avait expliqué en quoi fonder une famille était important pour elle aussi. Cela dit, les frasques de Janet l'avaient totalement déstabilisé et il n'était pas certain d'avoir la même conception de la famille qu'auparavant. Loin de lui l'intention de coucher avec Izzy et de lui donner de faux espoirs sur l'avenir.

Izzy méritait d'être en couple avec un homme qui soit là pour elle et pour ses bébés. Un homme qui sache ce qu'il voulait. Tant que lui-même n'avait pas les idées claires sur le couple et la famille, mieux valait peut-être ne pas foncer tête baissée.

Aussi, lorsqu'ils rentrèrent à la maison, il la laissa au pied de l'escalier.

— Bonne nuit, Izzy, dit-il en l'embrassant sur la joue, espérant qu'elle ne prenne pas sa décision pour du rejet mais pour une précaution préférable pour tous les deux.

Il risquait de passer la nuit sans fermer l'œil, allongé de l'autre côté de la cloison séparant sa chambre de celle d'Izzy, repassant en boucle dans sa tête le baiser passionné qu'ils avaient échangé à la sortie du restaurant. C'était ce qui lui arrivait fréquemment la nuit, depuis leur premier baiser.

Mais mieux valait prendre un peu de recul et s'efforcer d'être un vrai soutien plutôt qu'une source de stress supplémentaire. Elle était vulnérable, depuis la frayeur que son malaise lui avait causée, et il n'était pas nécessaire qu'il en rajoute alors que ses hormones et ses émotions étaient déjà sens dessus dessous. Tout comme les siennes, manifestement, en particulier depuis l'instant où il avait compris qu'elle le désirait autant qu'il la désirait.

Il soupira et reprit le livre qu'il avait posé sur la table de chevet en espérant sombrer dans le sommeil. Il parvint à se concentrer sur la lecture d'une ou deux pages avant de se rendre compte qu'il n'avait rien enregistré de ce qu'il avait lu. Toute son attention se portait sur ce qui se passait dans la chambre voisine.

— C'est de la folie, confia-t-il au petit mouton en peluche qu'Izzy avait posé sur son lit, incapable de se concentrer sur autre chose que le craquement du parquet sous les pas d'Izzy qu'il imaginait en train de se déshabiller pour la nuit.

Il rejeta le drap, trouvant qu'il faisait soudain trop chaud.

Il reposa son livre et éteignit la lampe. Il fallait qu'il prenne des forces pour affronter la journée du lendemain, qui serait aussi chargée que les autres. Il se rappela les nuits où il dormait d'un sommeil agité sur le canapé parce que son lit lui rappelait la cruauté de la femme qui lui avait broyé le cœur. Était-il vraiment préférable d'être empêché de dormir par des pensées indécentes concernant la femme qu'il côtoyait depuis des années et qui, il n'y avait pas si longtemps que cela, était simplement son amie ? L'alchimie qui existait entre eux et qui ne demandait qu'à se manifester empêchait-elle Izzy aussi de trouver le sommeil ? Il avait du mal à croire que l'épisode de la mort de Gerry et l'annonce de la grossesse surprise l'aient déstabilisée au point qu'elle se jette dans ses bras sans vraiment savoir ce qu'elle faisait.

— Cal ?

La présence d'Izzy était tellement tangible qu'il crut l'entendre l'appeler dans le noir.

Puis il entendit le parquet craquer, tout près de lui, cette fois.

— Izzy ?

— Oui, c'est moi.

— Que se passe-t-il ?

Le temps qu'il tende le bras pour rallumer la lampe, elle s'était assise sur le bord du lit. Elle paraissait calme. S'il y avait eu un problème lié à la grossesse, elle aurait certainement eu l'air paniqué et se serait mise à lui expliquer les raisons de son inquiétude.

Au lieu de cela, elle se coucha près de lui en position fœtale, la tête posée sur l'oreiller, à côté de la sienne.

— Je n'ai pas envie de dormir seule, Cal.

Comme elle ne semblait pas disposée à bouger, il tira le drap sur eux et se blottit contre elle. Son cœur battait la chamade et il ne put s'empêcher de caresser ses boucles rousses, découvrant un bout d'épaule à la blancheur de porcelaine.

— Tu es sûre que tu ne veux pas profiter de ta tranquillité tant que tu en as ? dit-il, tentant de dissimuler son désir sous un trait d'humour.

Mais Izzy posa une main ferme sur sa hanche, ce qui le fit réagir au quart de tour.

— Faut-il que je te supplie ? Tu sais bien que ni toi ni moi ne prenons les choses à la légère. Mais je crois que nous sommes tout aussi incapables de lutter contre ce qui nous arrive, Cal. Et, personnellement, je n'en ai même pas envie.

Izzy risquait le tout pour le tout. En venant s'allonger dans le lit de Cal, elle risquait de se faire refouler et de repartir avec le peu de dignité qui lui restait encore.

Rien ne parvenant à apaiser la tension sexuelle qui fusait entre eux, elle avait décidé de passer à l'action. Elle savait qu'il s'était éloigné d'elle, après leur baiser torride, de peur qu'elle se fasse des idées sur ses intentions.

Or, elle souhaitait à présent qu'il exprime son attirance pour elle par autre chose qu'un simple baiser. Elle n'avait pas l'habitude de se jeter au cou des hommes mais elle connaissait Cal et savait que jamais il ne profiterait de la situation, au contraire. Il préférait refréner son désir plutôt que de risquer de lui faire du mal. Or, le mal était déjà fait et la fougue avec laquelle ils s'embrassaient était la preuve qu'ils n'étaient pas en mesure d'arrêter cette course folle.

Elle glissa la main sur la cuisse de Cal et vit ses yeux se rembrunir. Puis il se mit à l'embrasser avec la même fougue qu'un peu plus tôt, dans la rue. Mais il semblait cette fois plus disposé à explorer d'autres pistes que l'amitié et l'amour platonique et il l'attira contre lui, laissant son corps réagir sans complexe à son contact.

Elle ferma les yeux pour accueillir à son tour les sensations provoquées par les caresses et les baisers de Cal et eut l'impression de s'envoler. Ce n'est que quand il fit glisser la bretelle de sa nuisette sur son épaule et prit son sein nu dans la main qu'elle revint toucher le sol.

Du pouce, il caressa le bout de son sein. Elle s'arqua en gémissant. Encouragé par sa réaction, il déposa des baisers le long de son cou, léchant et tétant sa peau jusqu'à prendre dans la bouche le bout de son autre sein, libéré lui aussi du tissu qui le couvrait.

Izzy s'accrocha à ses épaules, tandis que le plaisir montait en elle. Elle avait oublié à quel point c'était bon de s'abandonner, de se laisser aller avec lui. Cal se mit à mordiller le bout de son sein. Elle ne prit pas le temps de l'inviter à se déshabiller mais s'en chargea elle-même jusqu'à ce qu'il se retrouve nu sous ses caresses. Il fit glisser sa nuisette le long de son corps avec une lenteur délicieusement excitante tout en embrassant chaque centimètre carré de peau découvert. Quand elle fut tout à fait nue, il était agenouillé à ses pieds.

— Tu es magnifique, dit-il.

Elle se sentit soudain pudique, le corps ainsi exposé à la lumière de la lampe de chevet.

— Toi aussi, répondit-elle avec la même sincérité.

Jusqu'à peu de temps auparavant, la nature de leur relation lui interdisait de se rappeler à quoi il ressemblait sans sa combinaison de vol rembourrée. À présent, elle était libre de contempler son corps ferme et musclé, son sexe dressé.

Cal sourit et le coin de ses yeux se plissa. Il s'allongea sur elle. Elle tremblait de tout son corps tant son désir pour lui était fort. Elle décida d'inverser les rôles et de s'asseoir sur lui mais elle n'en eut pas le temps car il lui écarta les cuisses et la pénétra en gémissant.

Elle éprouva un sentiment de joie et de paix mêlées à l'idée qu'ils soient enfin unis, corps et âme. Il s'immobilisa, scruta son visage dans l'attente qu'elle confirme que tout allait bien.

Elle n'avait pas envie que sa condition de femme enceinte ou l'attention protectrice de Cal entravent ce moment majeur et tant attendu de leur relation. Ils devaient apprendre à se faire mutuellement confiance s'ils souhaitaient partager leur avenir.

— J'ai besoin de toi, Cal.

Elle avait besoin de tout son être, sans retenue, parce qu'elle voulait se donner totalement à lui en retour.

Ses paroles les libérèrent tous les deux des fils qui les retenaient de chercher ensemble à atteindre le comble du plaisir.

— Isobel..., murmura-t-il de sa voix grave au creux de son oreille tandis qu'elle essayait de prolonger son extase le plus longtemps possible.

Ils restèrent accrochés l'un à l'autre jusqu'à ce que leurs membres se relâchent, haletants et souriants.

Elle était transportée de joie comme si elle venait de faire l'amour pour la première fois avec son premier grand amour. Elle avait déjà eu du plaisir avec les hommes, et avec Cal en particulier, mais la satisfaction avec laquelle ils se regardaient était le signe qu'ils avaient atteint un nouveau stade.

— Pourquoi nous sommes-nous empêchés de faire cela plus tôt ? demanda Cal en s'allongeant à côté d'elle sans cesser de caresser son corps nu, provoquant des frissons de plaisir successifs.

— Je crois que nous avions peur de ne pas en sortir indemnes, dit-elle en caressant le bas de son dos.

La vérité, ils le savaient l'un et l'autre, était plus complexe et plus douloureuse que cela. Mais elle ne regrettait pas d'avoir attendu pendant un temps qui leur avait aussi permis de se rapprocher l'un de l'autre.

En faisant l'amour avec lui de manière si passionnée, elle avait la confirmation qu'elle était amoureuse de lui.

Avec un peu de chance, Cal finirait peut-être par éprouver la même chose pour elle. Pour l'heure, les blessures que Janet lui avait infligées étaient encore à vif. Contrairement à Gerry, Janet était encore très présente, comme elle l'avait prouvé quelques semaines auparavant. Elle ne semblait même pas vraiment consciente de la gravité de ses actes. D'ailleurs, il n'était pas certain qu'ils soient débarrassés d'elle une fois pour toutes.

Peut-être que Cal hésiterait si Janet décidait un beau jour de revenir dans sa vie. Leur histoire avait compté au point que Cal désire faire des enfants avec cette femme. Elle ne devait pas l'oublier. Alors qu'elle ne faisait que fantasmer sur la famille qu'ils pourraient former quand les jumeaux naîtraient.

— J'espère que tu n'as pas fait cela simplement pour que les enfants aient une chambre chacun.

Il ne lui échappa pas que Cal évitait d'évoquer sérieusement leur avenir en tant que couple. Mais le fait qu'il continue à considérer leur cohabitation comme un arrangement permanent la rassura.

— Attends que je te demande de faire creuser une piscine ! répondit-elle en riant.

Ce n'était pas le moment d'avoir des conversations profondes et graves et encore moins de se montrer jalouse ou méfiante. Mieux valait que les choses restent légères et agréables entre eux.

— Je ne te laisserai pas te lever tant que tu n'auras pas satisfait toutes mes exigences.

— Je ne demande que cela, dit-il, bras et jambes écartés, prêt à accepter tout ce qu'elle voudrait.

Se sentant parfaitement de taille à relever le défi, Izzy décida de prendre les choses en main.

— Tu es prêt ? demanda Izzy en passant la tête par la porte entrebâillée de la chambre.

— Non, répondit Cal en remontant le drap par-dessus sa tête.

Elle s'approcha et se laissa tomber sur le lit.

— Tu ne peux pas passer ta journée au lit.

— Ah bon ? Cela me paraît pourtant être une bonne idée, dit-il en l'attirant vers lui.

Elle poussa un cri pour la forme mais fut tentée de se recoucher avec lui, que ses cheveux ébouriffés et sa barbe naissante rendaient encore plus séduisant que d'habitude.

Elle pourrait passer la journée au lit avec lui, à rattraper le temps perdu. Ils étaient conscients de bien s'entendre sur tous les plans. Elle avait entendu dire que le désir sexuel pouvait être amplifié pendant la grossesse mais elle avait l'intuition que Cal lui ferait le même effet une fois qu'elle aurait accouché et retrouvé ses formes d'avant la grossesse.

— J'adorerais, dit-elle tandis qu'il l'embrassait dans le cou, la main caressant son sein à travers son chemisier. Mais je te rappelle que nous avons rendez-vous.

— Ah bon ? fit-il d'un air faussement étonné qui ne fit que raviver le désir de refaire l'amour avec lui.

— Nous nous sommes inscrits au cours de préparation à l'accouchement, tu te souviens ?

— Déjà ? s'exclama-t-il. Je pensais que la préparation à l'accouchement avait lieu plus tard, vers la fin de la grossesse.

— Il s'agit d'un cours de préparation spécial jumeaux. Comme il est très demandé, j'ai préféré nous inscrire le plus tôt possible. J'ai pensé que cela pourrait nous être utile.

Elle voulait mettre toutes les chances de leur côté pour qu'ils deviennent de bons parents pour leurs enfants.

— Tout nous sera utile, dit-il en rejetant le drap sur le lit.

Elle eut l'impression qu'il se laissait rattraper par ses doutes.

— Cal ? Tu es sûr que tu veux participer à tout cela ? Il ne faut pas que tu te sentes obligé d'assister à ces cours et à l'accouchement si tu n'en as pas envie.

Elle ne désirait rien de plus que le fait qu'il soit à ses côtés tout au long de la grossesse et pendant qu'elle mettrait leurs jumeaux au monde. Même si certains de leurs problèmes du passé étaient encore en suspens, ces bébés représentaient leur avenir commun. Jamais elle ne lui aurait demandé d'assister à l'accouchement si elle ne l'avait pas imaginé comme un compagnon potentiel.

Cal prit ses mains dans les siennes et la fixa droit dans les yeux.

— C'est pour moi un honneur de t'accompagner.

S'il faisait preuve du même dévouement envers les deux êtres qu'ils avaient conçus ensemble, tout serait parfait.

10

— Bonjour à tous, je suis Sharon. Soyez les bienvenus. Il y a du thé et des biscuits, servez-vous, dit la jeune femme qui organisait le cours de préparation à l'accouchement.

Les quelques couples à qui elle s'adressait avaient l'air tantôt impressionnés, tantôt impatients de commencer. Cal versa du thé dans deux tasses et regarda Izzy remplir à ras bord une assiette de biscuits – comme si elle prévoyait de passer la journée entière dans cette salle. Au moins suivait-elle à la lettre la recommandation des médecins de prévoir des en-cas dans la journée. Avec un peu de chance, elle ne s'évanouirait pas pendant le cours.

Il ne s'attendait pas à ce que les cours débutent si tôt dans la grossesse mais il était content de recevoir des informations et des conseils utiles sur la façon de vivre avec des jumeaux.

Janet n'avait jamais voulu qu'il l'accompagne aux échographies. Quant aux cours de préparation à l'accouchement, elle avait dû y emmener Darren. Cette pensée ne le dérangeait plus et il était reconnaissant à Izzy des efforts qu'elle faisait pour l'impliquer à toutes les étapes de la grossesse.

Ensemble, ils s'apprêtaient à écrire un nouveau chapitre de leur vie. Leur relation était en train de se transformer. La naissance des jumeaux serait, pour l'un comme pour l'autre, une sorte de baptême du feu. En assistant aux séances de préparation prénatale, il pourrait être à ses côtés et la soutenir tout au long de la grossesse et pendant l'accouchement. Elle n'avait ni famille ni amis sur place pour lui prêter main-forte. Aussi comptait-il sur ces cours pour apprendre comment aider Izzy du mieux qu'il le pourrait. Même s'il s'agissait simplement de lui essuyer le front ou de se faire broyer la main pendant les contractions.

Il jeta un coup d'œil circulaire. Les autres personnes étaient des personnes en couple, des mères accompagnant leur fille ou des amies. Chaque couple était différent mais soudé par un lien d'affection fort, comme celui qui le liait à Izzy. L'idée qu'Izzy aurait pu venir seule suivre ces cours lui fut soudain insupportable. Il éprouva une profonde gratitude à l'idée d'avoir pu l'accompagner et d'être présent pour cette étape importante de la vie de leurs enfants.

La séance commença par une présentation détaillant les spécificités des grossesses multiples. Leur métier leur avait déjà inculqué un grand nombre de connaissances sur le sujet mais, cette fois, la grossesse et l'accouchement les concernaient en personne. Entendre la sage-femme expliquer que les risques de complications étaient plus élevés et que la naissance de jumeaux nécessitait l'intervention de davantage de professionnels de la santé n'eut pas le même impact que s'il s'agissait du cas d'une de leurs patientes.

Sharon leur donna toutes sortes de conseils sur la vie quotidienne avec plusieurs bébés, notamment lors des repas et du bain, en insistant sur la nécessité de s'organiser pour avoir tout le matériel à portée de main. Et sur celle de se faire aider par d'autres personnes, autant que possible.

Il comptait bien être là aussi souvent qu'il le pourrait. Il était même impatient de donner le bain et les repas à ses enfants et de voir le lien avec eux se créer et se renforcer au fil des semaines.

On leur prêta des poupées afin qu'ils s'entraînent à changer les couches.

— Je vois que vous êtes déjà rodé, lui dit Sharon quand elle le vit à l'œuvre.

Il venait de changer la couche d'une poupée en quelques secondes alors qu'Izzy se débattait encore avec les pattes adhésives qui se collaient partout sauf au bon endroit.

De fait, il s'était beaucoup occupé de ses neveux et nièces

quand ils étaient petits. C'était l'époque où toute la famille se retrouvait dans la grande maison de ses parents et où il profitait de chacun. Ses sœurs étaient ravies de lui déléguer certaines tâches quotidiennes. Grâce à cela, il avait acquis auprès de ses neveux et nièces une expérience dont il avait toujours pensé qu'elle lui servirait avec ses propres enfants.

Ce cours de préparation prénatale lui rappela la joie simple et spontanée qu'il avait éprouvée à leur contact. Avant que son expérience avec Janet souille son idée de la paternité.

Maintenant qu'Izzy et lui se rapprochaient, il souhaitait cesser de ressasser le passé pour pouvoir se reconnecter à ce sentiment léger et vivifiant. Au lieu d'imaginer le pire, il avait envie de profiter de chaque instant qu'ils seraient amenés à vivre ensemble.

Il jeta un coup d'œil aux autres couples penchés sur les tables à langer puis regarda Izzy se démener toute seule. Son cœur se serra.

— Tu veux que je t'aide ?

Elle lui décocha un regard circonspect.

— Nous formons une équipe, tu sais, lui rappela-t-il.

Il faudrait du temps avant qu'elle ait pleinement confiance en lui et qu'elle comprenne que ses mots étaient sincères. Mais il n'était pas inquiet. Ce temps, il l'avait et il comptait le mettre à profit pour devenir le père attentionné et affectueux dont elle avait toujours rêvé pour ses enfants.

Lorsqu'ils regagnèrent la voiture après le cours, Cal aperçut un couple sortant de la maternité avec un porte-bébé identique à ceux qu'ils avaient achetés pour les jumeaux. Il émanait d'eux un halo d'amour inconditionnel pour le petit être qui venait de naître. Cal sourit, anticipant le jour où Izzy et lui sortiraient de la maternité, comme ces jeunes parents dont c'était aussi probablement le premier enfant. Le couple se dirigea vers le parking de l'hôpital et c'est à ce moment-là qu'il les reconnut. Ce n'étaient pas de simples inconnus qu'il regardait, mais Janet et Darren, avec le bébé dont il avait été le père pendant les premières semaines de la grossesse de Janet.

Janet et Darren étaient totalement immergés dans leur bulle de bonheur. Il eut l'impression de recevoir un coup de poing dans le ventre. Non qu'il soit jaloux de leur bonheur, mais c'était la première fois qu'il voyait sur le visage de Janet une expression aussi paisible. En le quittant, elle avait probablement fait la meilleure action de sa vie. Jamais il n'aurait pu la rendre aussi heureuse.

Aveuglé par sa volonté de fonder une famille à tout prix, il n'avait pas su voir que leur couple s'était mis à battre de l'aile. Alors qu'il ne faisait plus aucun doute, à présent, qu'il n'avait jamais aimé Janet comme il aimait Izzy.

Janet et lui n'avaient jamais eu une connexion aussi forte ni vraiment partagé les mêmes centres d'intérêt. Avec le recul, il se rendait compte qu'il manquait quelque chose de crucial à leur relation. Quelque chose qui avait poussé Janet dans les bras d'un autre homme, et qui rendait Cal heureux de les voir bras dessus bras dessous à la sortie de la maternité. Décidément, sa rencontre avec Izzy était ce qui lui était arrivé de mieux dans la vie et la vue de Janet au bras de Darren ne faisait que le confirmer.

— Ça va ? demanda Izzy, assise dans la voiture, attendant que Cal s'installe au volant.

Il semblait ailleurs et, en suivant son regard, elle n'avait pas mis longtemps à comprendre pourquoi. Elle eut la sensation que Janet était comme un poids mort accroché autour de son cou, qui la tirait vers le fond chaque fois qu'elle avait l'impression de faire un progrès dans sa relation avec Cal.

— Oui, répondit-il en refermant la portière, sans faire allusion à Janet et Darren.

Si la vue du couple ne l'avait pas troublé, il lui aurait fait remarquer simplement leur présence mais, de toute évidence, voir Janet et Darren avec l'enfant qu'il avait cru être le sien venait de raviver une plaie mal cicatrisée.

La réaction de Cal la blessa. En voyant le désir sur le visage de Cal, elle eut la sensation qu'on venait de lui transpercer le cœur et qu'elle se vidait soudain de son énergie vitale. De toute évidence, vu la façon dont il les avait regardés, il regrettait sa relation avec Janet et l'enfant qu'il aurait pu élever avec elle. Ils étaient sa vraie famille. Izzy et ses jumeaux n'étaient que des imposteurs.

Il aurait été injuste de continuer à faire comme si rien ne s'était passé et encore plus de faire comme si tout allait fonctionner entre eux, alors qu'elle avait à présent l'impression de lui avoir forcé la main depuis le début. Peut-être cherchait-elle à se convaincre qu'il avait besoin de temps et qu'il finirait par les aimer, elle et ses jumeaux, simplement par peur de se retrouver toute seule face à ses difficultés. Elle s'était sentie totalement dépassée à ce premier cours de préparation à l'accouchement, alors que Cal avait fait preuve d'une grande maîtrise. C'est à ce moment-là, en se rendant compte qu'elle n'était même pas capable de mettre une couche à une poupée, qu'elle avait pris conscience que la maternité allait être une entreprise énorme pour elle. Elle allait avoir dans les bras deux petits bouts de chou totalement dépendants d'elle, qu'elle devrait protéger et accompagner pendant la première partie de leur vie. Comment s'y prendre quand on n'avait pas de modèle à qui se référer ? Et si elle n'y parvenait pas, si elle se comportait comme ses propres parents ?

Elle ne voulait pas que ses enfants lui en veuillent un jour et la rejettent, une fois qu'ils seraient assez grands pour quitter le nid. Sans en avoir conscience, elle avait joué la comédie autant que Cal. S'ils continuaient à se faire croire qu'ils savaient dans quoi ils mettaient les pieds, ils finiraient par se sentir piégés et par se le reprocher l'un à l'autre. Et, plus le temps avançait, plus il serait difficile de sortir de cette situation, à plus forte raison une fois que les jumeaux seraient nés.

Ils étaient sur le point de tout miser sur un futur hypothétique et elle n'était pas prête à risquer de tout perdre une fois de plus. Cal méritait d'être aussi heureux que Janet avait l'air de l'être. Elle-même n'était pas certaine de pouvoir lui apporter ce bonheur. Et surtout, elle n'avait pas envie d'être considérée comme une solution de second choix.

Loin de se calmer pendant le trajet, Izzy arriva à la maison encore plus agitée qu'à la sortie de l'hôpital. Ce n'était pourtant pas faute d'avoir écouté les recommandations de la sage-femme sur l'importance de se détendre pendant la grossesse, recommandations qui étaient écrites noir sur blanc sur les brochures qu'elle avait fourrées dans son sac à la fin du cours.

Elle était tellement obsédée par l'idée de fonder la famille du bonheur qu'elle était passée à côté de l'essentiel : rien ne pourrait persuader Cal d'aimer ces bébés contre son gré.

Leur relation d'amitié s'était peu à peu transformée en relation amoureuse. Il avait fait beaucoup pour elle en lui proposant de l'héberger et elle tenait vraiment à ce qu'il soit présent auprès des jumeaux, à condition qu'il les aime. Or, elle avait le sentiment qu'il ne les aimait pas autant qu'elle, elle les aimait.

— Tu as pris tes compléments alimentaires, aujourd'hui ?

La question la fit bondir intérieurement : à y bien réfléchir, Cal ne semblait se soucier que des aspects pratiques et médicaux de la grossesse. Il s'adressait à elle comme un médecin plus que comme un futur père.

— Oui. Ce n'est pas la peine de me le rappeler sans arrêt, rétorqua-t-elle, sur un ton qu'elle aurait préféré moins sec.

Le regard attristé qu'il lui adressa lui fit l'impression d'avoir donné un coup de pied à un chiot. Mais il ne fallait pas qu'elle retombe dans le piège dans lequel Gerry l'avait poussée en la faisant culpabiliser à la moindre occasion. Ce ne serait pas la première fois qu'on lui faisait miroiter la vie dont elle rêvait. Mais, à présent, elle se rendait compte qu'il s'agissait d'une illusion. Elle avait toujours espéré trouver la sécurité auprès des personnes qu'elle avait croisées sur son chemin, depuis sa naissance, jusqu'au moment où elles la lui retiraient, après avoir découvert à quel point la vie était difficile avec elle.

La situation avec Cal était différente, mais certains détails ne trompaient pas. Quoi qu'il en soit, elle s'était juré de ne pas s'investir outre mesure dans quelque relation que ce soit et de ne compter que sur elle-même. Pourtant, elle avait quitté son appartement pour vivre avec Cal et, maintenant, elle couchait avec lui. S'il ne souhaitait pas fonder cette famille, s'il n'était pas fou d'amour vis-à-vis d'elle et de ses jumeaux, son avenir continuerait à être aussi instable que son passé. Après quelques nuits blanches et face à la pagaille que généreraient non pas un mais deux nouveau-nés, Cal se sentirait envahi et leur présence finirait par lui peser. Elle ne voulait pas que ses enfants soient exposés à l'incertitude dans laquelle elle-même avait grandi.

— Qu'est-ce qui ne va pas ? demanda Cal. Ne t'inquiète pas pour tout cela. On lira les brochures et on reparlera de la préparation à l'accouchement à tête reposée, si tu veux.

— Justement. Je me demande si c'est une bonne idée que tu y participes, dit-elle.

Elle sentit sa gorge se serrer en le voyant vaciller comme si elle venait de lui décocher un coup de poing dans le ventre. Mais mieux valait jeter le pavé dans la mare avant que les choses se compliquent davantage. La situation dans laquelle ils se trouvaient était la conjonction de toutes sortes d'éléments. Il était temps de se poser et de faire la distinction entre ce qui relevait de l'amitié, de l'amour et de la loyauté.

— Il me semble que nous en avons déjà parlé, Izzy.

En quelques secondes, elle parvint à remettre en place les barrières derrière lesquelles elle se protégeait. Il ne fallait pas que Cal les franchisse de nouveau. Elle avait besoin que la vérité soit dite et qu'ils cessent de fonder leur relation sur des fantasmes. S'il continuait à dire ce que, selon lui, elle avait envie d'entendre, les choses ne feraient qu'empirer. Ses expériences malheureuses du passé devaient au moins servir à cela.

— Qu'est-ce que tu veux, dans le fond : les bébés ou moi ?

Cal ne lui avait jamais parlé d'amour à propos des jumeaux.

— Faut-il vraiment que je choisisse ?

Il n'avait pas l'air de comprendre ce qui l'inquiétait. Il était peut-être content d'avoir quelqu'un dans son lit et que la chambre d'enfant qu'il avait si soigneusement préparée se remplisse. Mais Izzy en demandait plus.

— Tu as fait beaucoup pour nous, Cal, mais je ne pourrai jamais te donner ce que Janet t'a pris. Je n'ai pas l'impression qu'il y ait un lien affectif particulier entre ces bébés et toi.

La réalité était parfois dure à dire et souvent difficile à entendre. Mais il fallait qu'elle connaisse une fois pour toutes la nature de ses intentions. Si elle devait déménager, elle allait devoir s'y prendre le plus tôt possible. Il était hors de question de revenir de la maternité dans une maison pleine de tensions et de doutes.

Cal faisait les cent pas, les poings sur les hanches, le visage tendu – tous les symptômes de quelqu'un qui cherche à ne pas perdre son sang-froid. Il ne devait pas comprendre qu'elle s'en prenne à lui après tout ce qu'il avait fait pour elle. Elle-même était consciente de tout ce qu'elle perdrait en s'éloignant d'un homme aussi adorable. Mais la série de menteurs qu'elle avait connus dans sa vie l'avait rendue méfiante, même vis-à-vis d'une belle personne comme Cal.

— C'est vraiment ce que tu penses ? Tu crois vraiment que je serais prêt à te donner tout ce que je possède, que j'aurais couché avec toi, que je t'aurais accueillie chez moi, enceinte, simplement pour combler un vide laissé par le départ d'une femme qui, de toute évidence, ne m'aimait pas ?

Son expression d'incrédulité la fit douter. N'était-elle pas en train de se méprendre sur ses intentions par peur de se retrouver seule, le cœur brisé, une fois de plus ?

— Je ne sais pas, dit-elle en levant les mains dans un geste d'abandon.

— Tu ne sais pas..., répéta-t-il dans un murmure, en se passant la main dans les cheveux.

Il était manifestement blessé par son manque de confiance. Elle se sentit odieuse et eut l'impression de lui faire passer un examen inutile.

— Ne m'en veux pas, Cal. Je crois que je ne sais plus trop où j'en suis.

Les pensées se bousculaient dans son esprit. Son cœur n'aspirait qu'à croire qu'ils étaient faits l'un pour l'autre et allaient bientôt former le couple et la famille les plus heureux au monde mais sa tête continuait d'essayer de la raisonner et d'énumérer tout ce qui pourrait mal se passer.

Il s'arrêta de tourner comme un lion en cage et s'approcha d'elle. Il posa les mains sur ses épaules et la força à le regarder dans les yeux.

— Pourquoi, Izzy ? Je suis honnête avec toi depuis le début.

Tu sais que je ne veux que ton bien. J'étais loin de me douter que j'allais tomber amoureux de toi. Je sais que la situation n'est pas simple, mais je pensais que nous serions capables de relever le défi.

Il était *amoureux* d'elle ? Mais elle était enceinte de deux petits êtres. Elle ne pouvait pas fonder leur relation sur ce seul sentiment.

— Cela ne suffit pas.

— Mais qu'est-ce que j'ai fait de mal, Izzy ?

Il avait été l'homme idéal sur tous les plans. Mais elle ignorait quel père il allait être. Il fallait aussi qu'il aime ses enfants autant qu'elle les aimait pour qu'ils envisagent de poursuivre leur relation. Mais peut-être n'y parviendrait-il pas et les jumeaux grandiraient-ils sans se sentir acceptés, comme elle qui s'était toujours sentie rejetée, où qu'elle soit.

— Ces bébés comptent plus que tout pour moi, Cal. Je ne peux pas exiger que tu éprouves la même chose que moi.

— Je suis prêt à te donner tout ce que j'ai, mais si cela ne te suffit pas…

Il chancela et laissa retomber les bras, et l'expression de douleur qu'elle lut sur son visage lui serra le cœur. De toute évidence, Cal était aussi bouleversé qu'elle par la situation. Lui aussi avait un passé à digérer, lui aussi était meurtri et doutait de l'avenir. Comment pouvait-elle se montrer à ce point égoïste ?

Et si c'était lui qui avait raison et elle qui se trompait ? Il s'était démené pour l'aider et lui faciliter la vie, faisait tout pour qu'elle se sente acceptée, alors qu'elle ne faisait que chercher des raisons d'empêcher leur relation de s'épanouir.

— Je sais, Cal. Pardonne-moi, dit-elle en tendant la main.

Mais il l'évita comme si elle avait la gale. Elle eut un haut-le-cœur.

Tout ce qu'elle savait faire, apparemment, c'était détruire une relation qui aurait sans doute mérité qu'on lui laisse une chance.

— Je t'ai pourtant raconté mon histoire avec Janet. Tu ne crois pas que j'ai été suffisamment humilié comme cela ?

Les bras croisés, les lèvres pincées, le corps raide, il parut s'éloigner et se refermer sur lui-même. Elle sentit qu'elle était en train de tout perdre.

— Tu m'as beaucoup aidée, Cal. Et je ne sais pas ce que je… ce que *nous* ferions sans toi.

Elle sentit un mouvement brusque dans son ventre, comme si les bébés se manifestaient pour lui faire comprendre qu'elle était sur le point de faire voler en éclats leurs vies à tous. En voulant trop se protéger, après qu'un homme était parti en la laissant dans la mouise, elle allait perdre un ami qui avait toujours veillé à ce que tout aille bien pour elle.

Depuis qu'il avait de nouveau couché avec Izzy, Cal avait l'impression d'être pris dans un tourbillon d'émotions. Il s'était senti pousser des ailes et était persuadé que cette nouvelle nuit d'amour était le début d'une grande histoire d'amour. Il se voyait même passer le restant de ses jours avec Izzy et leurs enfants.

Mais la réaction d'Izzy lui fit l'effet horrible d'avoir de nouveau trouvé un mot sur la porte du réfrigérateur.

Je passe mon temps à essayer de recoller les morceaux des vies que d'autres hommes ont brisées.

Janet s'était servie de lui quand elle avait compris que Darren n'était pas prêt à s'investir vis-à-vis d'elle et de l'enfant qu'elle portait. Elle s'était appuyée sur son désir de fonder une famille pour profiter de l'amour qu'il éprouvait pour elle, de son attention et de son argent. Jamais il n'aurait imaginé Izzy capable de se comporter d'une telle manière.

Quand elle trouverait une situation ou une relation plus intéressante, elle le jetterait comme on jette une couche sale. Comment avait-il pu se fourrer dans un pétrin pareil alors qu'il s'était juré de ne plus jamais laisser une femme le traiter comme Janet l'avait traité ? Mais, dans ce cas précis, la situation était encore pire. Izzy avait été son amie et sa confidente bien avant qu'il tombe amoureux d'elle. De toute évidence, elle ne partageait pas ses sentiments. Une fois encore, une histoire d'amour non réciproque allait se terminer en chagrin d'amour. Il se retrouvait au même point en ce qui concernait son cœur, sa maison et son avenir, et il était peut-être encore temps de rattraper ce qui pouvait l'être. Une fois que les jumeaux viendraient au monde, il serait impossible de faire machine arrière. Mais il avait besoin auparavant d'exprimer clairement son point de vue.

— J'ai plus l'impression que tu m'as pris pour un figurant embauché à la dernière minute et non pour l'homme avec qui tu comptais vivre jusqu'à la fin de tes jours.

La colère, la douleur étaient trop vives pour qu'il se retienne. Il s'était retenu toute sa vie pour ne pas blesser les gens autour de lui. Il était temps, à présent, de dire enfin ce qu'il avait sur le cœur. Même si cela lui coûtait presque autant que de se taire.

— Nous avons été dépassés l'un et l'autre par les événements, Cal, et je suis désolée que tu puisses penser que j'ai profité de ta générosité et de ton affection. Si tu me connaissais vraiment, tu saurais que je ne suis pas quelqu'un de retors.

— J'ai l'impression de ne même plus te connaître du tout.

— Qu'est-ce que cela signifie ? Tu veux qu'on se sépare ? Tu veux que je m'en aille ? demanda-t-elle directement, les bras croisés.

Elle n'avait manifestement pas envie de tourner autour du pot et de louvoyer comme Janet l'avait fait. S'il avait su ce qui se tramait dans son dos, à l'époque, il n'aurait pas hésité une seconde à mettre un terme à leur relation bancale. Mais la situation avec Izzy était à la fois plus franche et plus complexe. Il ne voulait pas prendre de décision à brûle-pourpoint, de peur de commettre une erreur et de la regretter toute sa vie.

— Je crois que j'ai besoin de réfléchir à tout cela à tête reposée.

— Je vais préparer mon sac, répondit-elle sans protester ni crier ni manifester quelque émotion que ce soit face à ce qui était en train de se passer, alors même qu'il sentait son cœur se briser.

Il avait besoin de prendre du recul, de changer de point de vue sur la situation, mais il n'était pas certain que ce soit le cas d'Izzy.

— Non. Reste ici. C'est moi qui pars.

Il ne voulait pas qu'elle déménage de chez lui avant d'être sûr que c'était la solution à leurs problèmes. Une fois qu'ils auraient des enfants, ils ne pourraient pas être comme ces parents qui rompaient et se remettaient ensemble quand cela leur chantait.

La stabilité était un élément essentiel de la vie d'un enfant – et celle d'un homme qui s'était brûlé les ailes trop souvent.

— Tu peux penser ce que tu veux de moi, mais je ne vais pas te mettre dehors de ta propre maison, dit-elle.

— Tu ne me mets pas dehors, c'est moi qui ai décidé de partir, répondit-il avec la dernière once de contrôle qui lui restait.

Cette fois, si la situation devait conduire à une rupture, ce serait à lui d'en décider.

11

Une fois Cal parti, Izzy eut l'impression qu'elle ne pourrait plus jamais s'arrêter de pleurer. Elle avait gâché une chance unique de fonder une vraie famille. À cause de son sentiment d'insécurité et de son incapacité à faire confiance aux autres, Cal l'avait mise sur le même plan que Janet. Comment lui en vouloir ? Il lui avait donné tout ce qu'il possédait et elle avait tout pris. Paradoxalement, il avait suffi qu'il franchisse le pas de la porte pour qu'elle comprenne enfin ce qu'elle voulait vraiment : elle voulait vivre et élever ses enfants avec Cal.

Sa seule lueur d'espoir que tout ne soit pas définitivement terminé était que Cal ne lui avait pas demandé de quitter les lieux. Avec sa gentillesse habituelle et en dépit de la colère légitime qu'il éprouvait vis-à-vis d'elle, il avait préféré se retrouver dehors et lui laisser le confort de la maison.

Qu'est-ce qui l'avait poussée à douter un instant de son intégrité ? Cela avait sans doute un rapport avec la ribambelle de personnes qui ne s'étaient pas vraiment occupées d'elle quand elle était petite, ainsi qu'avec son dernier petit ami tout sauf digne de confiance. Autant de choses du passé qui encombraient sa vie et avec lesquelles Cal n'avait pas grand-chose à voir.

Cela faisait plusieurs jours qu'il était parti et qu'elle ne pensait qu'à lui. Elle était plus peinée de son départ que de la mort de Gerry, ce qui en disait long sur la différence entre les deux hommes et entre les relations qu'elle entretenait avec eux. La force de l'amour qu'elle éprouvait pour Cal n'avait rien à voir, elle s'en rendait compte chaque jour davantage, avec les sentiments qu'elle avait pu éprouver pour Gerry.

Le plaisir d'avoir repris le travail avait été quelque peu gâché par la tristesse qu'elle ressentait chaque fois qu'elle voyait Cal à la base, incapable de lui faire comprendre, par un geste ou par des mots, à quel point elle l'aimait. Elle ne savait même pas où il logeait. Lorsqu'ils se croisaient, il s'arrêtait à peine pour la saluer, sans vraiment la regarder dans les yeux. Et, chaque fois qu'elle tentait de lancer la conversation, il la coupait.

« Pas ici, pas maintenant », disait-il.

Alors elle gardait ses paroles pour elle. Comment allait-elle pouvoir réparer tout ce qu'elle avait abîmé ?

Elle décida d'aller le trouver dans la salle de repos, où il avait pris l'habitude de se réfugier pour ne pas la croiser dans la salle de radio. Il ne pouvait pas continuer à esquiver la conversation. Elle décocha un regard noir aux autres membres de l'équipe qui servaient aussi de prétexte à Cal pour ne pas lui parler et qui sortirent promptement de la salle.

Izzy demeura sur le seuil de sorte que Cal soit obligé de lui adresser la parole pour sortir de la pièce. Il était trop bien élevé pour lui passer devant sans un mot.

— Cal, parle-moi, je t'en prie. Hurle, s'il le faut, demande-moi de partir, ou embrasse-moi comme un fou si tu penses que notre relation a encore un avenir. Fais ce que tu veux, pourvu que cela nous fasse sortir de ces limbes.

— Ce n'est pas...

— Ne me dis pas que ce n'est pas le moment ni le lieu. Il va bien falloir prendre une décision. Tu ne peux pas vivre indéfiniment hors de chez toi et nous n'allons pas continuer à passer nos journées de travail à nous ignorer.

Si leur relation était arrivée à son terme, autant qu'elle le sache le plus rapidement possible – quoique cette éventualité lui soit insoutenable. Dans ce cas, elle préférait même changer de travail plutôt que d'être confrontée tous les jours à ce à côté de quoi elle était passée. Même si, enceinte de jumeaux, il ne serait pas si simple de trouver un autre poste.

Il se leva en jetant le journal qu'il était en train de lire sur la chaise et en posant brusquement sa tasse sur la table. Le café gicla.

— Tu as déjà oublié ce que tu m'as dit, l'autre jour ? Tu m'as tout de même accusé de me servir de toi et des bébés, alors que je te faisais une déclaration d'amour. Il ne me semble pas que ce soit trop demander que de prendre du temps pour encaisser le choc.

Il avait de bonnes raisons d'être en colère et Izzy fut presque soulagée de le voir exprimer enfin ce qu'il ressentait. Tant qu'elle était capable de déclencher des émotions aussi fortes en lui, elle pouvait garder l'espoir qu'il ait encore quelque sentiment pour elle.

— J'ai eu peur, Cal. Peur que l'histoire se répète et que mon rêve de fonder une famille heureuse me soit enlevé, encore une fois, dit-elle d'une voix chevrotante tout en se rendant compte de l'erreur qu'elle avait commise.

Comment pouvait-elle mettre sur le même plan sa relation avec Cal et son histoire avec Gerry ? Comment pouvait-elle laisser son passé l'éloigner du seul homme qui l'ait vraiment aimée ?

Cal s'approcha d'elle. Elle crut, l'espace d'un instant, qu'il allait la prendre dans ses bras et lui dire que tout allait bien. Mais, à ce moment précis, la sirène d'alarme retentit, enjoignant toutes les personnes présentes de se rendre au plus vite dans le hangar. Ses espoirs de réconciliation s'évanouirent.

— Il faut que j'y aille, dit Cal d'un air désolé.

Le devoir l'appelait mais elle ne pouvait pas le laisser partir sans s'assurer que la situation avait évolué, maintenant qu'elle avait ouvert son cœur.

— Tu voudras bien que nous poursuivions cette conversation, quand tu reviendras ?

Il la regarda avec froideur. Elle déglutit dans l'espoir que la boule qui s'était formée dans sa gorge disparaisse. Puis il hocha la tête et tourna les talons.

Elle poussa un soupir de soulagement. L'espoir de sauver leur relation et leur avenir, ainsi que celui de leurs enfants, lui mit du baume au cœur. La tension accumulée depuis des jours se dissipa et avec elle, le peu d'énergie qui lui restait. Elle eut l'impression d'être molle comme une poupée de chiffon lorsque, tout à coup, une douleur lui traversa le ventre comme un éclair. Il était trop tôt pour que ce soit une contraction. Elle tenta d'appeler Cal mais une autre douleur lui coupa le souffle. Les larmes lui brouillèrent la vue. Elle tendit le bras pour se tenir au dossier d'une chaise et sentit un fluide tiède lui couler entre les jambes. Elle comprit avec désarroi qu'elle était en train de perdre les eaux.

Tout ce qu'elle redoutait le plus était en train de se produire. Elle était seule, terrorisée, et ses bébés n'avaient aucune chance de survie s'ils naissaient à ce stade de la grossesse. Cal était parti et, plus que jamais, elle avait besoin de lui.

— Isobel Fitzpatrick. Où est-elle ?

Cal était conscient d'avoir enfreint toutes sortes de règles dans sa hâte désespérée d'arriver à l'hôpital, mais rien ne lui importait davantage que de retrouver Izzy au plus vite.

— Vous êtes son conjoint ? demanda la femme au guichet qui ne semblait pas avoir pris la mesure de l'urgence et continuait à tapoter tranquillement sur son clavier d'ordinateur.

Il se pencha, s'efforçant de ne pas balayer le dessus du guichet d'un revers de la main.

— Oui, affirma-t-il sans avoir le sentiment de mentir. Elle a perdu les eaux.

Dépêchez-vous de me donner son numéro de chambre !

Son sang bouillait dans ses veines depuis que Mac lui avait annoncé qu'Izzy avait été emmenée à l'hôpital, à son retour à la base. Il avait sauté dans sa voiture et foncé, s'en voulant de n'être pas resté avec elle plutôt que de partir en mission. S'il avait poursuivi cette conversation avec elle, il n'en serait pas là. Il l'aurait accompagnée, soutenue, réconfortée, au lieu de la laisser seule, certainement paniquée à l'idée qu'il arrive quelque chose à ses bébés.

Et s'il n'était pas parti de chez lui, il aurait pu détecter que quelque chose clochait. Mais il avait préféré aller panser ses plaies, tout seul dans un hôtel minable, sans même prendre de ses nouvelles ni s'assurer qu'elle se reposait et se nourrissait correctement. Tout cela par orgueil.

Certes, elle avait remis en question son engagement vis-à-vis des enfants, tout comme il n'avait cessé de le faire depuis qu'il avait appris qu'elle était enceinte. Mais les sentiments qu'il éprouvait pour elle étaient inchangés. Il l'aimait et voulait son bonheur. Comment avait-il pu faire passer les caprices de son ego avant la santé et le bien-être d'Izzy et de ses bébés ? Elle avait dû penser qu'il voulait la quitter pour de bon et le stress avait probablement provoqué une fausse couche puisque la grossesse n'était pas suffisamment avancée pour que les bébés soient viables.

Il s'était déjà tellement attaché à eux ! Pourquoi avait-il attendu d'être sur le point de tout perdre pour se rendre compte qu'il tenait à eux autant qu'Izzy ? Sans eux, ni elle ni lui n'auraient pris conscience de tout l'amour qu'ils éprouvaient l'un pour l'autre.

— Vous êtes Cal ? demanda une infirmière qui parut s'intéresser à lui plus que la réceptionniste au guichet.

— Oui. Je cherche Isobel Fitzpatrick. On m'a dit qu'elle se trouvait ici.

Si on ne le conduisait pas à elle dans les plus brefs délais, il se sentait capable de parcourir les couloirs au pas de course en hurlant son nom jusqu'à ce qu'elle réponde elle-même.

— Elle vous a demandé. Venez, suivez-moi.

L'infirmière échangea quelques mots avec la réceptionniste avant de le précéder dans les couloirs du service.

Il était rassurant qu'Izzy n'ait pas donné l'ordre de le tenir à l'écart de toute cette histoire. Peut-être était-ce le signe qu'elle était disposée à le pardonner de l'avoir laissée en plan comme il l'avait fait. À condition qu'il ne soit rien arrivé de grave ni à elle ni aux jumeaux qu'elle portait. Il s'en voudrait à vie et comprendrait si elle décidait de ne plus jamais le revoir.

— Comment va-t-elle ? demanda-t-il, tel n'importe quel futur père angoissé et impuissant.

— Elle pleure beaucoup et elle a peur mais je crois qu'elle est prête à tout pour que ses bébés restent encore dans son ventre, répondit l'infirmière avec un sourire en coin qui lui fit comprendre qu'Izzy n'avait pas perdu sa détermination habituelle.

C'était bon signe.

— Je la reconnais bien là.

Il fallait que la grossesse se poursuive à tout prix. Si le travail se déclenchait ou bien si Izzy avait perdu trop de liquide amniotique, les bébés ne survivraient pas. Il était trop tôt pour faire autre chose qu'attendre que la grossesse suive son cours naturel. Beaucoup de complications pouvaient se produire à ce stade, mais Izzy était entre de bonnes mains dans cet hôpital et, le temps que la situation sur son état de santé soit plus claire, on saurait la rassurer et la réconforter.

— Elle est là, dit l'infirmière en ouvrant la porte d'une chambre.

Izzy était allongée et, dès qu'elle l'aperçut, elle éclata en sanglots comme si elle s'était retenue de pleurer jusque-là et qu'elle profitait de sa présence pour enfin laisser couler ses larmes.

— Oh ! Fizz, mon amour…

En la voyant ainsi, si vulnérable et si démunie, si loin de l'Izzy qu'il avait l'habitude de voir, il se sentit flancher.

— Cal ? Je suis contente que tu sois là…, dit-elle en tendant la main vers lui.

Il s'assit près du lit et lui caressa le front, écartant des mèches de cheveux roux de son visage.

— Tout va bien, dit-il en voyant ses sanglots redoubler. Je suis là.

— C'est ma faute. Tu m'as dit de me reposer et je ne t'ai pas écouté. Je suis trop têtue et à cause de moi, on va perdre les bébés…

— Ne dis pas n'importe quoi. C'est moi qui n'aurais jamais dû te laisser toute seule. Je suis vraiment désolé.

Il l'embrassa sur le front, refusant de lui laisser porter la responsabilité de ce qui venait d'arriver. À cause de lui, elle s'était sans doute imaginé devoir déménager une fois encore, à quelques mois seulement de l'accouchement. Il donnerait tout pour apaiser ses inquiétudes et faire cesser ce cauchemar.

— Nous en avons déjà parlé, Isobel, dit la sage-femme. Nous savons toutes les deux que les complications et les accidents peuvent se produire n'importe quand. Ce sont des choses qui arrivent. Le plus important, c'est que les bébés aillent bien. À l'échographie, leur rythme cardiaque est normal, et même si vous avez perdu un peu de liquide amniotique, il en reste suffisamment pour que les deux bébés se développent normalement. Nous allons rester vigilants et, s'il n'y a pas d'autre écoulement ni de signes d'infection, vous pourrez bientôt rentrer chez vous.

Cela faisait beaucoup de « si ». Le risque de perdre un bébé en cas de rupture de la poche des eaux était élevé. Mais Izzy Fitzpatrick était bien plus qu'une statistique.

— Merci, dit-il à la sage-femme, reconnaissant pour tout ce que le personnel de l'hôpital avait fait pour Izzy en son absence.

Il était heureux, aussi, que Mac soit parvenu à convaincre Izzy d'aller à l'hôpital sans attendre.

— Je vous laisse, le temps que j'aille chercher les résultats des examens et les antibiotiques. N'hésitez pas à appeler si vous avez besoin de quoi que ce soit, dit la sage-femme en indiquant l'interrupteur à actionner en cas de besoin.

Ils allaient enfin être seuls et avoir la conversation qu'ils n'avaient que trop longtemps différée. Ils étaient si impatients l'un et l'autre qu'ils se mirent à parler en même temps.

— Merci d'être venu, Cal...

— Je suis désolé, Izzy...

Ils sourirent et se tendirent la main.

— J'ai cru que tu étais parti pour de bon, dit-elle en reniflant.

— Comment aurais-je pu laisser une femme aussi extraordinaire que toi ? J'étais en colère, c'est vrai, mais jamais je n'aurais pu t'abandonner. Je t'aime, Izzy. Je ne sais pas ce que tu éprouves pour moi mais peu importe. Tout ce qui compte pour moi, c'est que vous alliez bien, les bébés et toi.

— Ce que j'éprouve pour toi, c'est de l'amour, Cal. Mais j'ai vu la façon dont tu as regardé Janet et son bébé et j'ai cru que tu regrettais de t'être séparé d'elle.

Il secoua la tête, incrédule. Comment une idée pareille avait pu lui traverser l'esprit ? C'était elle, la femme de sa vie.

— Qu'est-ce que tu racontes ? Quand je les ai vus, tous les trois, à la sortie de la maternité, je me suis dit que j'avais de la chance de t'avoir rencontrée. Jamais je n'ai aimé Janet comme je t'aime, toi. Tout ce que je veux, c'est vivre avec toi et avec nos enfants.

— Tu vas revenir chez toi, alors ? demanda-t-elle, le sourire aux lèvres, le visage enfin apaisé.

— Si c'est ce que tu veux, oui.

Rien n'avait plus d'importance que sa santé et le bien-être d'Izzy et des bébés mais, si elle l'aimait et souhaitait vivre avec lui, il serait le plus heureux des hommes.

— Oui, c'est ce que je veux.

Plus que tout, Izzy désirait deux choses : pouvoir rentrer à la maison avec Cal et accoucher à terme.

— Bonne nouvelle, dit-il en décochant l'un de ses sourires en coin qui la fit craquer.

Heureusement que Mac avait été là pour la persuader de se rendre à l'hôpital. Désormais, Cal était auprès d'elle et elle souhaitait que cela ne change plus jamais.

Elle n'avait plus l'intention de passer tous ces caps toute seule. Cal et elle formaient une équipe et ce n'était que parce qu'elle en avait douté un instant, après le cours de préparation à l'accouchement, que Cal était allé s'installer ailleurs pour réfléchir.

Elle était amoureuse de lui et c'était sans doute ce qui lui avait fait si peur. Peur de s'engager et de souffrir encore, peur qu'il reste avec elle pour de mauvaises raisons. Mais sa présence à ses côtés, dans cette chambre d'hôpital, après toutes les horreurs dont elle l'avait accusé, était le signe qu'il était attaché à elle et aux bébés qu'elle portait. Il l'aimait, il le lui avait dit clairement. C'étaient les mots qu'elle avait tant souhaité entendre avant d'accepter de lier son destin au sien.

— Tu m'as manqué, dit-elle au cas où il n'ait pas encore compris à quel point il comptait pour elle.

Fini les incompréhensions et les doutes. Il fallait désormais qu'ils fassent front ensemble devant tout ce que l'avenir leur réservait avec les jumeaux. *Leurs* jumeaux.

— Toi aussi, tu m'as manqué, dit-il, la voix légèrement chevrotante.

Il s'éclaircit la gorge, manifestement aussi ému qu'elle à l'idée d'être passé tout près d'une rupture qui n'avait pas de sens tant elle leur aurait fait perdre tout ce qui comptait le plus à leurs yeux.

— Je suis désolée d'avoir douté de tes intentions à mon égard. J'ai appris à me méfier des gens qui me témoignent de l'intérêt. Tu n'y es pour rien. Ce sont des séquelles de mon enfance et de mes histoires passées, qui n'ont rien à voir avec toi.

— Je suis responsable autant que toi de ce qui s'est passé entre nous. Après ma rupture avec Janet, j'étais persuadé que je n'arriverais jamais à retrouver l'amour. J'avais peur que tu ne sois pas heureuse avec moi et que tu finisses par partir, toi aussi. Je crois que c'est la raison pour laquelle je n'osais pas m'engager pleinement vis-à-vis des bébés. Je me disais que, si tu partais avec eux, je ne m'en remettrais pas. Mais, dès que j'ai su que tu étais ici, j'ai compris qu'il était trop tard pour remettre en question le fait que je me suis attaché à eux autant qu'à toi. Et ce, depuis longtemps. J'ai mis un peu de temps pour le comprendre mais désormais, je sais que je vous aime et que ma place est ici, auprès de vous.

Elle sentit son corps se détendre à l'idée de passer la fin de sa grossesse avec lui, à l'abri des trahisons et des drames.

— Tu crois que tu vas pouvoir supporter de ne pas lever le petit doigt jusqu'à l'accouchement ? demanda-t-il d'un air mi-amusé, mi-inquiet.

Mais il pouvait être rassuré : elle avait appris la leçon et serait ravie d'endosser le rôle de la femme enceinte qui se ménage et se laisse dorloter. Cette fois, elle était prête à accepter sans rechigner tout ce que Cal proposerait.

— Je vais me reposer tout le temps qui reste de la grossesse. Promis.

Après quelques jours passés à déambuler dans la grande maison de Cal comme une âme en peine, elle s'était demandé pour quelles raisons elle avait résisté à ce point au bonheur. Que demander de plus que vivre avec quelqu'un qui se préoccupait de votre bien-être et souhaitait prendre soin de vous ? Il avait fallu qu'elle soit sur le point de tout perdre pour en prendre conscience.

— Et que va devenir notre histoire, une fois que les bébés seront nés ? demanda-t-il.

Elle n'avait aucune visibilité sur l'avenir, bien sûr, mais elle pouvait au moins être honnête sur les espoirs qu'elle nourrissait.

— J'espère que nous continuerons à nous aimer et à vivre ensemble. Je t'aime, Cal, et je ne vois pas pourquoi cela devrait cesser quand les bébés seront là. Et si nous considérions cela comme un nouveau départ ? Toi, moi et notre petite famille.

Après tout, cette grossesse était un cadeau pour eux qui rêvaient tous deux de fonder une famille. À eux deux, ils pourraient certainement persuader les jumeaux de rester tranquilles jusqu'au terme de la grossesse.

Un sourire se dessina sur les lèvres de Call.

— C'est la première fois que je t'entends dire cela, dit-il d'un air radieux.

— Quoi ? Que je t'aime ? J'avais sans doute peur de le dire haut et fort et, surtout, de l'admettre. Maintenant que j'ai prononcé ces paroles, je ne peux plus les nier, dit-elle en riant, toujours un peu nerveuse à l'idée de s'engager dans une relation sérieuse, à plus forte raison maintenant que chacune de ses décisions impliquait deux autres petits êtres.

Mais, tout bien considéré, elle préférait plonger la tête la première dans une relation avec Cal que vivre sans lui.

— C'est vrai. Tu peux le dire et le répéter autant de fois que tu voudras. Jamais je ne me lasserai de t'entendre me dire que tu m'aimes et parler de « notre petite famille ». Tu ne sais pas à quel point l'idée de faire partie de cette aventure me rend heureux.

Il posa la main sur son ventre. Avec qui d'autre que lui pouvait-elle imaginer vivre et élever les trésors qu'ils avaient conçus ensemble ? Il était important qu'il l'entende et qu'il en soit conscient parce qu'elle n'avait pas l'intention de continuer à regretter d'avoir dit ou d'avoir tu certaines choses.

— Tu en fais partie, ô combien ! Et j'aimerais même que cela devienne officiel, dès que nous aurons l'assurance que ces deux crevettes sont hors de danger et resteront dans mon ventre jusqu'au terme de la grossesse. Calum Armstrong, veux-tu nous épouser ? dit-elle d'une traite, surprise mais heureuse que ces mots sonnent si juste.

Pour la première fois depuis qu'elle le connaissait, elle le vit à court de mots. Il ouvrit la bouche et la referma sans avoir émis un son. Mais la lueur qui brillait dans son regard la rassura.

— C'était un « oui » ? demanda-t-elle en riant.

— Oui, dit-il enfin. Oui au fait d'être ton mari et le père de ces enfants, et oui à l'idée de passer le restant de mes jours avec vous. À une condition, néanmoins.

Il reprit son sérieux et plissa le front.

Izzy déglutit en se demandant avec un peu d'appréhension ce que pouvait être cette condition, tout en étant confiante sur le fait que jamais Cal ne lui ferait du mal.

— Dis-moi, le pressa-t-elle.

— Que tu te reposes, dit-il avant de déposer un baiser furtif sur ses lèvres.

Elle se sentit de taille à relever le défi et se blottit sous le drap, soudain lessivée par les émotions provoquées par les derniers rebondissements de leur histoire d'amour. Et, à la pensée que Cal faisait désormais partie intégrante de sa vie, elle sut qu'elle pouvait se laisser aller et, oui, enfin se reposer sans crainte de passer à côté de quelque chose d'important.

— Tu seras là quand je me réveillerai ? demanda-t-elle dans un murmure, sans lâcher sa main.

— Je serai à ma place. Ici, avec toi.

Elle sourit, convaincue qu'à son réveil un avenir radieux se présenterait à elle. Finalement, cette famille née par accident allait se transformer en la famille de ses rêves.

Épilogue

— Je vous déclare mari et femme.

L'officiant confirma ainsi l'engagement que Cal et Izzy avaient pris un an auparavant dans la chambre d'hôpital.

— Puis-je embrasser la mariée ? demanda Cal.

Comme s'il était du genre à laisser qui que ce soit l'en empêcher…

L'officiant hocha la tête et Cal se pencha pour donner à sa femme un vrai baiser hollywoodien, de ceux qui lui donnaient l'impression de flotter sur un nuage toute la journée.

Un tonnerre d'applaudissements et d'encouragements retentit. En voyant le parterre d'invités qui les regardaient en souriant, Izzy se félicita de la tournure qu'avaient prise les événements.

Au départ, elle avait envisagé une cérémonie simple, dans le but d'officialiser leur union avant même la naissance des jumeaux. Quand elle avait dit à Cal qu'elle souhaitait qu'ils naissent dans un foyer stable et empli d'amour, Cal avait rétorqué que ce serait le cas, même sans papier officiel. Après réflexion, il n'était peut-être pas nécessaire d'ajouter le stress de la préparation d'un mariage aux préoccupations du dernier trimestre d'une grossesse déjà à risque.

Elle avait tenu parole et passé beaucoup de temps au repos complet. Cal s'était révélé être un compagnon aimant et un futur père exemplaire. Il avait pris des journées de repos pour s'occuper d'elle, regarder des films et cuisiner de bons petits plats, de sorte qu'elle ne souffre ni d'ennui ni de malnutrition.

Ces moments passés ensemble avaient été précieux pour leur

couple. Peu à peu, ils apprenaient à se délester de leurs casseroles respectives pour faire grandir leur relation sur des bases plus saines. Elle était persuadée que cela avait contribué au bien-être des bébés dans son ventre et au fait qu'ils n'aient pas envie d'en sortir avant la trente-quatrième semaine. La poche amniotique s'était ressoudée d'elle-même après l'épisode terrifiant de la rupture et, même si ce n'étaient pas de gros bébés, deux magnifiques petites filles étaient nées en bonne santé et avaient pu rentrer à la maison au bout de quelques jours seulement.

L'ambiance avait alors radicalement changé et les journées tranquilles qu'ils avaient passées tous les deux étaient rapidement devenues un lointain souvenir. La maisonnée n'avait plus connu un moment de repos, pour leur plus grand plaisir.

Le mariage était l'occasion de passer aussi du temps avec les gens qui comptaient dans leur vie. Mac et leurs autres coéquipiers, ainsi que les sœurs de Cal et leurs familles respectives, s'étaient joints à eux en ce jour particulier. Il n'était peut-être pas trop tard pour que tout ce monde forme une vraie famille.

— Je vous aime, madame Armstrong, mais je dois vous laisser pour m'occuper des deux autres femmes de ma vie, dit Cal en remontant l'allée centrale pour aller chercher les deux beautés qui avaient attiré son attention.

— Je te pardonne, dit-elle, contente de passer après les filles dont elle aussi était folle d'amour.

— Viens me voir, Nelly, dit Cal en prenant le petit bout de chou qui lui tendait les bras en gigotant dans ceux d'Helen.

Izzy s'approcha et prit Rae, la sœur de Nelly, des bras du mari d'Helen.

Son amie d'enfance et son mari s'étaient occupés des bébés pendant la cérémonie mais Cal et elle étaient impatients de les retrouver.

Ils s'étaient inspirés des prénoms des parents de Cal, Ray et Eleanor, pour trouver le nom de leurs jumelles : Rae et Nelly. Cal était le père le plus attentionné au monde. Ses filles étaient aussi gâtées et heureuses qu'elle-même l'était depuis qu'elle partageait sa vie avec lui.

— Bien. Cher mari, je pense qu'il est temps que nous retournions tous à la maison, et que la fête commence. Le champagne et les petits fours nous attendent !

Leur maison était l'endroit où ils préféraient se retrouver et ils n'avaient pas hésité un instant avant de décider que la fête se tiendrait là après la cérémonie. À cette occasion, Cal avait délégué la cuisine à un traiteur afin de passer le plus de temps possible avec sa famille et ses amis.

Le cœur d'Izzy débordait d'amour et elle avait le sentiment qu'il ne s'écoulerait pas longtemps avant que la famille Armstrong s'agrandisse encore...

MIRA LYN KELLY

Un si séduisant médecin

Traduction française de
CAROLINE JUNG

BLANCHE

HARLEQUIN

Titre original :
WILD FLING OR A WEDDING RING?

Ce roman a déjà été publié en 2019.

© 2010, Mira Lyn Sperl.
© 2019, 2024, HarperCollins France pour la traduction française.

1

Le Jazz House était un club au charme discret et raffiné et à la décoration des années 1930, situé dans une rue tranquille du quartier de Streeterville, à Chicago. Son ambiance feutrée constituait un écrin parfait pour les conversations des clients venus prendre un verre afin de se détendre après une harassante journée de travail.

Assise au bar, Calista McGovern faisait tourner ses glaçons dans son verre, le regard perdu dans les reflets bleus de son gin tonic.

C'était le genre d'endroit dont elle pourrait devenir une habituée.

C'était sans compter sur sa mutation à Chicago, qui allait consister à travailler d'arrache-pied pendant les deux mois à venir et lui laisserait sans aucun doute peu d'occasions de se distraire. Elle avait été nommée Directrice de projet pour le compte de MetroTrek, un distributeur pesant plusieurs milliards de dollars et dont le siège se trouvait à New York. Elle s'apprêtait donc à passer de longues journées sous la lumière fluorescente de son bureau, interrompues seulement par des pauses déjeuner prises à la hâte et, parce qu'il fallait bien se reposer, de courtes nuits de sommeil.

Elle était donc venue à Chicago pour travailler. Il s'agissait d'une étape, dans sa carrière, censée la promouvoir et la conduire à Londres, dès qu'elle se serait acquittée de sa mission à Chicago, comme le lui avait promis sa supérieure hiérarchique, Amanda Martin. Cela faisait des années que Calista attendait une telle opportunité professionnelle.

Son avion avait touché le tarmac de l'aéroport de Chicago trois heures plus tôt et, si Amanda n'avait pas insisté pour qu'elle passe sa première soirée en ville, elle serait déjà à l'œuvre depuis longtemps.

Cali n'était pas du genre à flagorner, mais Amanda lui avait suggéré de venir passer un moment dans ce club de jazz et, sa promotion londonienne se profilant à l'horizon, elle n'avait pas eu le cœur de la contrarier.

Amanda Martin avait connu cet endroit par l'intermédiaire de Jackson, le mari de sa sœur cadette, la dernière fois qu'elle était venue à Chicago leur rendre visite, et n'avait cessé d'en faire l'éloge depuis. De toute façon, tout ce qui concernait de près ou de loin son beau-frère adoré était frappé du sceau de la perfection. Cali ne pouvait s'empêcher de s'étonner chaque fois qu'Amanda parlait de lui. Tout ce qu'il faisait était génial, comme elle s'évertuait à le lui expliquer, souvent avec force détails. Amanda avait manifestement eu le coup de foudre pour cet homme : ce qu'elle disait de lui n'était certainement pas à prendre pour argent comptant.

Cela dit, force était de constater qu'il connaissait de beaux endroits. Le Jazz House rassemblait beaucoup des qualités que Cali aimait trouver dans un bar : musique feutrée, lumière tamisée, décoration soignée... Son plaisir ne dura pas, cependant, interrompu par l'arrivée inopinée d'un quadragénaire à l'haleine chargée, qui vint s'asseoir sur la chaise libre à côté d'elle en frottant ses yeux déjà rouges, apparemment tout disposé à lui faire la conversation.

— On ne s'est pas déjà vus quelque part ?

Jake Tyler, appuyé contre le mur, ne parvenait pas à détacher son regard de la jeune femme assise au bar. Depuis qu'il l'avait vue tourner la tête en faisant bouger sa cascade de boucles auburn sur ses épaules, il était comme pétrifié. Elle avait l'air d'apprécier la musique et de se détendre à mesure que les minutes passaient. Sa jupe glissait sur ses cuisses chaque fois qu'elle pliait et dépliait les jambes, et il s'imagina un instant en train de les caresser. Il eut soudain envie de ramener cette créature de rêve chez lui et de se perdre en elle...

Mais rentrer avec quelqu'un ne faisait pas partie de son programme. Il était venu au Jazz House dans le seul but de se détendre après des heures passées au bloc opératoire, où l'avaient retenu plusieurs interventions de chirurgie cardiaque, dont il était un spécialiste de renom. Il comptait sur la musique pour se changer les idées avant de rentrer chez lui pour une nuit de repos bien mérité. Un pontage et la pose d'une prothèse valvaire avaient exigé de lui toute l'attention et l'énergie dont il disposait, et il se sentait vidé.

Il essaya donc raisonnablement de se concentrer sur la musique plutôt que sur la jolie fille assise au bar. Il y parvint plutôt bien, jusqu'au moment où un type éméché vint se coller à elle.

La jeune femme à la chevelure de sirène semblait avoir toutes les peines du monde à se débarrasser de l'importun, gauche et insistant. Décidément, certains hommes ne comprendraient jamais que certaines femmes avaient juste besoin qu'on les laisse tranquilles...

Un épais relent d'eau de Cologne, de whisky et de sueur mêlés enveloppa Cali. Elle posa son verre et attrapa son sac. De toute évidence, le pilier de bar qui était venu lui tenir compagnie était indélogeable et ne lui laissait pas d'autre choix que de prendre ses affaires et de quitter cet endroit, qu'elle trouvait au demeurant délicieux.

— Vous êtes seule, marmonna-t-il d'une voix pâteuse.

— Comme vous voyez, je suis seule, en effet...

— Bonsoir, ma chérie...

Une voix de baryton, jaillie de nulle part, l'exonéra de répondre à toutes les promesses — ou menaces — que l'homme à l'haleine chargée faisait planer sur elle. Prenant place sur le tabouret libre à sa gauche, l'homme à la voix chaude posa sa grande main sur la sienne.

— J'espère que je ne t'ai pas fait attendre trop longtemps. Ils ne me laissaient plus partir de la clinique...

La vue du superbe inconnu qui venait de s'asseoir à son côté la laissa muette. Elle se contenta d'écarquiller les yeux, épinglée par son regard d'un bleu perçant et caressée par un sourire sexy en diable.

M. Whisky ne faisait pas le poids à côté de cet apollon, songea Calista. Quoi qu'il en soit, elle ferait mieux de mettre le cap sur la sortie et de quitter le Jazz House sans se retourner. C'était la meilleure chose à faire, sans aucun doute.

Les lèvres sensuelles de l'homme, grandes et pleines, s'écartèrent en un sourire, et, sans même savoir ce qu'elle était en train de dire, Cali balbutia :

— Bonsoir, chéri.

Son regard s'attarda sur les belles proportions de son sauveur, tout occupé, quant à lui, à suivre des yeux le pot de colle enfin décidé à lever le camp. Un mètre quatre-vingt-quinze d'un corps à couper le souffle, dont le pull d'été à mailles fines soulignait à merveille les larges épaules, les pectoraux légèrement saillants et un ventre aussi plat que musclé. Tout à fait le genre d'homme auquel, d'habitude, elle ne prêtait pas une grande attention.

D'habitude…

Elle n'avait qu'à le considérer comme une sorte d'élégant chevalier, un héros des temps modernes ayant sauvé une damoiselle des griffes d'un fastidieux pilier de bar. Rien de plus.

Il lui décocha un deuxième sourire, tout aussi désarmant que le premier.

— Désolé de m'être montré aussi familier, mais je crois que c'était le seul moyen de le faire fuir.

Sa voix était incroyable.

— Très efficace, en effet, parvint-elle à articuler.

Elle s'éclaircit la voix, espérant que cela éclaircirait également son esprit confus.

Ce n'était pas la première fois qu'un homme séduisant lui adressait la parole — même si, elle devait bien se l'avouer, il était de loin le plus attirant de tous ceux qu'elle avait eu l'occasion de rencontrer. La ligne délicatement ciselée de ses pommettes contrastait avec le caractère affirmé de sa mâchoire et de son nez, faisant de lui un être viril et terriblement sexy. Un mélange équilibré de sportif et de gentleman, dont les cheveux bruns, soyeux et bien coupés étaient néanmoins suffisamment longs pour qu'elle ait envie d'y plonger les mains.

Il se rapprocha d'elle, empiétant franchement sur son espace personnel, et lui tendit la main.

— Jake Tyler.

— Cali. Mais, je suis désolée, il faut que j'y aille…

Il planta son regard turquoise dans le sien.

— Déjà ? Alors que vous êtes à peine débarrassée de votre ami ? Le moins que vous puissiez faire est de rester encore un peu pour profiter du jazz, que vous aviez grand plaisir à écouter avant que ce monsieur ne vienne vous importuner.

Il l'avait donc observée… C'était un détail qu'elle aurait préféré ne pas connaître. Elle leva les yeux vers lui comme pour évaluer le sérieux de sa proposition.

L'apollon croisa son regard et le soutint l'espace de quelques secondes.

— Vous aviez l'air d'aimer ce groupe.

Puis il haussa les épaules et chercha du regard l'endroit où le barman l'avait servi.

Les muscles de son dos, saillant légèrement sous son pull, se déplacèrent à peine lorsqu'il tendit le bras pour attraper son verre.

— J'adore le jazz. Et j'aime qu'on l'apprécie autant que moi. Ce type s'apprêtait à vous priver de ce plaisir, je n'ai fait que l'en empêcher. Rien de plus. Alors nous pourrions, vous et moi, nous contenter d'écouter la musique l'un à côté de l'autre. Nous ne sommes pas obligés de nous adresser la parole. D'ailleurs, ajouta-t-il en balayant la pièce du regard, je vous ai déjà oubliée…

Elle sourit et sentit sa poitrine se détendre de soulagement. Alors qu'elle aurait dû s'enfuir dans le premier taxi disponible, elle était encore là, assise au bar avec cet inconnu qui la troublait étrangement.

Elle leva un sourcil en feignant l'étonnement.

— Vous êtes toujours là ?

Il éclata d'un rire au pouvoir d'attraction ravageur, auquel elle répondit.

— Très bien, dit-il d'une voix traînante, cherchant à attirer son attention sur l'éclat malicieux de ses yeux bleus. Puisque vous insistez pour bavarder, j'accepte d'échanger quelques mots avec vous.

Elle toussota nerveusement tout en s'efforçant d'afficher une expression autre que le ravissement qui s'était emparé d'elle.

— Je vous demande pardon ?

— Ne me demandez pas pardon, j'accepte avec plaisir, dit-il avec un sourire en coin. Alors, si vous commenciez par me raconter ce que vous faites dans la vie...

Comme si le reste ne suffisait pas, cet homme avait aussi de l'humour. C'était précisément le genre de distraction dont elle aurait préféré se passer, le premier jour de sa promotion à Chicago, peut-être le plus décisif de toute sa carrière. Il était impossible de faire de la place à un homme dans sa vie en l'état actuel des choses. Aussi la meilleure solution consistait-elle à prendre immédiatement la fuite.

Mais Cali demeurait incapable de décoller de son tabouret.

De fait, cela faisait maintenant trois ans qu'elle s'enfuyait chaque fois qu'un homme s'intéressait à elle ou se contentait de lui sourire. Elle ne s'était autorisé aucune distraction et avait rigoureusement maintenu le cap sur les objectifs professionnels qu'elle s'était fixés.

Ce soir, pourtant, elle n'avait aucune envie de partir. Etait-ce la musique, l'atmosphère particulière de cet endroit ou l'ivresse d'avoir presque atteint son but en décrochant ce projet à Chicago ? Peut-être était-ce simplement le plaisir d'être courtisée par un homme magnifique et à la compagnie très agréable ? D'ailleurs, Jake Tyler n'était pas en train de lui demander de renoncer à sa carrière pour lui. Il voulait juste flirter un peu. Après tout, passer un bon moment avec un homme ne pourrait pas ruiner sa carrière...

Cela dit, il était hors de question d'évoquer son travail avec lui. Son travail ne concernait qu'elle. C'est en lui qu'elle plaçait tous ses espoirs, ses rêves, ses ambitions. C'était un sujet bien trop intime pour qu'elle ait envie d'en parler avec un inconnu dans un bar.

Cali but une gorgée, reposa son gin tonic sur le bar et fit machinalement glisser son pouce sur le verre frais et mouillé.

— Parlons d'autre chose que de travail, je vous en prie. Je ne vais faire que cela pendant les six prochains mois de ma vie. C'est ma dernière soirée de libre avant que je me plonge corps et âme dans une mission très délicate.

— Ah ? Vous êtes un espion, alors ? demanda-t-il un sourire ravageur sur les lèvres. Moi aussi.

Deux heures plus tard, Jake Tyler, toujours confortablement assis face à Cali, était subjugué par ses éclats de rire. Il n'avait jamais entendu un son aussi attirant et comptait bien en profiter le plus longtemps possible. Il scruta son visage et vit son sourire se faire plus hésitant. Repoussant l'une de ses magnifiques boucles derrière son oreille, elle se pencha de nouveau vers lui.

Elle était magnifique.

Il avait envie d'elle. Et, à la façon dont elle le dévisageait à présent, il était évident qu'elle n'était pas non plus indifférente à son charme.

Ses cils immenses effleurèrent ses pommettes avant de se relever sur des yeux verts étincelant sous la lumière tamisée du bar. La boucle rebelle s'échappa de nouveau et, comme Jake la prenait entre ses doigts pour la replacer délicatement derrière l'oreille de Cali, il sentit une onde de désir parcourir son corps tout entier. Cette femme n'avait probablement aucune idée de l'effet qu'elle produisait sur lui. Ou peut-être que si, au contraire ? Cette idée ne fit qu'attiser son désir.

Elle posa de nouveau sur lui ses yeux hésitants et soudain méfiants.

Qu'était-il en train de faire ? Ce n'était pas son style de flirter avec une femme comme elle. Elle était belle, sexy, mais pas du tout du genre avec qui on passe une nuit, ni même quelques nuits, ce qui était le maximum que Jake Tyler pouvait en général offrir à une femme.

— Jake, murmura-t-elle d'une voix à peine audible. Je ne suis pas… C'est très agréable de parler avec vous, mais… je ne pense pas que cela puisse déboucher sur quoi que ce soit. Je suis désolée…

Elle détourna le regard mais il eut le temps d'apercevoir le rouge qui envahissait soudain ses pommettes. D'un doigt, il lui souleva délicatement le menton et planta ses yeux bleus dans les siens.

— Ne vous excusez pas. Ce n'est pas parce que nous avons pris du plaisir à parler que nous devons passer la nuit ensemble.

Etrangement, alors qu'il aurait dû se sentir agacé par cet aveu, il éprouva le sentiment que leur bavardage les avait conduits à quelque chose de plus profond, de plus intéressant.

Il aimait bien cette femme. Là était le problème. Il n'avait pas l'habitude de ce genre de situations.

Elle le fixa à travers ses grands cils, un peu étourdie.

— C'est peut-être que...

Un bip et une vibration sur sa hanche détournèrent son attention et le ramenèrent subitement à des questions de vie et de mort, bien loin du plaisir et de la sensualité auxquels il s'abandonnait en cet instant.

— Gardez votre idée, Cali... Je suis désolé, c'est la clinique. Je dois les rappeler. Ce ne sera pas long. Vous m'accordez cinq minutes ?

— Bien sûr.

Cali le suivit des yeux tandis qu'il se dirigeait vers le fond du club de jazz, où une pancarte, accrochée au-dessus d'une voûte, indiquait les toilettes.

Il fallait qu'elle parte. Elle aurait dû partir depuis longtemps, d'ailleurs. Son manque de discernement n'avait plus de limites, semblait-il. Si ce coup de téléphone ne les avait pas interrompus, qui sait ce qu'il serait advenu...

Cet homme à la beauté à la fois virile et désinvolte lui tournait la tête. Ce qui avait commencé comme un flirt prenait une tournure qui échappait complètement au contrôle de sa raison.

Ce devait être une histoire de phéromones, sans aucun doute. Probablement le parfum frais et épicé de cet homme sur lequel elle n'aurait jamais dû poser les yeux lui avait-il fait imaginer des choses... Et elle s'était laissé entraîner au plaisir d'une conversation enjouée et passionnante.

Cali soupira. Pour son malheur, il n'était pas seulement beau, mais aussi intéressant. Intelligent, vif d'esprit, drôle et prévenant. Bref : bien plus dangereux qu'elle ne l'avait pensé au premier abord.

Elle repoussa son verre sur le comptoir, saisit son sac et se leva. Si elle avait été futée, elle serait sortie du bar, aurait hélé un taxi et se serait enfuie avant que Jake ne revienne. Mais elle ne s'imaginait pas agir aussi grossièrement. Le mieux était de s'éclipser aux toilettes et, en revenant au bar, de le remercier pour cette merveilleuse soirée, avant de prendre un taxi pour rentrer. Pas d'échange de numéros de téléphone, pas de plans sur la comète...

Un simple adieu en bonne et due forme.

Elle traversa la grande salle en zigzaguant entre les tables. Les images de ses yeux bleus insondables et de ses sourires ravageurs lui revenaient à l'esprit à la même vitesse que ses doutes, lorsqu'elle aperçut, au bout d'un couloir, les néons du panneau indiquant la cabine téléphonique. Jake s'était vraisemblablement installé là pour téléphoner tranquillement.

Elle fut soudain tentée de le rejoindre. Mais était-ce bien raisonnable ?

Cela dit, quel mal y avait-il à passer la nuit avec un homme qu'elle ne reverrait probablement jamais ? Elle s'apprêtait à passer des mois enfermée dans un bureau.

Tandis que son corps et son esprit se livraient bataille, elle avança jusqu'aux toilettes. Qui sait, peut-être un peu d'eau fraîche la ramènerait-elle à la raison ?

2

Dans le calme relatif de la cabine téléphonique du club de jazz, Jake fit le point avec la clinique sur les patients qu'il avait opérés l'après-midi même. Après avoir raccroché, il fourra son téléphone dans sa poche et se dirigea vers la grande salle. Les yeux rivés au sol, il aperçut un rai de lumière blanche transperçant l'obscurité du couloir, lorsque la porte des toilettes s'ouvrit soudain. Cali apparut et poussa un cri en sursautant.

— N'ayez pas peur, ce n'est que moi, dit Jake qui la soutint d'un bras pour l'empêcher de tomber.

De sa main plaquée sur son buste, il percevait le moindre soubresaut de sa respiration saccadée. L'un d'entre eux aurait dû se ressaisir, s'écarter, recréer un espace neutre entre leurs deux corps. Au lieu de cela, ils restèrent enlacés et immobiles pendant un temps qui lui parut une éternité. Puis Cali leva les yeux sur le visage tendu de Jake, croisa son regard lucide et plein de convoitise, fit glisser le sien sur sa bouche. L'air se chargea soudain d'une tension palpable tandis que le désir s'emparait peu à peu de leurs deux corps lovés l'un contre l'autre.

La porte se rabattit derrière eux, les plongeant dans une obscurité presque totale, intime, loin de l'agitation de la grande salle. Jake sentit ses muscles se contracter, tel un félin prêt à bondir. Il hésitait encore, mais la vue des veines battant à la base de son long cou attisa son désir pour elle.

Tout en relevant imperceptiblement les sourcils, elle laissa échapper un « non », dont il se demanda s'il n'était pas adressé à elle plutôt qu'à lui.

— Cali, murmura-t-il comme un avertissement, de moins en moins capable de lâcher sa proie.

Si elle voulait mettre un terme à cette situation, elle le pouvait encore. Mais elle ne dit rien. Elle ne le repoussa pas. Au contraire, ses doigts s'accrochèrent à l'encolure de son pull, sa respiration se fit haletante et toute trace d'indécision s'envola de son regard, emportant au passage ses bonnes résolutions.

Elle plaqua son corps contre celui de Jake dans un mouvement voluptueusement lent et s'éleva sur la pointe des pieds.

— Juste un baiser, murmura-t-elle avant de poser sa bouche sur la sienne.

Avec plaisir, pensa-t-il en souriant intérieurement. Quelles que soient les intentions qu'elle annonçait, il se doutait qu'un baiser serait loin de lui suffire.

Jake pressa doucement ses lèvres dans un baiser délibérément léger mais d'une sensualité pleine de promesses. Il avait envie de la faire patienter et d'attiser son désir. De toute façon, son attente ne serait pas longue.

Cali laissa échapper un gémissement tandis que tout son corps en tension semblait réclamer autre chose.

Plaquant fermement sa main sur ses reins, Jake chercha des yeux son regard.

— C'est bon, n'est-ce pas ?

— J'avais oublié à quel point... On ne m'a pas embrassée depuis des lustres.

Aïe... Il n'avait pas envie d'abuser de la vulnérabilité d'une femme que l'on n'avait pas touchée depuis longtemps. Mais toute sa personne, sa voix, ses yeux, sa cascade de boucles claires continuaient à susciter en lui le désir croissant de lui montrer ce qu'elle avait manqué pendant toutes ces années.

— Ce n'était qu'une esquisse, murmura-t-il. Je peux faire mieux.

Les yeux de Cali s'embrasèrent tandis qu'elle rapprochait ostensiblement ses hanches des siennes.

— Montrez-moi, dit-elle en entrouvrant les lèvres.

— Avec plaisir, répondit-il, décidé à lui donner un baiser dont elle se souviendrait longtemps, et qu'il espérait être le prélude d'une nuit de passion.

Il plaqua sa bouche sur ses lèvres offertes pour y imprimer un baiser lent et langoureux. Sa bouche était chaude et humide, et le soupir qu'elle exhala ne fit qu'aiguillonner son envie de la posséder...

Perdant peu à peu le contrôle, il glissa sa main le long de son dos jusqu'à sa taille, excité par les gémissements de Cali, qui lui donnèrent envie d'arracher littéralement sa jupe. Choqué par sa propre ardeur, il recula légèrement et posa ses yeux sur le visage rosi de sa partenaire.

— Sortons d'ici, parvint-il à articuler.

Le souffle coupé, elle le dévisagea avec un regard anxieux.

— Encore un baiser ?

Face à ses yeux doux et implorants, il était prêt à lui accorder tout ce qu'elle demandait. Si cette jeune femme, que personne n'avait embrassée depuis si longtemps, avait envie d'être embrassée, soit : il avait connu des situations plus désagréables que celle-là.

Il la fit entrer à l'intérieur de la cabine téléphonique, suffisamment grande pour les contenir tous les deux.

— Juste un, susurra-t-il au creux de son oreille.

Cali l'attira à elle, s'agrippant à ses larges épaules.

Le terrain sur lequel elle s'aventurait était glissant, mais, de toute évidence, elle n'avait aucune intention de résister. Au plus loin que remontaient ses souvenirs, jamais elle n'avait éprouvé une envie aussi criante d'embrasser et d'être embrassée. Son esprit s'engourdissait délicieusement, et toute notion de morale était en train de fondre comme neige au soleil : seul comptait à présent le plaisir. Le goût de sa peau, son parfum s'insinuèrent si profondément dans son corps que la simple idée d'interrompre ce contact était presque douloureuse.

Quel mal y avait-il à s'accorder quelques minutes supplémentaires de plaisir ?

Elle sentit soudain les grandes mains de Jake descendre le

long de son dos et se presser contre ses fesses tout en plaquant fermement son corps contre le sien…

Le dos au mur, elle sentit son excitation grandir encore. C'était trop bon pour renoncer maintenant. Encore un instant. Ensuite seulement, elle arrêterait et partirait à jamais. Mais pas tout de suite…

Elle gémit lorsque Jake se mit à faire onduler son bassin contre elle, frottant la toile de son jean contre la dentelle de ses dessous. Une partie reculée de son esprit lança désespérément l'alarme. Dans ce genre de situation, elle respectait en général certaines règles. Mais comment renoncer à ce contact parfait, qui annonçait une jouissance intense et proche ?

Jake détacha sa bouche de la sienne, et laissa courir son regard bleu sur son visage tout en essayant de reprendre son souffle.

— Dites-moi de m'arrêter, lâcha-t-il tout en continuant à onduler des hanches, de sorte que ce soit la dernière chose qu'elle ait envie de lui demander.

Il avait raison : il fallait que l'un d'entre eux recouvre la raison. Mais pourquoi sentait-elle instinctivement que cette responsabilité lui incombait ? Pourquoi ce genre de décision revenait-elle toujours aux femmes ?

Elle ouvrit les yeux et balaya du regard l'espace confiné dans lequel ils se trouvaient. Si excitante et invraisemblable que soit la situation, ils se trouvaient dans la cabine téléphonique d'un club de jazz…

Une cabine située au fond du couloir dans lequel personne ne se rendait jamais, et dans laquelle elle était de toute façon protégée des regards par les larges épaules de Jake…

Elle ne reverrait jamais cet homme. Personne ne saurait jamais ce qui s'était passé dans cette cabine téléphonique, au son de la voix suave qui s'échappait des haut-parleurs.

Elle sentit les dents de Jake dans son cou. Puis il saisit ses mains par les poignets pour les clouer au mur, au-dessus de sa tête.

Nouant ses jambes autour de sa taille, elle se mit à faire bouger ses hanches au même rythme que les siennes. Leurs bouches se rencontrèrent et se soudèrent pour n'en faire plus qu'une… Cali eut l'impression que la force de Jake l'enveloppait, qu'elle pouvait s'y nicher et s'y perdre.

Puis il s'arrêta net et elle eut soudain l'impression de vaciller au bord d'un précipice, sans comprendre comment elle en était arrivée là. Sa respiration se fit rauque et la tension qui s'empara d'elle avec une violence redoublée la laissa impuissante, désespérée, tremblant d'un désir inassouvi.

— Jake, supplia-t-elle sans équivoque.

Elle sentit, pour toute réponse, ses lèvres dévorer plus fougueusement que jamais les siennes et son membre emprisonné contre son sexe...

— Vous pouvez jouir, murmura Jake dans un râle, tandis que des spasmes de plaisir inondaient le corps de Cali.

Au moment suprême, Jake couvrit sa bouche de ses lèvres pour étouffer son cri tout en soutenant son corps qui se relâchait. Elle resta un moment silencieuse, puis son esprit s'éclaircit et la réalité reprit forme autour d'elle.

C'est alors qu'elle réalisa qu'elle venait de jouir au fond d'un club de jazz, dans une cabine téléphonique, avec un inconnu !

Au milieu de tous ces clichés qui lui semblèrent soudain grotesques, la figure de Jake détonnait néanmoins. Même si elle ne le connaissait que depuis quelques heures, il était autre chose qu'un objet sexuel à ses yeux. C'était un homme dont elle aurait pu tomber amoureuse, si l'occasion s'était présentée.

Ce qui n'était pas le cas, évidemment.

Jake colla son front brûlant contre le sien, les yeux clos, et secoua la tête.

— J'ai l'impression d'avoir quinze ans, déclara-t-il, plus surpris que fâché.

Cali sourit. Elle ne se rappelait pas avoir vécu pareille aventure lorsqu'elle était au lycée, loin s'en fallait.

— Personnellement, je ne m'amusais pas autant à quinze ans.

Jake pouffa d'une façon si attendrissante que Cali se demanda si par hasard...

— Non, bien sûr que non.

Ce qui venait de se passer était une parenthèse dans leurs vies, un caprice d'un soir qu'ils auraient bien vite oublié tous les deux. Mais comment pourrait-elle oublier un moment aussi intense ? D'autant qu'il serait probablement le seul souvenir sensuel qui lui resterait de son séjour de labeur à Chicago.

En voyant l'effet que Jake avait produit sur sa raison, elle se jura de garder désormais sa libido sous contrôle et de quitter cet endroit au plus vite. Elle était reconnaissante envers cet homme qui s'était généreusement retenu pour elle et qui, à présent, balayait de ses grandes mains sexy les plis de sa jupe pour la défroisser. Mais il devait rester un bon souvenir.

Que dire ou faire pour que la situation ne s'éternise pas ?

— Eh bien, c'était...

— Mieux que mon premier petit baiser ? demanda-t-il en lui lançant un sourire identique à celui qui l'avait immédiatement séduite, quelques heures plus tôt, au bar.

— Vous êtes un charmeur, se contenta-t-elle de constater.

— Oui, et vous, vous êtes en train de me marcher sur le pied.

Cali, à la fois surprise et embarrassée, fit un pas en arrière.

— Je suis désolée.

— Ce n'est rien. Mais nous devrions sortir d'ici avant qu'un client en panne de batterie de téléphone débarque.

Cali fixa le plafond en rougissant.

— On s'enfuit de la scène du crime ?

Jake attrapa doucement son menton et le leva vers son visage.

— Je vous invite à poursuivre cet entretien chez moi, dit-il en lui lançant un regard intense.

Cali avala nerveusement sa salive en imaginant la suite que cet homme comptait donner aux événements.

— Jake, je... Je ne peux pas me lancer dans une relation avec quelqu'un.

Il secoua la tête et sourit.

— Cela tombe bien, j'en serais bien incapable moi aussi. Tout ce que je peux vous proposer, c'est une nuit.

Une nuit ?

Une sonnerie retentit soudain sur le sol. Son portable vibrait dans le sac à main qu'elle avait négligemment jeté par terre un instant plus tôt. C'était son lien avec Amanda, avec son travail, son avenir, qu'elle avait manqué d'écraser pour quelques instants passés avec un inconnu. De quoi serait-elle capable si elle passait une nuit entière avec lui ? Elle ne connaissait que trop la réponse.

Elle attrapa son sac et se dégagea de l'habitacle confiné et des mains qui la retenaient.

— Je ne peux pas. Je suis désolée, lâcha-t-elle.

Jake fronça les sourcils et s'écarta pour la laisser passer.

— Cali, attendez...

Serrant son sac et son téléphone contre sa poitrine, elle courut se réfugier dans le grand hall, pour ne pas être tentée de céder de nouveau à son désir.

— J'espère que...

Mais les mots étaient inutiles. Elle secoua la tête et sortit du Jazz House à grandes enjambées, comme si le diable en personne était à ses trousses.

3

Depuis son lit, Cali fixait le plafond de sa chambre d'hôtel, laissant les souvenirs affleurer peu à peu à sa conscience.

Elle avait fait l'amour avec un inconnu dans un club de jazz. Enfin, pas tout à fait, mais cela n'était guère plus glorieux. Elle avait commis le genre d'acte incontrôlé qu'on était censé regretter le lendemain et vouloir oublier le plus vite possible.

Or, pas le moindre remords ne venait entacher le souvenir de la soirée passée en compagnie de Jake Tyler, et dont elle se réveilla fraîche, revigorée et somme toute ravie d'avoir, pour une fois, quelque peu mis à mal ses principes. Jake pouvait même être considéré comme une merveilleuse exception aux règles qui conditionnaient d'ordinaire son existence. Après un célibat imposé de trois ans, elle avait trouvé l'occasion rafraîchissante d'une rencontre sans promesses, sans risques ni regrets, dont elle n'aurait jamais imaginé avoir envie à ce point. Comblée, elle allait maintenant pouvoir s'atteler à la tâche qui l'attendait et qui l'avait amenée ici, à Chicago.

Elle tendit la jambe vers une zone où les draps étaient encore frais, se pelotonna et se laissa aller à la rêverie. Ses yeux bleus, la chaleur de son rire, sa bouche, ce baiser...

Elle aurait préféré, par contre, oublier le regard qu'il lui avait lancé lorsqu'elle s'était enfuie comme une furie du Jazz House.

Mais qu'importe, après tout, elle ne le reverrait jamais. Cet épisode n'avait aucunement entravé le bon déroulement de sa vie à Chicago et de sa carrière. Au contraire !

C'était vraiment une soirée parfaite.

Elle s'étira voluptueusement et jeta un coup d'œil au réveil. Le beau-frère adoré d'Amanda était censé passer la prendre dans une heure pour la conduire jusqu'à son nouvel appartement.

Elle se leva et fila dans la salle de bains, espérant que le jet de la douche et la mousse parfumée de son shampoing à la sauge la débarrasseraient des dernières images interdites qui s'attardaient encore dans son esprit. Cette histoire était parfaite justement parce qu'elle était sans lendemain. Jake Tyler n'était rien d'autre qu'un navire passant dans la nuit…

Quoique, en y réfléchissant bien, il faisait plutôt l'effet d'un hors-bord élancé et sexy, dont le sillage l'avait renversée.

Tout en attrapant le drap de bain, elle imagina combien sa vie aurait été différente si elle avait connu un homme comme Jake plutôt qu'Erik, trois ans plus tôt, à Boston.

Elle se glissa dans un jean et enfila un dos nu à rayures bleues et blanches. Comme si elles reflétaient l'agitation de son esprit, ses boucles s'échappaient dans toutes les directions autour de son visage. Elle les attacha, mit une touche de gloss sur ses lèvres et contempla avec satisfaction l'image que lui renvoyait le miroir.

Elle remplissait un verre d'eau lorsqu'on frappa trois coups à la porte de sa chambre.

Une vague d'excitation la submergea. Le beau-frère d'Amanda se tenait derrière cette porte et, avec lui, la promesse d'une nouvelle vie sur le point de commencer, une vie de travail acharné qui la conduirait au succès tant attendu depuis des années.

Elle fonça vers la porte, pieds nus, son verre d'eau à la main et ouvrit.

— Entrez, je vous en…

La fin de sa phrase mourut dans un hoquet de surprise à la vue de Jake Tyler souriant, un bras appuyé avec décontraction sur le chambranle de la porte. Et dont la nonchalance disparut en un éclair à la vue de Cali, figée et bouche bée dans l'embrasure.

— Vous !

Cali n'en croyait pas ses yeux.

Il ne manquait plus que cela ! Le beau-frère de sa directrice en personne, Jackson, était aussi un menteur qui se faisait appeler Jake lorsqu'il voulait passer la nuit avec une femme rencontrée dans un bar !

Elle recula, le souffle coupé. Comment avait-elle pu se fourrer une fois encore dans une situation aussi désastreuse ?

— Jackson ? bredouilla-t-elle, dans l'espoir que son interlocuteur lui révèle qu'il s'agissait d'un malentendu et qu'il n'avait rien à voir avec Amanda.

Elle vit le coin de sa bouche se relever.

— Personne ne m'appelle plus ainsi depuis longtemps, à part ma mère et… Amanda.

Il n'exprimait aucune excuse, aucune dénégation, mais affichait au contraire un regard étonnamment sûr de lui, à la fois posé et amusé.

Comment une telle situation pouvait-elle le faire sourire ?

Reculant toujours, elle se cogna le mollet contre la table basse derrière elle, poussa un cri de surprise et de douleur et, au lieu de se rattraper, tomba à la renverse en resserrant la main sur le verre qui se brisa. Une vive douleur la saisit tandis que les éclats de verre commençaient à se teinter de rouge.

C'est alors que la pièce devint sombre et que les objets se mirent à se déformer étrangement autour d'elle.

Elle eut juste le temps de pousser un gémissement et de comprendre qu'elle était sur le point de s'évanouir, comme chaque fois qu'elle voyait son sang couler.

Jake se précipita sur elle et, d'un œil expert, évalua la gravité de la situation.

— Rien de vraiment sérieux, mais il faut enlever ces bouts de verre.

En tant que chirurgien spécialisé en cardiologie, il passait sa vie à opérer des cœurs malades et à sortir ses patients de situations souvent critiques. Rien à voir avec ce petit incident domestique sans conséquences.

Mais, alors qu'il s'apprêtait à lui recommander de ne pas regarder sa plaie, il vit les yeux de Cali se révulser et son corps s'affaisser complètement contre le sien.

De mieux en mieux !

En général, il fuyait les situations compliquées. Une fois la surprise passée, il avait fait le lien entre Cali et la Calista dont Amanda lui parlait depuis deux jours.

Mais le tableau qu'il avait à présent sous les yeux ne collait en rien avec l'image qu'il avait gardée de l'époustouflante jeune femme de la veille. Agréable, douce, drôle. Un peu timide, mais ses rougissements ne la rendaient que plus adorable. Il avait passé des heures à la regarder rire.

Quel idiot il était ! Il ne voulait pas d'une relation sérieuse. De plus, il n'était pas dans ses habitudes de sortir avec des femmes qui avaient un lien avec des membres de sa famille. Alors, que lui importait que Cali soit différente de celle qui lui avait tant plu la veille et que leur relation ne soit pas aussi exceptionnelle qu'il l'avait cru ?

Mais qu'avait-il cru, au juste ? Après tout, ils s'étaient juste retrouvés dans une cabine téléphonique…

Quoi qu'il en soit, il ne pouvait pas la laisser dans cet état. Il fallait la remettre sur pied et s'occuper de sa blessure. Il passa un bras autour de son cou, la souleva et traversa la chambre jusqu'à la salle de bains. En s'asseyant sur le bord de la baignoire, il sentit la tête de Cali cogner doucement contre son buste, dans un effort manifeste de revenir à elle.

— Cali, Cali… Levez la tête et regardez-moi.

Au lieu de cela, il la vit fixer l'eau rougie qui s'écoulait sur la faïence blanche du lavabo avant de perdre de nouveau connaissance. Alors il la transporta jusqu'à son lit. Les coupures de sa main étaient superficielles et n'exigeaient pas de points de suture. De simples pansements suffiraient et lui permettraient de ne plus s'évanouir chaque fois que sa main blessée se trouverait dans son champ de vision.

Il retourna dans la salle de bains et se mit à fouiller dans ses affaires. Les femmes se déplaçaient souvent avec suffisamment de matériel pour soigner tous les maux de la terre, ce serait bien le diable s'il ne trouvait pas des pansements dans sa trousse de toilette !

Au milieu des produits de beauté, des brosses, des sprays et autres crèmes, il remarqua la boîte à pilules, un paquet de pastilles à la menthe, du fil dentaire et, dans un petit sachet, un préservatif, d'une marque qu'il n'avait jamais revue depuis l'époque du collège. La date d'expiration avait échu depuis plus d'un an.

Il apparaissait clairement que son expérience en la matière n'était pas des plus riches, à en juger par l'état de ce pauvre préservatif abandonné. Mais l'image de Cali emportant dans sa trousse de toilette le nécessaire d'une femme sexuellement responsable lui rappela la confession qu'elle avait faite de ne pas avoir été embrassée depuis des lustres.

Il ne put s'empêcher de penser à sa bouche, au goût de ses lèvres, à son contact à la fois doux et sexy... Mais mieux valait éviter de nourrir ce genre de pensées au sujet de la nouvelle recrue d'Amanda.

Il finit par trouver un paquet de pansements, à peu près dans le même état que le préservatif solitaire. Il retourna auprès de Cali, enleva le film protecteur de l'un des pansements, qu'il appliqua sur la plaie.

— Plus de peur que de mal, Cali, conclut-il en écartant une mèche de ses cheveux qui lui barrait le visage.

Sa main s'attarda sur la peau douce et chaude de sa joue. Ses cils se mirent à battre comme des ailes de papillon et se relevèrent enfin, révélant l'incroyable vert émeraude de ses yeux. En voyant ses lèvres s'entrouvrir, Jake ne put s'empêcher de s'imaginer se penchant sur elles pour les goûter.

— Ne me touchez pas avec vos mains sales !

Il leva un sourcil, refrénant une envie de rire face à l'incongruité de la situation.

— Mes mains sont toujours propres. Déformation professionnelle... Mais, dites-moi, êtes-vous toujours aussi grognon au réveil ?

Elle se dressa sur ses coudes et, prenant son élan dans le but manifeste de le gifler, lança sa main vers Jake.

— Qu'est-ce que vous faites ? demanda-t-il en arrêtant la main en plein vol. Restez allongée encore quelques instants et dites-moi plutôt s'il vous arrive souvent de vous évanouir à la vue du sang.

— Seulement à la vue du mien. Je suis certaine que voir votre sang jaillir ne m'émeuvrait pas le moins du monde. Allez-vous-en !

Pour quelqu'un qui venait de s'évanouir, elle avait l'air d'avoir vite récupéré.

— Vraiment ? C'est bizarre, constata-t-il d'un air amusé en se penchant vers elle.

— Je ne vois pas ce qui est bizarre. Comme vous pouvez le constater, je suis énervée. Je vous sais gré de m'avoir sauvé la vie, mais j'aimerais maintenant que vous me laissiez.

— Calmez-vous un instant. Je vous rappelle que ma présence à votre côté est d'ordre strictement professionnel. Je suis médecin, vous vous souvenez ?

La mâchoire de Cali se serra tandis qu'elle détournait le regard en poussant un long soupir agacé.

— Ecoutez, Cali : j'ignorais que vous travailliez pour Amanda, c'est clair. Mais, en fin de compte, est-ce si grave que cela ?

A sa mine renfrognée, il en conclut que cela l'était.

— Vous plaisantez ? rétorqua-t-elle en lui lançant un regard furibond.

— C'est à cause de ce qui s'est passé hier soir ? demanda-t-il, troublé par son soudain emportement. Ou y a-t-il autre chose, qui m'aurait complètement échappé ?

Peut-être était-elle, elle aussi, inquiète au sujet d'Amanda ? Mais cela ne justifiait en rien qu'elle se déchaîne à ce point contre lui. Leur rencontre était fortuite. C'était un de ces petits moments de folie que le destin s'amuse à semer sur le chemin des humains. Il suffisait simplement de continuer à avancer...

Si Cali s'était montrée choquée ou boudeuse, il aurait compris. Il avait l'habitude de ce genre de réactions typiquement féminines. Mais Cali le regardait comme si elle était sur le point de l'étrangler, sans qu'il saisisse clairement les raisons de son hostilité. Il venait même de la porter comme une princesse endormie jusqu'à son lit et de passer du temps à nettoyer et à panser sa plaie, dont le sang avait taché la manche de sa chemise. Un peu de reconnaissance aurait été la moindre des choses en retour. Au lieu de quoi elle vociférait !

Comment la femme à la fois passionnée et timide de la veille s'était-elle métamorphosée ainsi ? Entretenir une relation avec une femme colérique ne faisait pas partie de ses plans. Et l'intérêt qu'Amanda portait à l'épanouissement professionnel de Cali ne faisait que compliquer les choses.

Mais la situation était inconfortable pour tout le monde et le mieux était de la considérer avec autant de calme que possible.

— Cali, reprit-il doucement dans une volonté d'apaiser la discussion tout en pensant à toutes les bonnes raisons qu'il avait eues de privilégier jusque-là les relations courtes, simples et superficielles, je comprends que vous soyez en colère. Mais ce qui s'est passé hier soir entre nous n'est pas dramatique. C'est même bien que les choses ne soient pas allées plus loin. Il ne s'est finalement pas passé grand-chose, si l'on y réfléchit bien.

— Pas grand-chose ? laissa-t-elle échapper, bouche bée.

— Pardon, ce n'est pas ce que j'ai voulu dire, balbutia-t-il.

Mais qu'était-il censé dire, au juste ?

4

Cali sentit son estomac se contracter. Comment cet homme pouvait-il se montrer inconséquent à ce point ? Qu'*elle* se soit autorisé une aventure sans lendemain était dans l'ordre des choses, mais *lui* venait d'être pris en flagrant délit d'adultère. Jake était un homme marié ! N'avait-il donc aucune conscience de ce que cet engagement impliquait ?

— Voulez-vous que je vous aide à faire vos bagages ? proposa-t-il, avec l'évidente envie d'en finir.

— Vous en avez déjà fait suffisamment, répondit-elle sèchement.

Dire qu'elle avait fantasmé sur cet homme, qu'elle avait envisagé d'aller plus loin, sans savoir qu'il était marié !

Cela faisait d'elle *l'autre femme*. Cette pensée l'anéantit et des larmes de rage et de désespoir commencèrent à perler au coin de ses yeux.

— Cali, je...

— Taisez-vous, je vous en prie, le coupa-t-elle.

Elle se sentait accablée. Ce qui lui faisait le plus mal, c'était de s'être leurrée à ce point à son sujet. Certes, c'était un très bel homme — même s'il trompait sa femme comme n'importe quel autre. Mais c'est sa personnalité qui l'avait séduite, autant que sa plastique de rêve.

Elle était plus en colère contre elle-même que contre lui. Après trois années d'abstinence et de travail acharné, la seule petite aventure qu'elle s'était accordée était une relation avec un homme marié, dont la femme était la sœur de sa directrice ! Même si elle avouait à Amanda qu'elle ignorait tout de son lien avec Jake, elle imaginait mal comment celle-ci accepterait ce qui s'était passé. Jake n'avait aucun intérêt à se glorifier de cet épisode, mais elle-même ne se voyait ni garder le secret, ni révéler une histoire qui allait faire voler en éclats la vie d'au moins trois personnes. Dont la sienne, ainsi que sa promotion, voire sa carrière tout entière.

Certes, ils n'avaient pas vraiment couché ensemble. Heureusement qu'elle avait disparu avant de céder à la tentation de l'accompagner chez lui.

Mais pourquoi diable ne s'était-elle pas enfuie plus tôt du club de jazz ? Pourquoi n'était-elle pas partie avant qu'ils commettent l'irréparable ?

Et combien de fois encore faudrait-il qu'un homme se mette en travers de sa vie professionnelle pour qu'elle comprenne enfin ?

« Je suis dans le pétrin », se dit Jake en croisant le regard glacial de Cali. Il observa la mèche de cheveux bouclés qui s'était échappée de son élastique et scintillait sous un rai de lumière, son jean qui soulignait les courbes de ses hanches et son dos nu qui mettait en valeur sa féminité et sa grâce, ses formes qu'il avait senties sur son torse, la veille, trop brièvement. Même si elle avait décidé de se montrer odieuse ce matin, il ne pouvait s'empêcher de trouver qu'elle ressemblait à une sirène, ainsi allongée sur son lit.

— De mieux en mieux ! s'exclama-t-elle en remarquant qu'il venait de poser sur elle un regard éhonté.

Cet homme était vraiment un pauvre type.

Elle se leva et commença à rassembler ses affaires.

— Désolé, murmura-t-il avec un sourire impénitent.

Cali leva les yeux au ciel.

— Quelle idiote je fais ! s'exclama-t-elle en plongeant la tête dans ses mains.

Puis elle se redressa et ajouta :

— Quant à vous, vous êtes le type même du dragueur qui écume les bars en quête de plaisirs faciles. Vous me dégoûtez !

— Comment ? protesta-t-il, outré. Qui a passé sa soirée à me supplier de l'embrasser encore et encore ?

— Je le regretterai toute ma vie...

Qu'est-ce qui choquait cette femme à ce point ? Quelque chose lui échappait mais il avait beau chercher, aucune piste ne se présentait à son esprit.

— Cali, avez-vous pris des médicaments ?

— Allez au diable, *Jackson* !

Pourquoi l'appelait-elle soudain Jackson ?

— Sérieusement, Cali, quel est le problème ?

— Vous plaisantez ? siffla-t-elle en levant la tête.

Elle poussa un interminable soupir d'exaspération.

— Je travaille pour votre belle-sœur, voilà le problème. Et vous devez savoir que je m'apprête à obtenir un poste très convoité dans son entreprise.

— Je sais, oui, acquiesça-t-il en la regardant traverser la pièce pour ramasser ses affaires.

D'ordinaire, il se considérait plutôt comme un gentleman, mais les circonstances lui donnaient l'impression d'être complètement inutile. Cela dit, sa main blessée ne semblait plus gêner Cali le moins du monde. Elle ne voulait pas de son aide ? Soit. Il s'appuya contre le mur, bras et jambes croisés, et la regarda se démener seule avec ses affaires.

Cali fit brusquement glisser la fermeture Eclair de son sac.

— Alors, vous comprenez bien ce qui est en jeu dans l'histoire.

Il ne comprenait pas très bien, non. D'une part, ce qui s'était passé entre eux n'avait aucun rapport avec le travail de Cali ; d'autre part, il était suffisamment grand pour mener sa vie comme il l'entendait sans avoir besoin de crier sur les toits ce qu'il faisait le soir dans les cabines téléphoniques. Si elle, par contre, avait l'intention de tout raconter à Amanda, grand bien lui fasse !

Cali, loin de décolérer, poursuivit, sans se départir de son ton acerbe :

— Vous n'avez pas l'impression que je me retrouve clouée au pilori à cause de vous ?

— Clouée au pilori ?

Jake commençait à perdre patience. Il avait envie qu'elle boucle ses bagages et qu'ils décampent d'ici au plus vite.

— Si j'avais vraiment voulu vous ramener chez moi, je l'aurais fait hier soir. Vous n'attendiez que cela, rappelez-vous.

— Goujat !

— Je vous en prie, Cali. Ce que nous avons fait hier soir vous a plu, ne le niez pas. Et, si c'est ce qui vous préoccupe, sachez que je ne parlerai pas de ce qui s'est passé à Amanda.

— Ça, je m'en doute..., souffla-t-elle d'un air dédaigneux. Les hommes comme vous me donnent envie de...

Elle s'était interrompue, les poings sur les hanches, le visage congestionné.

Pas de doute, c'était une enquiquineuse. Irrationnelle, probablement bipolaire, à en juger par la façon dont sa douceur avenante s'était du jour au lendemain transformée en agressivité sans bornes.

Le regard de Jake se posa sur les mouvements rapides de sa poitrine haletant sous le tissu à rayures bleues et blanches. Elle était terriblement sexy. Mais il n'était pas fait pour le drame, la passion. Au contraire, ce genre de débordement était en général le signal indiquant que la meilleure chose à faire était de prendre ses jambes à son cou le plus rapidement possible.

— Les hommes comme moi vous donnent envie de quoi ? demanda-t-il d'une voix voluptueuse et ironique tout en se rapprochant d'elle. Je sais bien de quoi je vous ai donné envie hier soir. Mais je ne comprends pas ce qui a changé depuis.

Son regard s'intensifia tandis que Cali reculait, croisant les bras sur sa poitrine haletante.

— Vous êtes sûr que tout va bien ? demanda-t-elle d'une voix rauque qui trahit son émotion tandis qu'il se rapprochait d'elle.

— Je vois bien que vous n'êtes pas insensible à mon charme, constata-t-il en décelant son trouble.

— Vous êtes charmant, certes, mais je ne vous toucherais pas, même du bout d'une perche. Qu'est-ce qui vous arrive ? Avez-vous une dépendance au sexe ? Vous suivez une thérapie ? Voulez-vous que j'appelle votre psy ?

Jake, immobile, attendait que l'interrogatoire s'achève, espérant qu'elle finisse par s'effondrer, à bout de forces, dans ses bras. Au lieu de cela, elle marqua une pause et leva les yeux vers lui.

— L'engagement ne signifie donc rien, pour vous ?

La question le figea sur place. *L'engagement ? Quel engagement ?*

Soudain, tout s'illumina d'un coup : sa façon d'évoquer Amanda, son hostilité, son dégoût, sa résistance à une alchimie pourtant flagrante entre eux depuis la veille.

Elle imaginait sans doute qu'il était marié. C'est ce qui l'avait rendue furieuse, ce qui avait offensé ses principes.

Il ne put refréner un sourire.

— Cessez de me regarder comme ça ! lança-t-elle.

— C'est donc la question de l'engagement qui vous pose un problème ? demanda-t-il, curieux de savoir jusqu'où s'étendaient ses principes.

Elle cligna des yeux puis le fixa avec gravité.

— Cessez de vous moquer de moi. Evidemment que cela me pose un problème. Mais ce n'est pas le seul. Amanda est ma supérieure hiérarchique. Je vous en veux de m'avoir entraînée dans votre petit jeu pervers. Mais, si vous n'avez aucun respect pour votre femme, pourquoi en auriez-vous pour ma carrière ?

— Cali, vous vous trompez, reprit-il, soulagé de revenir enfin à un dialogue normal.

— Epargnez-moi vos simagrées. Si quelqu'un trompe quelqu'un, ici, c'est vous.

— Cali, je vous assure, vous...

— Taisez-vous, je vous en prie ! Si vous voulez bien me donner ma nouvelle adresse ainsi que les clés de mon appartement, je pense que nous pouvons nous dire adieu dès à présent et mettre un terme définitif à cet épisode désastreux, ajouta-t-elle froidement.

Jake s'approcha d'elle et souleva son menton pour la forcer à le regarder.

— Laissez-moi finir, Cali, insista-t-il.

Puis il adoucit sa voix et rapprocha son visage de celui de Cali.

— Je n'avais pas réalisé qu'Amanda m'appelait toujours son

beau-frère, parce que, légalement parlant, je ne le suis plus depuis longtemps. Celle que vous appelez « ma femme » m'a quitté il y a quatre ans et coule des jours heureux, depuis lors, avec un certain Paulo…

5

La bouche sèche, l'esprit embrouillé, Cali écarquilla les yeux.

— Vous êtes divorcé ?

— Je préfère dire célibataire, cela a une connotation moins négative.

Elle venait de commettre une méprise pitoyable et de s'humilier devant lui. Lequel était là, calme, élégant, les bras croisés, attendant probablement qu'elle lui présente des excuses.

Elle poussa un long soupir et leva les yeux vers lui à contrecœur.

— C'est embarrassant.

— N'est-ce pas ? rétorqua-t-il, caché derrière un sourire en coin.

Etonnamment, l'idée qu'il ne soit pas marié ne la soulageait pas autant qu'elle l'aurait souhaité. Une tension demeurait. Etait-ce sa bouche qui l'attirait encore et dont ses yeux ne parvenaient pas à se détacher ? Il valait mieux prendre un peu de recul avant que la courbe sensuelle de ses lèvres lui fasse de nouveau faire des choses qu'elle regretterait par la suite.

— Amanda parle toujours de vous comme de son beau-frère.

— Je vous assure que cela ne correspond plus à la vérité, dit-il, sûr de lui.

C'était incroyable comme les hommes pouvaient se montrer obtus lorsqu'il s'agissait de regarder les choses en face.

Cali détourna le regard de ce corps qui demeurait outrageusement attirant malgré tout.

— De toute façon, nous n'avons pas vraiment couché ensemble, alors cessez de rougir comme ça toutes les deux minutes !

Elle s'éclaircit la gorge, tout à coup submergée par la honte qu'elle aurait dû ressentir une heure plus tôt. Elle baissa les yeux vers le tapis, la table basse, le canapé et finit par poser son regard sur une petite lampe, afin de ne pas avoir à croiser son regard, d'un bleu si profond qu'elle recommençait à s'y noyer.

— Comment va votre main ? demanda-t-il sur un ton dégagé.

— Bien, merci. Je suppose que je vous dois des excuses.

— Ne vous inquiétez pas. Nous avons tous deux tiré des conclusions hâtives. N'y pensons plus.

Cela semblait être la meilleure solution, en effet, à condition que son corps lui obéisse et que son cœur cesse de tambouriner dans sa poitrine.

— Pourquoi ne m'avez-vous rien dit ?

— Pour mon divorce ? L'occasion ne s'est pas présentée hier soir et je n'imaginais pas non plus que vous me pensiez marié. Pourquoi ne m'avez-vous pas posé la question ?

— Amanda s'obstine à vous appeler son beau-frère et, à mon avis, elle est un peu amoureuse de vous. Et puis je n'avais jamais entendu parler de ce Paulo jusque-là.

— En fait, Amanda et moi sommes amis depuis notre plus tendre enfance. Elle fait presque partie de ma famille. Et elle n'a pas vraiment d'atomes crochus avec Paulo, même si c'est certainement un type sympa.

— Quelle drôle de situation !

Jake la regarda d'un air narquois. La gêne qu'elle éprouvait semblait presque le faire rire.

— Vous vous amusez bien ? lança-t-elle, un peu agacée.

L'expression de Jake se fit tout à coup sérieuse, tandis qu'il semblait la transpercer littéralement de son regard bleu. Comme il tendait le bras pour passer la main sur sa joue, elle sentit sa poitrine se soulever dans une lente et profonde inspiration.

— Pas autant que je le voudrais…

L'air se fit soudain très lourd. La chambre confortable et spacieuse dans laquelle elle avait passé la nuit était soudain confinée et étouffante. Elle avala sa salive en le voyant se rapprocher d'elle, et toutes sortes de pensées contradictoires se bousculèrent dans sa tête, et son pouls s'accéléra.

Les lèvres de Jake s'arrêtèrent à quelques centimètres des siennes et il planta son regard dans le sien.

— Juste un baiser, murmura-t-il avant de poser sa bouche sur celle de Cali.

Incapable de la moindre résistance, elle se sentit un instant perdue, en proie à un désir qui semblait ne jamais l'avoir quittée. La chaleur envahit son corps, lentement, profondément.

Elle sentit les mains brûlantes de désir de Jake glisser sur ses seins et exciter ses tétons. Puis elles descendirent le long de son dos et s'agrippèrent à ses fesses pour l'attirer plus fort contre lui. Ses lèvres affamées se mirent à dévorer son cou et le lobe de son oreille.

— Qu'est-ce qui vous arrive ? demanda-t-il, le visage enfoui dans les boucles de Cali.

Elle ouvrit les yeux en prenant conscience de la question qu'il venait de lui poser. Que lui arrivait-il, en effet ?

Le moment passé au club de jazz, la veille, avait été une erreur commise en toute innocence. Elle ignorait encore qui il était. Mais, ce soir, elle n'avait plus aucune excuse.

Elle se ressaisit, l'image d'Amanda refaisant surface dans son esprit.

— Jake, il ne faut pas…

Il la regarda. Un autre de ses baisers et elle serait perdue. Mais il ne l'embrassa pas et scruta son visage.

— Vous avez sans doute raison.

Cali opina mais ne bougea pas d'un centimètre, incapable de quitter le refuge chaud et rassurant de ses bras.

Il fit glisser doucement ses lèvres sur sa tempe puis recula, l'air serein, calme. Indéchiffrable.

— Venez, je vais vous montrer votre nouvel appartement.

Jake avança son élégant cabriolet Mercedes sous l'auvent de l'hôtel. Il était descendu au garage pendant que Cali finissait ses bagages, ce qui lui avait laissé un moment pour tenter d'analyser le chaos de sensations et d'émotions qui assaillait son esprit et son corps.

S'il y réfléchissait rationnellement, ni lui ni elle n'avaient besoin des complications qu'engendrerait le fait de coucher ensemble. Mais ce qu'il ressentait depuis qu'il avait posé les yeux sur Cali au Jazz House n'avait rien de rationnel. Pourquoi était-il obnubilé depuis quelques heures par une femme qui, d'une part, ne voulait pas de lui et, d'autre part, était l'employée d'Amanda, à qui trop d'attaches le liaient déjà ?

Levant la tête, il aperçut Cali devant la porte de l'hôtel, humant la brise du matin qui soulevait les quelques boucles auburn encadrant son visage.

Il sentit sa poitrine et son ventre se contracter.

Sortant de la voiture, il alla lui ouvrir la portière et déposer ses sacs dans le coffre.

— Vous avez eu le temps de terminer vos bagages ?

— Oui, merci.

Elle accrocha sa ceinture de sécurité, dévoilant, le temps d'un instant, un décolleté vertigineux. Il détourna la tête mais le sang battait déjà plus vite dans ses veines. C'était ridicule. Il était cardiologue et voyait suffisamment de seins à longueur de semaines pour ne pas s'émouvoir d'un décolleté à peine entrevu. Il referma les mains sur le volant gainé de cuir noir et prit une lente inspiration.

— Cela ne vous dérange pas que j'aie abaissé la capote ? demanda-t-il sur un ton qu'il souhaita le plus dégagé possible.

— Pas du tout, au contraire. C'est pour profiter des journées comme celles-là que les décapotables ont été inventées.

Jake sourit, démarra et s'engagea sur la route panoramique longeant le lac Michigan. Le soleil déjà chaud illuminait les plages de sable qui se découpaient entre les rochers et l'herbe verte des parcs. De nouveaux immeubles gainés de verre et de métal s'élançaient vers le ciel bleu immaculé, offrant un étonnant contraste avec les immuables façades de pierre du vieux Chicago.

Jake jeta un coup d'œil à Cali qui, silencieuse, admirait le paysage. Quelle drôle de situation ! Ils faisaient tous deux preuve d'une retenue et d'une courtoisie extrêmes, bien loin de leur étreinte débridée de la veille. Après leur étonnante aventure, les circonstances les avaient de nouveau réunis et, même si leur relation n'allait pas plus loin que le cadre qu'ils venaient de se fixer, autant profiter des quelques moments qu'il leur restait à passer ensemble.

Il tendit la main et la posa doucement sur les siennes.

— Cali, je suis la même personne qu'hier soir. Nous avons passé un bon moment tous les deux. Nous sommes des adultes, après tout. Il ne faut pas que ce souvenir nous pose problème.

Cali se retourna légèrement sur son siège et scruta le visage de l'homme qui lui avait fait perdre la tête en quelques heures.

— Vous avez raison. Mais tout semblait si simple hier soir...

Elle secoua la tête, en espérant que ce geste chasserait définitivement de sa mémoire le souvenir de la cabine téléphonique.

— Alors, on reste amis ?

— Amis ? Pourquoi pas ! Mais des amis avec un passé...

Elle leva un sourcil.

— Un passé ?

— Oui, un souvenir dont on choisira de rire afin qu'il ne devienne pas un sujet embarrassant...

— D'accord.

Elle se tut et le silence se fit plus léger.

— Dites-moi, vous faites toutes vos rencontres dans les bars ?

Jake pouffa en s'enfonçant plus confortablement dans son siège.

— Et vous, dans les cabines téléphoniques ?

— On m'y a entraînée.

— Accompagnée, plutôt. Ce n'est pas mon genre d'entraîner une femme quelque part. Ce qui s'est passé hier soir était très romantique.

— Pas vraiment. C'était assez sordide. Agréable mais sordide.

— Allez-vous me consacrer une page dans le journal de vos petits secrets honteux ?

— Oui, mais en tant qu'exception à la règle.

Jake sourit. Il retrouvait enfin la femme qu'il avait connue la veille. Pétillante, agréable, mais qui serait désormais une amie. Sans engagement inutile, sans complications...

Son esprit adhérait parfaitement à cette idée.

Il ne lui restait plus qu'à la faire accepter par son corps.

Dix minutes plus tard, la porte de l'ascenseur s'ouvrit au dix-septième étage du magnifique immeuble de Lincoln Park. C'est là que Cali s'apprêtait à vivre pendant les deux mois à venir. Jake sortit de sa poche un petit trousseau.

— Vous avez trois clés : une pour l'appartement, une pour la boîte aux lettres et une pour la salle de sport, au sous-sol, ouverte vingt-quatre heures sur vingt-quatre. Le parking se trouve au troisième étage. Vous disposez aussi d'une place pour les gens qui vous rendront visite. Vous connaissez du monde à Chicago ?

— Non. Je suis venue pour mon travail. Je ne connais personne ici.

— A part moi, maintenant.

Elle sourit, consciente qu'elle n'aurait pas beaucoup de temps à lui consacrer de toute façon.

Jake ouvrit la porte en grand et lui céda le passage.

— Amanda m'a dit que le projet sur lequel vous travaillez est une affaire importante. Elle a beaucoup d'estime pour vos compétences.

— Merci. Je suis vraiment contente, avoua-t-elle en franchissant le seuil de l'appartement.

Puis elle avança de quelques pas.

— C'est magnifique !

L'appartement était spacieux, avec de hauts plafonds et de larges baies donnant sur les bords du lac. Elle tendit le cou vers le couloir qui s'étendait à sa droite, avant de se retourner et de découvrir la cuisine et la cheminée du salon.

— D'habitude, les endroits où je loge font la moitié de celui-ci et donnent sur un mur de brique ! constata-t-elle.

— Je ne suis pas sûr que tous ses employés de Chicago soient aussi confortablement logés. Il me semble qu'Amanda a eu des problèmes avec l'agence de location à laquelle elle a recours d'habitude. Cet appartement était libre, alors... Je suis content qu'il vous plaise.

— C'est splendide.

— Je trouve aussi.

Cali était splendide, elle aussi. Il la dévisagea et laissa son regard s'attarder sur les courbes parfaites de son corps, avant de se ressaisir et de lui proposer d'aller admirer la vue par les grandes baies vitrées.

— On voit le lac, la route panoramique…

Les muscles de son dos se tendirent lorsqu'il leva le bras pour passer la main dans ses cheveux. Les cheveux soyeux qu'elle avait caressés la veille…

Mais à quoi pensait-elle ? Ils venaient juste de sceller un accord, qui lui avait paru tout à fait honnête. Jusqu'à ce qu'elle se retrouve seule avec lui dans cet appartement somptueux…

Il se retourna et, croisant son regard, oublia instantanément ce qu'il était sur le point de dire.

Cali eut soudain besoin d'air. Il fallait que cet homme quitte cet appartement au plus vite, qu'il sorte de son espace intime, de sa vue. Mais elle ne bougea pas, incapable de rompre le contact visuel qui la captivait littéralement. La panique s'empara d'elle et elle chercha désespérément ses mots.

— Eh bien, merci de m'avoir amenée jusqu'ici. Je vais pouvoir commencer à m'installer.

— Vos affaires ne sont pas encore arrivées, dit-il, le regard posé sur ses lèvres.

Elle se remémora le baiser passionné qu'ils avaient échangé la veille, et ferma les yeux. Non, elle n'avait pas le droit d'être attirée par le Jackson d'Amanda. Il fallait à tout prix qu'il parte.

— C'est vrai, bredouilla-t-elle. Mais je vais commencer à réfléchir à l'endroit où je les mettrai… quand je les aurai reçues.

Le bleu de ses yeux s'assombrit comme si un orage venait d'y éclater. Il fit un pas dans sa direction et elle sentit son ventre se contracter.

— Que… qu'est-ce que vous faites ?

— Vous le savez bien, répondit-il en continuant à avancer.

— On a dit que nous étions amis, vous vous souvenez ?

— J'ai réfléchi. Cela ne fonctionnera jamais. Nous ne pourrons jamais être amis.

— Pour quelle raison ?

Il l'attrapa par la taille.

— Les amis ne se regardent pas comme vous me regardez.

— C'était totalement involontaire ! J'ai repensé un instant à hier soir, s'écria-t-elle, prise de panique. Mais c'est fini. Je suis prête à tourner la page.

— Moi aussi, murmura-t-il, un sourire ironique aux lèvres.

Elle tendit les bras pour l'arrêter mais il avait déjà posé sa bouche sur la sienne et elle dut faire un effort démesuré pour ne pas céder aux injonctions de son propre corps de se laisser aller à la volupté d'un nouveau baiser. Elle le repoussa, fermant les yeux pour échapper à la capture de son regard d'azur.

— Bon sang, Jake ! On avait dit que c'était une erreur !

Jake ne bougea pas et elle prit sur elle pour lever les yeux vers lui.

— Je n'en suis pas certain. Ce n'en était pas une hier soir non plus. Vous savez à quel point il m'a été difficile de vous laisser partir ? A quel point je me suis retenu pour ne pas vous suivre ?

Il resserra ses bras autour d'elle, formant un abri sûr et chaud contre les tourments intérieurs qui l'assaillaient. Elle ferma les yeux.

Dieu merci, il ne l'avait pas suivie ! Elle aurait été incapable de lui résister et cela n'aurait fait qu'aggraver une situation déjà compliquée.

Elle avait enfreint toutes les règles à la minute même où il était venu s'asseoir à côté d'elle au bar, remettant par là même en cause les plans qu'elle avait établis. Qu'arriverait-il si Amanda découvrait ce qui s'était passé ? Elle ne pouvait pas mettre en péril sa carrière pour une passade.

— Ce qui a eu lieu hier soir appartient au passé. Et ne se reproduira pas.

Elle sentit les muscles de ses bras se contracter autour de ses épaules, comme s'il était contrarié par cette affirmation.

— Cali, je vois bien de quelle façon vous me regardez…

— Vous êtes un homme séduisant et je suis une femme,

d'accord. Mais cela ne change rien au fait que j'ai d'autres priorités que ma libido.

Enfin une pensée rationnelle dont elle pouvait être fière !

Jake desserra son étreinte et recula. Il scruta son visage, sourcil levé.

— Je vous ai déjà dit que je ne cherchais pas une relation stable avec une femme et, sur ce point, vous pouvez me faire confiance. Mais avouez que nous sommes attirés l'un par l'autre et que cette attirance est forte. Croyez-vous pouvoir la nier encore longtemps ?

— Je n'ai pas le choix. Je suis désolée, Jake. A partir de demain, j'aurai à peine le temps de faire une pause pour boire un verre d'eau. Il y a peu de chances que nous nous revoyions durant mon séjour à Chicago.

Jake enfonça ses mains dans ses poches et releva la tête.

— Loin des yeux, loin du cœur, c'est cela ?

— C'est cela.

Le pincement qu'elle ressentit dans la poitrine disparaîtrait sans doute dès qu'il aurait passé la porte. Il fallait qu'il disparaisse et qu'elle se concentre de nouveau sur ses objectifs.

— Très bien. Bonne chance pour votre projet, alors, déclara-t-il en souriant avec bienveillance.

— Merci.

Il fit un pas en direction de la porte, puis stoppa net et se retourna.

— Si vous avez besoin de quoi que ce soit, frappez au 17, la porte d'à côté.

— Ah ? Qui vit là ? demanda-t-elle en attrapant son sac à main pour noter le nom de ses nouveaux voisins.

— Moi. Je suis propriétaire de l'immeuble. Faites comme chez vous, chère voisine…

Puis il sortit en arborant un sourire amusé.

6

La nuit commençait à tomber lorsque Cali entra dans le petit supermarché situé à quelques mètres de l'immeuble dans lequel elle vivait maintenant depuis plusieurs jours. Elle ployait littéralement sous le poids de la lourde sacoche qui contenait son ordinateur et qui venait cogner contre sa cuisse à chaque pas.

— Amanda, ne quittez pas, juste un instant...

Coinçant son téléphone entre sa joue et son épaule, elle saisit un panier en plastique sur la pile et remonta la lanière de sa sacoche sur son épaule.

— Qu'est-ce que vous fabriquez ? grogna sa directrice.

— Excusez-moi, bredouilla-t-elle en se dirigeant vers les plats préparés. Je dois faire quelques courses. J'ai étudié les chiffres de ce matin et il y a effectivement un écart notable. Ils sont moins bons que d'habitude. Mais en ce qui concerne le délai dont nous aurons besoin pour les rééquilibrer, je vous en dirai davantage dès que j'aurai vu Reynolds.

— Il devrait arriver d'Atlanta ce soir. Je lui ai aussi laissé un message. Tenez-moi au courant.

— D'accord, dit-elle en poussant involontairement un grand soupir de lassitude.

— Vous avez l'air fatiguée, Cali. Votre emménagement est terminé ?

— J'aimerais bien...

Puis elle tourna machinalement la tête vers les portes du

magasin et eut un choc : Jake Tyler en personne venait d'entrer et s'était arrêté devant la caissière qu'il saluait chaleureusement.

Cali s'enfonça dans le rayon, la tête baissée, priant pour qu'il ne la remarque pas. Elle avait beau tout faire pour l'éviter depuis son arrivée dans l'immeuble, elle ne cessait de tomber sur lui à la moindre occasion.

— Allô ! répéta Amanda à l'autre bout du fil.

Son travail, sa directrice, sa carrière : il fallait qu'elle se concentre.

— Qu'est-ce que vous aimeriez bien, Cali ?

— Que mon déménagement soit achevé. Mais la moitié de mes affaires ont été expédiées par erreur dans un conteneur pour Washington. Je suis censée les récupérer ce week-end. Cela fait une semaine que je campe.

— Il vous manque beaucoup de choses ?

— Par chance, j'ai reçu tous les meubles. Mais j'attends encore tous mes cartons.

— Vous voulez dire que vous n'avez pas de quoi faire la cuisine, pas d'assiettes, pas de vêtements ?

— J'ai acheté quelques vêtements et un minimum de survie pour la cuisine.

— Pourquoi ne le dites-vous pas à Jackson ? Il pourra certainement vous prêter quelques affaires. Vous pouvez lui demander n'importe quoi, cet homme sait tout faire.

C'est vrai qu'il embrassait très bien, et pouvait parler de n'importe quel sujet pendant des heures… Cali ferma les yeux, comme si elle était en train de trahir Amanda, la seule personne, dans sa vie, à lui avoir accordé une seconde chance.

— Je ne le vois pas beaucoup, mentit-elle en jetant un coup d'œil furtif dans sa direction.

Il était apparemment en train d'acheter un magazine, et bientôt prêt à quitter le magasin.

— Ne vous inquiétez pas, Amanda. Personne n'est mort d'avoir mangé avec des couverts en plastique. Et puis j'ai une bonne excuse pour ne pas faire la cuisine.

Positive, comme toujours !

Cali repensa au juron qu'elle avait poussé le matin même

en s'apercevant qu'elle n'avait pas d'autres chaussures que des escarpins.

Comme toujours !

Puis elle entendit un froissement de papier à l'autre bout du téléphone. Amanda reprit la conversation, sur un ton beaucoup plus professionnel.

— Alors, à plus tard. Tenez-moi au courant dès que vous aurez eu Reynolds.

— Je n'y manquerai pas.

Cali glissa son portable dans sa poche, les épaules meurtries par le poids de son ordinateur. La tête lui tournait. Elle inspira profondément avant de se pencher pour attraper un plateau de sushis. Prise de vertige, elle s'accroupit. Il fallait qu'elle mange, mais même faire chauffer un plat au micro-ondes était au-dessus de ses forces. Alors qu'elle tentait désespérément de se relever, elle se sentit soudain soulevée de terre par deux bras puissants.

— Jake !

— Que faites-vous par terre ?

Elle cligna des yeux, sentant le rouge lui monter au visage, tandis qu'il décrochait son sac de son épaule.

— Ce n'est pas la peine...

Il leva un sourcil et elle dut reconnaître qu'elle se sentait mieux sans son fardeau.

— Merci.

— Je vous en prie. Nous n'avons qu'à rentrer ensemble, proposa-t-il en commençant à avancer vers les caisses.

Mais Cali resta immobile, incapable de mettre un pied devant l'autre.

— Que se passe-t-il ? demanda-t-il, percevant son hésitation. N'ayez crainte, je ne fais que porter votre sacoche. A moins que vous ayez peur de vos propres réactions lorsque nous nous retrouverons tous les deux dans l'ascenseur ? ajouta-t-il, une lueur de défi amusé dans l'œil.

Une vague de chaleur inopportune submergea Cali, qui s'imagina enfermée avec lui dans un habitacle minuscule jusqu'au dix-septième étage. Elle se remémora l'épisode de la cabine téléphonique et secoua la tête.

— J'ai deux ou trois autres petits achats à faire, tant que je suis là. Rentrez sans moi, suggéra-t-elle en priant intérieurement pour qu'il n'insiste pas.

— Comme vous préférez, Cali, dit-il en lui tendant ses affaires.

La lanière de la sacoche lui meurtrit de nouveau l'épaule, mais elle sourit comme si de rien n'était.

Elle le suivit des yeux jusqu'à être sûre qu'il soit sorti du supermarché afin de se sentir libre de reprendre sa vie là où elle l'avait interrompue. Mais, les yeux toujours rivés sur lui tandis qu'il commençait à marcher sur le trottoir, elle le vit se faire aborder par une jolie blonde qui traversait la rue dans sa direction, le visage illuminé par un immense sourire. Une pointe de jalousie lui serra l'estomac lorsqu'elle le vit poser familièrement sa main sur l'épaule de la jeune femme.

A ce même moment, une vibration dans son sac l'avertit de l'arrivée d'un message : Reynolds avait atterri à Chicago et lui proposait un rendez-vous dans l'une des salles de conférences, une vingtaine de minutes plus tard. Elle poussa un soupir de soulagement. Ce message tombait à point nommé. C'était exactement pour cela qu'elle était venue à Chicago. Pour travailler, pas pour s'intéresser à un homme séduisant incapable de faire deux pas dans la rue sans se retrouver avec une créature de rêve pendue à son bras !

Pourtant, elle ne put s'empêcher de jeter furtivement un dernier regard dans sa direction.

Lorsqu'elle rentra enfin chez elle, trois heures plus tard, après son rendez-vous, elle ôta ses escarpins d'un coup de pied et poussa un soupir de soulagement. Puis elle prit le plateau de sushis et se laissa tomber sur le canapé. Elle n'était même plus certaine d'avoir faim, tant elle était fatiguée. Puis elle s'aperçut qu'elle avait laissé la bouteille d'eau dans le sac de courses. Rassemblant le peu de forces qu'il lui restait, elle se hissa et se dirigea vers la porte d'entrée, lorsqu'une feuille blanche sur le sol attira son attention.

Ce ne pouvait être les déménageurs, ils l'auraient prévenue par téléphone de leur arrivée.

Elle se baissa et lut. C'était un mot de Jake.

« Passez chez moi quand vous rentrerez ce soir. »

« Ce soir » était souligné.

Elle prit une inspiration et, s'armant de courage, alla frapper, l'estomac noué, à la porte voisine de la sienne.

— Cali ? s'étonna Jake en ouvrant la porte, laissant un flot de musique rock s'échapper dans le couloir. Ça n'a pas l'air d'aller...

Il était torse nu, en short, ruisselant de sueur et les cheveux en bataille. Il fallait bien l'admettre, elle n'avait jamais vu un homme aussi désespérément attirant de sa vie.

Elle avait envie de caresser son torse, ses pectoraux, son ventre...

— Oui ? dit-il, interrogateur, la faisant brusquement sortir de sa torpeur en rougissant. Cessez de me regarder de cette façon, vous allez finir par me mettre mal à l'aise..., ajouta-t-il, un sourire en coin.

— C'est vous qui dites cela ! Quelle idée d'ouvrir à des gens dans cette tenue ! Il pourrait y avoir des enfants dans le couloir !

— Cali, il est presque minuit et nous sommes en plein milieu de semaine. Je doute qu'il y ait beaucoup d'enfants debout à cette heure...

— Minuit ? Oh, je suis désolée, je ne me suis pas rendu compte qu'il était si tard.

— Ce n'est rien. J'ai eu un cas difficile aujourd'hui à la clinique. Une anastomose assez délicate qui a duré plusieurs heures. J'étais en train de faire du sport pour me défouler de toutes ces tensions. Mais entrez, si vous voulez.

— Non merci...

— Cali, je dégouline de sueur. Si vous voulez bien entrer une minute, le temps que je m'essuie un peu. J'ai quelque chose à vous donner.

Si deux minutes en sa compagnie dans un ascenseur lui

semblaient dangereuses, comment survivrait-elle quelques instants enfermée dans une pièce avec lui ?

— Entrez, Cali, dit-il en la prenant par la main. Pensez aux enfants…

Elle finit par céder et découvrit un appartement légèrement plus grand que le sien, décoré avec goût. Un immense tapis oriental couvrait le plancher, illuminé par des lampes de verre soufflé, tandis qu'aux murs étaient accrochées différentes œuvres d'art tribal. L'ensemble, assez éclectique, aurait pu avoir l'air de sortir d'un magazine de décoration si un tapis roulant installé devant un immense écran plat sur lequel défilaient des chiffres ne trônait pas au milieu du salon.

Jake alla baisser le volume de sa chaîne et se mit à s'essuyer avec une petite serviette en éponge.

Elle détourna le regard. Il fallait juste qu'elle pense à respirer profondément.

— Amanda m'a dit que vous n'aviez toujours pas reçu vos affaires. Vous auriez dû passer me le dire.

Elle aurait dû, certes, mais chaque fois qu'elle l'approchait, elle se retrouvait aussitôt entraînée dans un tourbillon d'émotions contre lequel elle avait toutes les difficultés à lutter.

— Oh, j'ai fini par me débrouiller…, répondit-elle, maudissant en elle-même Amanda. Si j'avais eu besoin de quoi que ce soit, je serais venue frapper.

Il la regarda fixement, l'épinglant d'un air dubitatif qui la fit fondre sur place.

— Bien sûr. C'est pourquoi vous mangez des plats préparés avec des couverts en plastique depuis une semaine…

« Maudite Amanda ! »

— Tenez, c'est pour vous, ajouta-t-il en désignant un carton posé sur la table basse.

Cali s'approcha et découvrit deux assiettes, une poêle, des couverts en argent, du papier absorbant, une théière, une cafetière, une tasse, deux verres et une manique.

— Merci, murmura-t-elle, émue par la générosité de Jake.

— Ce n'est pas grand-chose.

— Pour moi, c'est beaucoup…

Il croisa son regard, dans lequel il décela beaucoup plus que ce qu'elle avait probablement envie de révéler. Il sourit d'un air satisfait.

— Je suis votre héros, en quelque sorte…

Elle déglutit, incapable de détacher son regard du sien.

— Quel ego…

Sans cesser de sourire, il s'approcha d'elle, réduisant l'espace qui les séparait à quelques centimètres. Son cœur se mit à battre inconsidérément jusqu'à ce qu'elle sente son souffle dans son cou.

— Mon ego serait moins grand si vous cessiez de le flatter…, glissa-t-il dans son oreille.

Cali recula, surprise de la facilité avec laquelle cet homme était capable d'anéantir ses défenses.

Jake lança sa serviette sur le tapis roulant et se pencha pour attraper le carton.

— Venez, j'amène ce carton chez vous et je vous laisse dormir. Vous en avez grand besoin.

7

La semaine s'acheva sans encombre et les problèmes de retard de MetroTrek furent en grande partie réglés, mais Cali sentait qu'elle n'était pas au bout de ses peines. Le vendredi, elle travailla jusqu'à minuit passé. Quatre heures plus tard, elle avait été réveillée par le coup de téléphone des déménageurs venant lui livrer vingt-deux cartons dans la foulée. A 9 heures du matin, un début de migraine s'était manifesté. N'importe quelle personne normalement constituée se serait pelotonnée au fond de son lit en attendant de reprendre des forces, mais Cali n'envisageait pas les choses de cette façon. Elle avait une semaine de retard sur son emménagement et se sentait totalement épuisée et déjà dépassée par rapport au programme qu'elle s'était fixé en arrivant à Chicago. Mais l'idée de laisser les choses dans cet état une minute de plus lui était insupportable et, en dépit de son mal de tête devenu lancinant, elle avait commencé à suspendre ses vêtements sur des cintres et à ranger son linge de maison.

Elle se retrouva bientôt au milieu d'un amoncellement de journaux froissés et de papier bulle. Essuyant son front d'un revers de sa main noircie par l'encre des journaux, elle laissa ses yeux courir sur les vaguelettes scintillant sur le lac dans la lumière radieuse de cette fin de matinée. Elle avait bien avancé, mais la lenteur et la monotonie de sa tâche lui pesaient et ne parvenaient pas à apaiser une certaine agitation intérieure.

Elle s'empara d'un grand sac en plastique, y fourra les papiers, autant pour faire de la place que pour aller se dégourdir les jambes en descendant jusqu'au local des poubelles. Elle espérait ainsi se remettre ensuite à la tâche avec plus d'entrain.

Les portes grandes ouvertes laissaient entrer le soleil et l'air encore frais dans le hall de l'immeuble. Jake s'y engouffra et, en entrant dans l'ascenseur, il se retrouva nez à nez avec Cali, adorable, le visage zébré de traces noires et les cheveux en bataille.

— Ne me dites rien : vous sortez d'un combat de catch dans la boue ?

Même le sourire qu'elle arbora pour toute réponse semblait exiger d'elle des efforts surhumains, mais il était sincère.

— Non, mes affaires sont arrivées ce matin.

— C'était ma seconde interprétation possible. C'est une bonne nouvelle ! Vous avez tout déballé ?

— Un peu plus de la moitié, je crois.

Elle soupira en jetant sa tête en arrière.

— Je n'en vois pas la fin. J'ai vraiment hâte d'être installée.

— Je m'en doute...

Il ne se souvenait que trop bien de ses propres déménagements. Et, vu la fréquence à laquelle Cali changeait de lieu de vie, son emménagement devait être une étape d'autant plus importante.

— Vous avez dormi ? demanda-t-il en scrutant ses traits tirés et les ombres qui cernaient ses yeux.

— Un peu. J'ai travaillé tard.

Il tendit la main vers elle et passa son pouce sur l'une des traces de saleté qui striaient son visage.

— Je vais vous aider à vider vos cartons avant que vous vous tranchiez la main en en ouvrant un. Considérez cette offre comme une contribution à la tranquillité des médecins de garde aujourd'hui.

— Vraiment ? s'étonna-t-elle, trop fatiguée pour penser à garder ses distances.

Jake acquiesça en souriant et la prit par le bras. Une fois devant la porte de son appartement, il s'arrêta.

— Arrêt au stand : il nous faut des rations de survie.

Il rejoint Cali devant sa porte avec des canettes de boisson énergisante dans les mains.

— Tenez, buvez.

— Jake, dit Cali d'une voix hésitante avant de prendre une gorgée, vous devez avoir des choses plus passionnantes à faire que de venir vider mes cartons.

En général, il n'y avait rien de moins passionnant que d'aider quelqu'un à s'installer. Mais il se sentait bien auprès de Cali. De plus, il adorait sa façon de se rétracter dès qu'il tentait de s'approcher d'elle d'un peu trop près. Cela le faisait sourire et l'émouvait.

— Je n'en suis pas si sûr. J'aurai peut-être la chance de déballer votre lingerie affriolante ou votre journal intime.

— Je suis navrée de vous décevoir, mais je ne possède ni l'un ni l'autre.

— Dans ce cas, je vais devoir me contenter de faire ma bonne action du jour.

— En évitant de m'emmener aux urgences ?

— Aurions-nous le temps d'y aller ? Vous risquez de vous évanouir avant, à la vue de votre sang se répandant sur le plancher de l'appartement. En fait, mes motivations pour vous aider sont purement terre à terre.

— C'est juste pour vous éviter d'avoir à frotter le plancher, si je comprends bien.

— Exactement. Allez, au travail !

Au bout de quelques heures, tous les cartons étaient vides et l'appartement de Cali commençait à recouvrer l'aspect d'un accueillant petit chez-soi. Photos de famille, livres et bibelots ornaient la table basse et les étagères. A plusieurs reprises, Cali avait demandé à Jake s'il ne souhaitait pas s'arrêter, mais il était resté jusqu'au bout avec elle pour travailler en bavardant.

L'après-midi avec Cali avait été une partie de plaisir. Il n'avait pas vu le temps passer. A sa grande surprise, il lui avait parlé de son mariage comme il ne l'avait jamais fait avec personne d'autre, évoquant librement son amour de jeunesse immature et ses doutes sur sa capacité à être un bon mari.

Qu'est-ce qui lui donnait envie de se livrer à elle, à part le fait qu'elle allait repartir dans quelques mois et que cette relation resterait éphémère ? Avec elle, il pouvait se détendre. Cela n'avait pas de prix...

— Cali, vous allez pouvoir vous reposer bientôt, dit-il en constatant qu'ils avaient presque fini de ranger la vaisselle.

— Je crois que je suis trop tendue pour cela.

Elle le regarda en souriant.

— Vous savez que vous êtes vraiment un héros à mes yeux ?

— Enfin un peu de gratitude ! Tenez, c'est le dernier, ajouta-t-il en lui tendant un saladier.

Puis il replia le carton en savourant le plaisir du travail bien fait.

— Il faut que j'achète un escabeau, dit-elle en revenant à des considérations plus terre à terre et en s'étirant pour ranger le plat sur la dernière étagère du placard.

Jake ne put s'empêcher de laisser courir son regard sur ses formes voluptueuses et sur la bande de peau qui dépassait entre son T-shirt et le haut de son jean.

Mais un sentiment désagréable s'empara de lui au même moment. Se retrouver à ranger de la vaisselle avec une femme dans une cuisine réveillait des souvenirs domestiques qu'il aurait préféré enfouir à jamais dans sa mémoire. Il tenta de ne pas prêter attention à son malaise, qu'il préféra considérer comme un vieux réflexe, un automatisme à éliminer. Quelques fraises, un peu de crème fouettée et deux jours de sexe torride dans toutes les pièces de l'appartement, et il pourrait de nouveau vider un lave-vaisselle sans angoisse.

Il se concentra sur les formes généreuses qui se déployaient sous ses yeux. Des sensations physiques étaient exactement ce qu'il lui fallait.

— Attendez, je vais vous aider.

Cali se retourna. Jake était là, bien plus proche que ce à quoi elle s'attendait. Effleurant sa hanche, il lui prit le plat des mains pour le ranger.

Cet homme avait la plus belle bouche qu'elle ait jamais vue. Et elle savait l'effet qu'elle produirait s'il la posait sur la sienne.

Sa respiration se fit plus rapide et, en dépit de ses efforts, elle ne parvint pas à repousser ce corps musclé qui l'attirait tant. De son torse, presque collé au sien, émanait un parfum discret et viril qui la ravit et lui rappela leur rencontre dans le club de jazz. Elle avait passé toute sa journée en sa compagnie à parler, à rire, à réfléchir. Le fait est qu'il l'avait tentée depuis le début. Elle ne parvenait plus à apaiser le désir brûlant qui s'emparait d'elle dès qu'elle se trouvait près de lui. Qu'allait-il arriver s'il posait sa bouche sur la sienne ?

— Retournez-vous, lui ordonna-t-il soudain.

Elle le regarda, incapable de bouger, le cœur cognant dans sa poitrine. Alors il la prit par les épaules, la forçant à se retourner, il déplaça la masse de ses boucles épaisses sur le côté et posa ses mains sur ses reins. D'une pression à la fois douce et ferme, il les fit remonter le long de son dos pour l'inciter à se pencher en avant sur le plan de travail. Puis il massa chaque centimètre carré de ses hanches aux omoplates, de ses épaules à la nuque, dénouant les tensions, insistant sur les points douloureux, balayant sa peau de ses paumes.

— C'est vrai que vous êtes tendue. C'est bon, comme ça ?

Cali se mordit la lèvre en entendant ces paroles pour le moins ambiguës. Tout ramenait son esprit à des pensées et des images érotiques.

— Dites-moi ce que vous voulez que je fasse, Cali, ajouta-t-il d'une voix qui la fit chanceler.

— Jake…

Son corps s'embrasait littéralement, son esprit cherchait désespérément une raison de résister, de le repousser, de partir sur le champ.

— … Je veux que vous continuiez à me toucher.

— Comme ceci ?

La distance qui séparait leurs deux corps était devenue infime. Jake se pencha et se mit à l'embrasser sur la nuque tout en laissant ses mains parcourir son ventre sous son T-shirt et remonter vers ses seins.

Cali gémit lorsqu'il effleura le bout de ses seins.

— Ou comme cela ?

Elle sentit ses jambes se dérober.

— Vous voulez que je m'arrête ? demanda-t-il en passant sa paume brûlante sur son ventre.

— Surtout pas…

Mais une sonnerie retentit sur le plan de travail, la faisant sursauter.

— Oh non…, gémit-elle.

Elle se raidit, mais Jake, imperturbable, continuait son exploration, faisant descendre ses mains de son ventre à ses cuisses, pressant son corps contre le sien.

— Qui est-ce ? murmura-t-il dans l'oreille de Cali qui consultait le petit écran de son téléphone.

— C'est l'informaticien, il travaille ce week-end et il devait m'appeler. Cela ne prendra pas longtemps…

— Ne prenez pas l'appel…, supplia Jake en mordillant le lobe de son oreille.

Puis ses mains remontèrent le long de son corps et suivirent la ligne sinueuse de ses bras jusqu'à ce que leurs doigts se mêlent.

Cali attendait cette information depuis la veille. L'employé qui l'appelait travaillait ce week-end en partie à cause d'elle et ne rentrerait pas chez lui tant qu'il ne lui aurait pas parlé. Une pointe de frustration la transperça. Elle pouvait toujours ignorer l'appel, mais…

Se libérant d'une main, elle saisit son téléphone et décrocha.

— Calista McGovern…

Au bout du fil, l'informaticien se mit d'emblée à discourir, comme prévu, sur les chiffres et les prévisions de l'entreprise. Cali ferma les yeux pour se concentrer sur sa voix métallique tandis que les mains chaudes de Jake s'attardaient sur son ventre.

— Merci, c'est ce que je voulais savoir, dit-elle en priant pour que sa voix ait l'air normale. Envoyez-moi le dossier si vous voulez. Arrêtez…, murmura-t-elle ensuite à l'adresse de Jake.

Mais Jake semblait incapable de s'arrêter. Elle sentait son haleine sur sa peau et ses dents qui lui mordillaient le dos.

— Raccrochez, Cali…

La conversation téléphonique touchait à sa fin, c'était une question de secondes, espéra-t-elle sans toutefois parvenir à y mettre un terme. Les mains de Jake étaient brûlantes sur ses seins, qu'elle poussait plus fort contre lui.

Soudain, il déboutonna son jean. D'un geste du genou, il écarta ses cuisses et glissa la main entre ses jambes, tandis que l'informaticien poursuivait sa conversation sur ses conditions de travail dans l'entreprise.

Elle ne comprenait pas comment ce dernier était passé des prévisions à ses conditions de travail. Elle avait manqué une partie de la conversation. Elle sentit son corps se raidir.

Elle essaya de se retourner mais les doigts de Jake continuaient à fouiller son intimité, brûlants de désir et d'impatience.

Soudain, dans sa tentative de se défaire de l'emprise de Jake, elle lâcha le téléphone qui rebondit sur le plan de travail, tomba par terre et alla se fracasser contre le pied d'un des placards de la cuisine.

Cali s'immobilisa tout à fait. Ses yeux avaient suivi la course du téléphone et son corps était à présent totalement raide. Elle regarda, hagarde, la carcasse de son téléphone en morceaux, submergée par la honte et la colère.

Elle se tourna vers lui, la gorge serrée, et sentit des larmes perler à ses yeux.

— Ne me regardez pas comme ça...

— Je vous en prie, taisez-vous.

Comment avait-elle pu être si idiote ? Elle venait de raccrocher au nez de ce pauvre informaticien qui faisait des heures supplémentaires pour lui venir en aide.

— Calme-toi, Cali, ce n'est rien...

Il allait falloir le rappeler pour lui présenter ses excuses.

— Non, ce n'est pas rien. C'est ma vie ! mon travail ! rétorqua-t-elle. Ma situation est bien loin de la vôtre, Jake. J'ai encore du chemin à parcourir avant d'atteindre mon but. Et ce n'est pas en faisant n'importe quoi que je vais y arriver !

— Ne vous inquiétez pas, il ne sait pas ce qui se passait pendant votre conversation...

— Là n'est pas la question…, lâcha-t-elle, les lèvres tremblantes. Rentrez chez vous ! Laissez-moi, Jake. Je vais…

Elle allait fondre en larmes, et elle préférait être seule pour le faire.

8

La sonnerie du téléphone retentit dans le petit bureau que l'on avait assigné à Cali, au sixième étage.

— Cali, tu es prête ?

C'était Trish, la collègue avec laquelle elle avait sympathisé en arrivant, qui réitérait son invitation d'une voix enthousiaste.

— Tu sais que je n'accepterai aucun refus de ta part !

L'ensemble du personnel des bureaux de Chicago cessait de travailler à midi et Trish avait organisé un après-midi plage avec tout le service.

Cali hésita. Mais, en jetant un coup d'œil au lac par la fenêtre, elle se laissa convaincre : la journée était magnifique et une telle occasion ne se représenterait pas de sitôt.

Lorsqu'elle rejoignit Trish dans le hall, celle-ci arborait déjà sa tenue de plage : tongs, T-shirt tombant sur l'épaule et glacière. Cali se rappela avec embarras qu'elle était toujours en tailleur et que le seul maillot sur lequel elle avait réussi à mettre la main était un minuscule Bikini bleu électrique qu'elle n'avait jamais osé porter jusque-là, son maillot une pièce préféré s'étant probablement égaré au cours du déménagement.

— Tu te changeras dans le taxi, dit Trish comme si elle avait lu dans ses pensées.

Le taxi les déposa devant la plage d'Oak Street. Elles marchèrent sur un chemin jusqu'à une large étendue de sable blanc et fin, parsemée de draps de plage et de glacières, non loin d'un terrain de beach-volley. Cali reconnut des visages croisés au bureau. On l'accueillit par quelques mots et de larges sourires de bienvenue. Puis Trish et elle étalèrent leurs serviettes non loin du rivage, sortirent des salades, des sandwichs et des bouteilles d'eau de la glacière et finirent par s'asseoir en poussant un grand soupir d'aise.

A peine étaient-elles installées que Matt Novack les rejoignit, apparemment impatient de faire la connaissance du nouvel élément du service. L'ambiance était détendue et la conversation allait bon train. Cali fut étonnée d'apprendre que Chicago était le théâtre d'une multitude de festivals, d'expositions, de concerts tout au long de l'été. Elle eut un petit pincement au cœur en pensant que son travail ne lui permettrait pas de consacrer beaucoup de temps à des sorties, puis décida de se détendre et de profiter pleinement, ne serait-ce que le temps d'un après-midi, de l'ambiance festive et décontractée des bords du lac.

Elle attrapa une bouteille d'eau fraîche et la porta à ses lèvres, les yeux fermés. Après avoir bu quelques gorgées, elle perçut une présence à côté d'elle.

— Bonjour, Cali.

Au son de cette voix, elle sentit un frisson parcourir tout son corps. Elle chercha à inspirer profondément, mais s'étrangla avec la gorgée qu'elle était en train d'avaler, inondant son T-shirt d'eau glacée. Jake s'accroupit et lui prit la bouteille des mains.

— Ça va ?

Elle opina en levant vers lui un regard aussi étonné qu'embarrassé.

— Qu'est-ce que vous faites ici ?

— Une grosse intervention qui devait avoir lieu cet après-midi au bloc a été annulée. Amanda m'a dit que vous étiez ici avec des collègues et m'a suggéré de vous rejoindre.

Matt lui tendit la main en souriant.

— Vous avez bien fait. Bienvenue !

— Asseyez-vous, ajouta Trish en lui faisant un peu de place.

Cali n'était pas certaine de partager l'enthousiasme de ses collègues de bureau, étant donné la façon dont Jake et elle s'étaient quittés la dernière fois qu'ils s'étaient vus. Elle ne parvenait pas à identifier les différentes émotions qui l'animaient et qui oscillaient entre la gêne, la culpabilité et le plaisir de le voir malgré tout.

Les présentations furent faites et il s'ensuivit un silence, un peu trop long à son goût. Puis elle leva les yeux et prit conscience que son T-shirt était trempé et moulait sa poitrine comme une seconde peau, dévoilant un haut de maillot bleu électrique qui ne semblait avoir été conçu que pour attirer les regards. De fait, Matt et Jake avaient les yeux impudemment rivés sur ses seins. Instinctivement, elle croisa les bras. Matt referma la bouche, tandis que Jake se leva pour enlever sa chemise et la lui tendit. Se dégageant tant bien que mal de son T-shirt mouillé, elle enfila ses bras dans les manches de la chemise, s'efforçant désespérément de ne pas considérer le fait que Jake était à présent torse nu devant elle. Torse nu, bronzé, musclé, puissant... Il s'accroupit face à elle et referma les pans de la chemise sur son maillot bleu, frôlant la peau sensible de sa cuisse. Tout en contrôlant sa respiration, elle prit ses mains dans les siennes pour éviter toute autre forme de contact entre eux. S'il la touchait encore une fois, elle ne répondrait plus de rien, et peu importait qu'ils soient encerclés par son service au complet. Elle se sentait sur le point de s'embraser.

Ils restèrent un instant immobiles, les yeux dans les yeux, puis Jake se releva, annonçant qu'il allait nager.

Un peu d'eau fraîche ne nuirait ni à son esprit ni à son corps...

Une heure plus tard, Matt se leva pour déambuler au bord de l'eau, tandis que Trish fermait les yeux après avoir enfoncé ses écouteurs dans ses oreilles. Une légère brise rafraîchissait l'air et formait des vaguelettes qui venaient lécher le sable. On entendait les cris des enfants courant sur le rivage pour ne pas se faire rattraper par les vagues.

Elle pourrait prendre goût à cette vie-là.

Jake vint s'allonger près d'elle, le corps ruisselant. Son maillot soulignait la musculature de ses cuisses et le sable dessinait de petites dunes tout autour de ses chevilles.

En effet, elle n'aurait aucun mal à prendre goût à cette vie-là.

Elle déglutit en s'efforçant de regarder l'horizon et se remémora toutes les raisons qu'elle avait de ne pas approcher cet homme :

Amanda, sa carrière, son cœur. Mais elle se rendait compte qu'elle était progressivement en train de remettre en question chacune de ces raisons. D'ailleurs, n'était-ce pas Amanda elle-même qui avait suggéré à Jake de la rejoindre ?

— Que diriez-vous de marcher un peu et d'aller boire un café ? suggéra Jake en désignant du menton les immeubles situés derrière eux en bordure du parc.

— Bonne idée.

— Ce serait l'occasion de revenir sur ce qui s'était passé la semaine précédente sans en faire profiter tous ses collègues…

Jake sauta sur ses pieds et lui tendit la main pour l'aider à se lever. Une fois hors de portée des employés de MetroTrek, Cali prit une grande inspiration.

— J'aurais dû vous appeler. Ce que j'ai dit, ce que j'ai fait était… ridicule.

— Je sais que vous pensez que votre carrière et votre vie affective sont deux choses séparées et incompatibles. Mais la seule erreur que nous ayons commise est d'avoir reçu ce coup de téléphone.

Cali ne répondit pas et Jake indiqua une enseigne.

— Je crois qu'il y a un café, là-bas.

Puis il changea de sujet.

— Alors, comment les choses se passent-elles, au bureau, depuis que vous êtes arrivée ?

— Plutôt bien, même si nous rencontrons plus de problèmes que prévu.

— Pensez-vous que vous allez vous en sortir quand même ?

Cali tourna la tête. Une pensée lui traversa l'esprit : et si Amanda l'avait envoyé faire l'espion ?

— Que se passe-t-il ? demanda-t-il à la vue de ses sourcils froncés.

— Rien. C'est juste que… je suis surprise que mon travail vous intéresse. Je ne m'en plains pas, ajouta-t-elle, honteuse de sa paranoïa face à ce qui n'était probablement qu'une façon polie de faire la conversation. Je vais de toute façon relever le défi, conclut-elle tout de même, au cas où Jake rapporterait ses paroles à Amanda.

Comme s'il avait lu dans ses pensées, Jake s'arrêta, prit ses mains et planta dans le sien son regard d'un bleu encore plus intense que le ciel limpide qui s'étendait au-dessus d'eux.

— Cali, quoi que vous me disiez, vous savez que je n'en parlerai jamais à Amanda. Amanda est mon amie, mais ce qui se passe et se dit entre vous et moi n'appartient qu'à nous.

Cali eut l'impression que le sol se dérobait sous ses pieds tant cette franchise la toucha.

Mais elle avait beau retourner le problème dans tous les sens, Jake demeurait lié à Amanda. Une chasse gardée.

Désespérée, elle recula d'un pas.

— Amanda me parle de vous tout le temps, Jake. Elle passe son temps à me demander si je vous ai vu, quand, comment… Je suis bien obligée de lui répondre. Pour elle, il n'y a *rien* entre vous et moi. C'est ma supérieure hiérarchique, Jake…

Il releva le coin de sa bouche en une moue dont elle ne sut dire si elle exprimait le dégoût, l'amusement ou les deux.

— Il est temps que cela change, dans ce cas, dit-il en se rapprochant d'elle. Tout ce qui se passera entre nous désormais n'aura plus aucun rapport avec elle.

Elle ne désirait que cela mais une partie d'elle ne parvenait pas à accepter ces mots comme une réalité.

— Chut, murmura-t-il.

— Quoi, chut ?

— Ne me dites pas que ce n'est pas ce que vous désirez.

Comme elle le désirait !

9

Ils avaient rejoint Trish et Matt, en train de plier bagage avec le reste du groupe. Une minute plus tard, un silence pesant flottait dans le taxi qui traversait la ville pour les ramener chez eux.

Cali n'avait pas voulu poursuivre la discussion engagée au café près de la plage. A présent, la vue de Jake, l'air tendu et la mâchoire serrée, la mettait mal à l'aise.

Sans prononcer un mot, ils descendirent du taxi et s'engouffrèrent dans le hall de l'immeuble. En attendant l'ascenseur, Jake se passa la main dans les cheveux d'un geste nerveux et saccadé qui ne lui était pas habituel.

Ils se cherchaient depuis qu'ils se connaissaient. Ils avaient essayé différentes approches, mais ils en revenaient toujours là. Leur attirance physique était incroyable. Ils ne pouvaient pas s'approcher l'un de l'autre sans s'engager dans une lutte contre le désir qui les submergeait tous les deux. Et la lutte se faisait de plus en plus âpre. Il fallait que cela cesse.

— C'est peut-être mieux ainsi, murmura-t-elle sans se rendre compte qu'elle parlait à haute voix, jusqu'à ce qu'elle croise le regard intense de Jake.

— Pardon ? s'écria-t-il, submergé par les vagues d'une frustration de plus en plus mal contenue.

— Jake, on ne peut pas continuer comme cela. Je ne peux pas...

Les traits de Jake se durcirent, ses yeux s'assombrirent, l'empêchant d'aller au bout de sa phrase. Puis il détourna le regard et, lorsqu'il vint le poser de nouveau sur elle, la menace qu'elle y avait décelée un instant plus tôt avait disparu.

Elle sentit son cœur se serrer. Mettre un terme à cette relation n'était décidément pas qu'une affaire de volonté.

Il attrapa sa main, jeta un coup d'œil dans le hall et l'entraîna à l'écart, dans un recoin au fond d'un couloir conduisant à l'arrière du bâtiment.

Qu'avait-il de si important à lui dire qu'il ne puisse pas prononcer dans l'espace clos de la cabine d'ascenseur ?

La porte du couloir se referma doucement derrière eux, les laissant seuls dans ce renfoncement. Jake s'arrêta et, se tournant vers elle, planta son regard céruléen dans le sien. Elle eut l'impression que les murs beiges et le lino usé du couloir se refermaient sur eux. Jake se tenait trop près, son corps prenait soudain trop de place dans cet espace restreint.

Il saisit son poignet et posa sa main à plat sur son torse.

— Que faites-vous ? demanda-t-elle, le cœur battant.

— Je vous fais toucher ce que vous dévorez des yeux depuis que nous nous connaissons.

Il était si proche d'elle qu'elle avait du mal à respirer. Elle sentait son ventre trembler d'un désir auquel elle s'efforçait de ne pas prêter attention, mais qui la rongeait sans relâche depuis qu'elle avait croisé son regard dans le club de jazz.

Il lâcha sa main plaquée sur son torse et posa ses deux bras contre le mur derrière elle, l'emprisonnant dans l'enceinte formée par son corps.

— C'est à vous de voir, Cali. Je ne vais pas passer mon temps à vous tenir la main.

Elle avala sa salive en cherchant dans son esprit des justifications et des dénégations, qui refusaient manifestement d'affluer à sa conscience.

Il se rapprocha d'elle au point qu'elle sentit son haleine sur son oreille.

— Vous savez ce que je vois dans votre regard ?

Il recula et se remit à la fixer dans les yeux.

— Je vois que, vous aussi, vous mourez d'envie de finir ce que nous avons commencé tant de fois. Alors maintenant, demandez-moi de m'arrêter. Mais, cette fois, je ne me contenterai plus de votre assentiment passif, ajouta-t-il en rapprochant son visage du sien. J'attends des mots de votre part.

Elle poussa un petit gémissement en sentant le contact de sa langue sur le lobe de son oreille.

— Jake..., murmura-t-elle d'une voix à peine audible en avançant d'instinct ses hanches contre les siennes.

Il passa son bras autour de sa taille et l'attira sauvagement à lui, plaquant son corps, des épaules aux cuisses, contre le sien.

— Dites-moi...

Cali fit remonter ses mains sur son buste, le long de son cou, et enfonça ses doigts dans ses cheveux. Plus de doute, plus de déni possibles. Il ne restait que ce désir indomptable et intense envahissant la moindre parcelle de son corps. L'envie de sentir sa bouche, ses mains, son corps...

Dans un soupir tremblant, elle attira son visage tout contre le sien et murmura, lèvres contre lèvres :

— J'ai envie de vous.

Il sentit les mots de Cali ricocher dans chacune des cellules de son corps, annihilant sur leur passage toute forme de retenue. Il plaqua sur elle sa bouche avide, dans un baiser auquel elle répondit avec la même passion.

Puis il fit glisser ses mains le long de son dos jusqu'à ses reins en l'attirant contre lui. Il sentait ses doigts fourrager dans ses cheveux mais cela ne lui suffisait plus. Il avait trop attendu.

D'un genou, il écarta ses cuisses et se colla contre elle, avant de reculer et de faire glisser sa main sous le tissu de son maillot de bain.

Sans décoller la bouche de la sienne, dans un baiser qui devenait de plus en plus fougueux, il se mit à caresser les replis chauds et humides de son intimité et lui arracha un cri de plaisir.

A la voir si excitée, il était lui-même sur le point d'exploser. Le corps de Cali ondulait de plaisir sous ses doigts. Il se sentait sur le point de jouir rien qu'à cette pensée. Il fallait quitter cet endroit et aller chez lui, où ils pourraient enfin laisser libre cours à la passion qui les consumait.

Mais Cali en avait décidé autrement. Elle commença à caresser son sexe, lentement…

Alors, il écarta le petit triangle de Lycra bleu électrique et approcha son membre dur et gonflé de son sexe.

— Jake…, gémit-elle en enfonçant ses ongles dans le bas de son dos.

Sur le point d'entrer en elle, il s'arrêta net.

— J'ai trop envie de toi. Si on ne s'arrête pas maintenant…

— Je t'en prie, Jake. Viens, je ne peux plus attendre. Je n'en peux plus…

Alors il la pénétra, lui arrachant un cri de surprise qui retentit jusque dans le hall désert.

Le plaisir était si intense qu'il en était presque douloureux tant ils avaient attendu ce moment.

Puis il sentit qu'elle était sur le point de jouir. Soudain, elle tressaillit et son corps se contracta, tandis qu'il murmurait son prénom en haletant et qu'il s'enfonçait en elle une dernière fois, avant de crier de plaisir à son tour.

10

Qui était cette femme qui parvenait à lui faire faire des choses aussi insensées ?

Debout contre elle, la respiration haletante, la peau brûlante de ses caresses, il fit remonter ses mains sur ses hanches et tenta de reprendre son souffle.

Cali ressemblait à ces femmes qui ont l'air de tout maîtriser tout le temps. Pourtant il suffisait qu'un déclic se produise pour qu'elle se mette à le supplier de la caresser et de lui faire l'amour.

Leur relation était torride — depuis le début.

Mais, pour l'heure, la priorité était de quitter ce couloir, dans lequel quelqu'un pouvait surgir à tout moment, et de conduire jusque dans son lit cette créature de rêve dans son maillot incroyablement sexy.

Une goutte de sueur coula le long de sa tempe. Une douche serait peut-être la bienvenue avant d'aller s'allonger.

Prenant Cali par la main, il scruta le hall d'entrée de l'immeuble, ébahi par leur propension à transgresser les conventions et à faire l'amour dans des lieux improbables. Cela devenait presque une habitude !

— Viens, on va prendre l'ascenseur à l'arrière.

Elle le suivit en silence. On n'entendait que leurs pas dans le couloir désert. Tout à coup, Cali s'arrêta.

— Je ne peux pas croire que j'ai… Que nous…

— Je sais. Encore un recoin au fond d'un couloir. Je suis désolé…

Ses lèvres se pincèrent et elle secoua la tête.

— Non, ce n'est pas cela.

Elle leva les yeux vers lui, l'air soudain perdue.

— Jake, je ne peux pas m'arrêter. J'ai essayé, mais c'est impossible. Je ne peux pas m'empêcher de te toucher.

Etait-ce si grave ? Apparemment oui, à en juger par l'air affligé qu'il lut sur son visage. Il serra la mâchoire.

— Jake, laisse-moi t'expliquer. Ce que nous venons de faire... Je ne sais même pas ce que cela signifie pour toi.

— Et alors ?

Il ne voyait pas où était le problème. Il lui prit la main et la tira vers l'ascenseur dont la porte était déjà ouverte.

— Viens, on parlera en montant. Il s'est déjà passé trop de choses dans ce hall d'entrée.

Jake fit entrer Cali dans l'ascenseur, appuya sur le bouton 17 et croisa les bras.

— Vas-y, Cali, explique-moi.

Elle leva des yeux anxieux et vint se coller contre lui. Il n'avait aucune idée de ce qui lui traversait l'esprit mais, pour une fois, elle ne le rejetait pas. Il passa son bras autour de ses épaules et elle se blottit contre lui au point qu'il eut du mal à entendre sa voix.

— Penses-tu qu'Amanda puisse être amoureuse de toi ?

Il recula son menton et regarda la masse ambrée de ses cheveux qui chatouillaient son cou. A n'en pas douter, c'était une blague. Il pouffa de rire.

— C'est Amanda qui t'inquiète ?

Il ne manquait plus qu'il ne la prenne pas au sérieux...

— Oui. Ce qui m'inquiète, c'est précisément que ma directrice, la personne qui va décider de la façon dont je vais gagner ma vie dans les prochaines années de ma vie, est amoureuse de toi.

La porte de l'ascenseur s'ouvrit et elle sortit, furieuse, dans le couloir. Mais Jake la retint par le bras.

— Amanda amoureuse de moi ? Cali, je pense que le problème n'est pas là. Je crois plutôt que tu cherches un prétexte pour ne pas vivre pleinement notre relation, dit-il sur un ton sec et accusateur.

— N'essaie pas de minimiser la chose, Jake.

— Je ne minimise rien. Qu'Amanda soit amoureuse de moi

est la chose la plus folle que j'aie jamais entendue. Je pensais qu'on avait dépassé tout cela, Cali. Mais tu continues à voir des problèmes partout et je me demande bien pourquoi. Fais-tu partie des gens qui ont besoin de drame pour donner un sens à leur vie ?

Cali recula et fixa Jake froidement.

— Je ne vois pas de quoi tu parles.

C'était ridicule. Elle avait horreur des drames. Tous ses actes et ses choix avaient pour but la sécurité et le calme. Elle avait besoin de repères stables. Cela dit, ça n'avait pas empêché sa vie d'être un chaos permanent depuis qu'il y était entré.

Jake ouvrit son appartement et jeta ses clés dans le vide-poches posé sur le secrétaire de l'entrée, puis vint se planter devant elle.

— Dans ce cas, reprit-il en croisant les bras, pourquoi te démènes-tu pour que cela ne marche pas entre nous ?

Elle ne faisait rien dans ce sens. D'ailleurs, tout fonctionnait bien entre eux, merveilleusement bien, même. Mais ce n'était pas une raison pour oublier d'assumer les conséquences de leurs actes.

— En quoi ce que je dis te gêne, Jake ?

— Cela me gêne parce que c'est faux. Amanda n'est pas amoureuse de moi.

Cali le dévisagea.

— Tu es un homme. C'est exactement le genre de chose qui vous échappe complètement.

— Et maintenant, tu insultes mon intelligence !

Il fit quelques pas dans le salon et s'adossa au mur.

— Sérieusement, il y a une chose que je ne comprends pas, Cali...

Il secoua la tête d'un air frustré, comme si cela ne valait pas la peine qu'il finisse sa phrase.

— Si tu l'entendais ! Elle parle de toi à longueur de temps, tenta d'expliquer Cali. Elle a une façon si possessive de parler de *son Jackson*. Et ne va pas penser que je suis jalouse. Je sais qu'elle en pinçait déjà pour toi avant que nous nous rencontrions.

— A-t-elle déjà dit quelque chose du genre : « Je suis amoureuse de Jackson » ? lança Jake en regardant par la fenêtre.

— Elle ne fait que ça, dire qu'elle t'aime !

— Bien sûr qu'elle m'aime, mais comme une sœur ! Nous avons grandi ensemble.

— Je te rappelle que tu as aussi grandi avec celle qui est devenue ta femme !

Jake secoua la tête.

— Cali, tu as tort et tu ne veux pas le reconnaître. Tu cherches encore un prétexte pour éviter de te confronter à une relation sérieuse. Mais ce n'est pas ce que je te propose, tu le sais bien. De plus, tu prétends ne pas avoir le temps, alors que nous n'arrêtons pas de nous voir, même si c'est à des horaires peu conventionnels. Tu fais comme si cette relation n'avait aucun intérêt à tes yeux. Cela dit, ce n'est pas ce que ton corps exprimait tout à l'heure, dans le hall de l'immeuble…

Il s'approcha d'elle et commença à déboutonner la chemise qu'elle portait.

— Qu'est-ce que tu fais ? demanda-t-elle sèchement.

— Je récupère ma chemise.

Ignorant ses mains qui la déshabillaient, elle poursuivit son argumentation.

— En fait, si j'ai des doutes, des hésitations, c'est à propos de mon travail, pas de toi, déclara-t-elle alors que le vêtement glissait à ses pieds. Je n'ai pas de relations amoureuses parce que je consacre toute mon énergie à mon travail. Je me bats pour progresser dans ma carrière. Je ne vois même pas les hommes quand je les croise dans la rue.

Elle se mordit nerveusement les lèvres.

— Ce ne sont pas des excuses que je me donne, c'est la réalité de mon existence. Jusqu'à ce que je te rencontre. Depuis que je suis avec toi, toutes les règles que je m'étais fixées volent en éclats les unes après les autres. Même en étant consciente des sentiments qu'Amanda éprouve pour toi, je ne peux pas faire autrement.

— D'après ce qu'Amanda m'a dit de toi, j'aurais pensé que tu étais quelqu'un de plus sensé.

— Quoi ? Mais qu'est-ce que…

Elle poussa un cri lorsque Jake l'attrapa par la taille et la hissa sur une épaule, avant de traverser l'appartement en direction de sa chambre.

— Mais qu'est-ce que tu fais ? répéta-t-elle.

Puis elle se cambra pour découvrir la pièce, dont les murs ardoise contrastaient avec le bois blond des meubles. Un tapis anthracite recouvrait la quasi-totalité du plancher et diverses sources de lumière éclairaient la pièce, harmonieuse et impeccablement rangée.

— J'essaie de te faire recouvrer ton bon sens, dit-il sans la lâcher. Et puisque je n'ai pas le choix, je vais expérimenter de nouveaux moyens de communication.

Il traversa la chambre et entra dans la salle de bains. Puis s'installa avec Cali dans la douche et ouvrit l'eau. Elle se débattit jusqu'à ce qu'un déluge d'eau froide s'abatte sur eux.

— Voilà, déclara-t-il, satisfait, tout en ôtant son caleçon.

— Tu es devenu fou ? hurla Cali, frigorifiée.

Elle s'essuya les yeux et découvrit le corps de Jake, nu comme un ver. Pour la première fois, elle le voyait dans sa totalité.

— J'ai pensé que cela ne nous ferait pas de mal, ni à l'un ni à l'autre, de nous rafraîchir le corps et l'esprit.

Elle vit son regard s'attarder sur le bout de ses seins qui pointait plus que jamais.

— D'autant que je ne suis pas certain que nous restions froids très longtemps, ajouta-t-il en souriant.

De fait, la température de l'eau commençait à remonter, proportionnellement à celle de leurs corps.

— Ecoute-moi bien, Cali. Amanda n'est pas amoureuse de moi.

Comment pouvait-il en être si sûr ?

— Mais…

— Non, Cali, écoute-moi et réglons cette histoire une fois pour toutes. Amanda a tout manigancé depuis le début. Tu peux me faire confiance, affirma-t-il en versant du gel douche dans la main de Cali puis dans la sienne et en commençant à lui frotter doucement les épaules.

— Prouve-le, dans ce cas.

— Très bien. Premièrement, elle ne m'avait jamais demandé,

jusqu'ici, de faire quoi que ce soit pour ses employés venant à Chicago. Or, tu te retrouves, comme par hasard, dans mon appartement et nous sommes voisins...

Comme s'il avait décelé le doute dans ses yeux, il poursuivit.

— Deuxièmement, c'est elle qui m'a suggéré de venir te voir à la plage. Elle a même spéculé sur la forme et la couleur de ton maillot. Elle pensait à un Bikini blanc. Moi, je l'imaginais plutôt rose. Comme quoi...

D'accord, mais l'argumentation manquait encore de poids.

— Troisièmement, elle a une photo de moi, à un an, sur son bureau : en couche-culotte, arborant un sourire édenté, les trois quarts du visage luisants de salive. Cela n'est pas exactement le symbole d'une passion torride et dévastatrice.

— C'est toi ? s'exclama Cali qui avait vu la photo sur le bureau new-yorkais d'Amanda, dont tout le monde se demandait ce qu'elle représentait dans la vie de la femme d'affaires.

— Tu réalises ce que je viens de te livrer en te révélant que cette photo de bébé est la mienne ?

— En effet, admit-elle.

Elle comprit au même moment que Jake était libre, tout à elle.

Aussitôt, la tension qui enserrait sa poitrine depuis des semaines se relâcha. Comme si la nouvelle l'avait totalement libérée, elle laissa ses mains mousseuses parcourir son torse, son ventre impeccablement musclé, ses hanches fines... et se refermer sur son sexe.

Il serra brusquement la mâchoire.

— Alors, tu me crois, maintenant ?

— Je te crois, murmura-t-elle tandis que le jet d'eau effaçait les dernières traces de mousse de leurs deux corps.

— Cali..., dit-il, incapable d'émettre autre chose que des gémissements de plaisir au fur et à mesure que sa langue avançait et titillait ses tétons, son ventre, son nombril...

Puis il l'attira à lui afin qu'elle se redresse.

— Viens, il est temps que nous fassions enfin cela dans un lit.

11

Jake entra dans la chambre, les hanches ceintes d'une serviette de bain. Cali était étendue, un vague sourire sur les lèvres.

— A quoi penses-tu ?

— A ton avis ? dit-elle avec un regard en coin.

— Cali, je ne suis pas une machine !

— Hum... Dommage.

Jake se rallongea auprès d'elle et la prit dans ses bras, savourant le contact de ses seins et de ses cheveux emmêlés sur son torse nu. Elle glissa la cuisse entre ses jambes et ils restèrent ainsi, lovés l'un contre l'autre, sans parler, pendant quelques instants.

Puis Cali leva les yeux vers lui et rompit le silence.

— Tu avais raison, Jake. Je cherchais des prétextes, des raisons de ne pas m'engager avec toi.

Elle fit glisser sa main sur son torse, traçant de grands cercles sur sa peau.

— En fait, j'avais peur.

— Tu as eu une expérience douloureuse avec un autre homme ?

— C'est le moins que l'on puisse dire...

Elle soupira et se pelotonna contre lui.

— Le dernier homme avec lequel j'ai eu une relation m'a trompée. Mais, avant que je m'en aperçoive, j'ai commis un tas d'erreurs de jugement. J'étais très amoureuse de lui.

Elle leva vers lui de grands yeux mélancoliques. Ces yeux qui avaient regardé amoureusement un autre homme...

— Comme tu t'en doutes, je n'étais pas une adolescente

extravertie et, quand j'ai rencontré Erik, mon expérience en matière d'hommes était limitée.

Erik. L'homme qui avait ravi son cœur, son corps et sa confiance. Jake se sentit soudain possessif. Même si cette relation ne devait durer qu'un temps, Cali était avec lui. A lui. L'idée qu'un homme ait pu la tromper était soudain insupportable.

— Il était tellement enjoué, tellement différent de moi. C'était le genre de type à mordre la vie à pleines dents. Je suis tombée amoureuse, au point de ne plus voir ce qui se passait sous mon nez. Il m'a trompée et s'est servi de moi. Mais je ne voulais pas y croire. J'ai renoncé à un poste international pour rester avec lui et, lorsque j'ai découvert le pot aux roses, j'ai vécu l'enfer.

Un poste international ? Comme celui qu'elle briguait actuellement ?

— On fait tous des erreurs, Cali. On veut tous que les gens qu'on aime soient des gens bien. Je suis navré que cette personne t'ait fait du mal. Il devait être stupide pour ne pas être capable de t'apprécier à ta juste valeur.

— Détrompe-toi, il m'appréciait. Il appréciait le fait que je paie les factures alors qu'il était acteur, sans contrat la plupart du temps. Il a également apprécié que je plaque mon boulot à Boston pour aller vivre avec lui à Los Angeles. Grâce à quoi je me suis fait une sacrée réputation de dilettante sans conscience professionnelle...

Elle prit une grande inspiration.

Jake resta silencieux, persuadé qu'elle n'était pas allée au bout de son histoire.

— J'aurais dû lui dire que je ne quitterais pas mon travail, ou du moins pas tant que je n'avais pas terminé le projet en cours. Mais il a commencé à me demander quel genre de femme j'étais, pour faire passer mon travail avant l'homme que j'aimais.

Elle tourna la tête.

— Une femme seule, je crois, conclut-elle dans un petit rire amer. Finalement, j'ai échoué sur tous les plans et, professionnellement, j'ai grillé toutes mes cartouches. Je suis partie avant la fin du préavis. Erik était un salaud, mais c'est moi qui ai fichu ma vie en l'air pour un type qui m'a passé la bague au doigt et que j'ai retrouvé dans mon lit avec la serveuse du café d'en face, deux semaines après avoir renoncé à ma carrière pour lui !

Jake se redressa dans un sursaut.

— Vous étiez mariés ?

— Fiancés.

Il se cala contre les coussins en essayant de ne pas se laisser submerger par la tension irrationnelle qui commençait à contracter ses muscles.

Ce sale type lui avait fait le pire coup de sa vie. Tout devenait plus clair. Il comprenait à présent pourquoi elle était si réticente à s'engager, même de loin, dans une relation alors qu'elle vivait des enjeux professionnels majeurs.

— Cali, on fait tous des erreurs.

— Il faut savoir en tirer les conséquences, c'est cela ?

— Oui, répondit-il doucement. Et faire en sorte qu'elles ne nous empêchent pas de vivre.

— Je sais. Mais il m'est difficile de baisser la garde lorsque ma carrière est en jeu.

— Même si tu ne vis pas une histoire sérieuse ? demanda-t-il, impatient de la réponse.

— Je crois qu'il vaut mieux que j'évite de mêler vie privée et vie professionnelle.

— Mais tu ne peux pas continuer à faire comme si tu n'avais pas de besoins affectifs ! Tu vas finir par imploser à force de brider tes émotions et tes désirs. Pense au soir où nous nous sommes rencontrés : tu te contiens jusqu'au moment où la digue lâche et où tu ne peux plus rien contrôler !

Cali fronça les sourcils, un peu embarrassée.

— A moins que faire connaissance avec un homme dans une cabine téléphonique fasse partie de tes habitudes...

— Jake, ce n'est pas...

— Je sais. C'était un mauvais exemple. Mon magnétisme sauvage y était pour beaucoup.

Elle lui donna une petite tape sur le bras, qui se transforma en une lente caresse. Il l'embrassa sur la tempe.

— Mon magnétisme mis à part, il faut que tu prennes conscience de cette facette atypique de ta personnalité et que tu l'acceptes enfin. Cali, tu es un être sensuel et incroyablement sexy.

Elle pouffa de rire en secouant la tête.

— Je ne crois pas, Jake.

Comment pouvait-elle l'ignorer à ce point ?

— Cali, tu ne sens pas ce qui se passe entre nous ? Et cela ne vient pas que de moi.

— Tu veux dire que si j'accepte cette autre partie de moi-même...

— Avec modération. Je ne suis qu'un homme, pas une machine, je te l'ai déjà dit.

Elle leva les yeux au ciel.

— Mais je ne risque pas de me mettre à porter ce Bikini bleu électrique supersexy à tout bout de champ. D'ailleurs, je vais m'en débarrasser au plus vite !

— N'y pense même pas ! J'adore ce Bikini. Je te le confisque. Tu pourras le porter ici autant que tu voudras.

Elle éclata de rire, puis revint fixer l'azur de ses yeux, qui prit une teinte plus sombre. Il fit glisser son doigt de ses épaules au creux entre ses seins, et descendit doucement jusqu'à son nombril, autour duquel il se mit à dessiner des cercles.

— Une petite aventure ne mettra pas ta carrière en péril.

Puis, encore plus lentement, il descendit sur son ventre, poursuivant son exploration.

— Je te conseille juste de profiter de tout cela tant que nous pouvons le vivre.

Cali se cambra en fermant les yeux et en exhalant un long soupir.

— Très bien. Je suivrai ton conseil.

12

Ils déboulèrent dans l'appartement de Cali en riant et en trébuchant. Tout en déposant un baiser furtif sur ses lèvres, Jale lui prit le *Sunday Tribune* des mains et se dirigea vers le salon.

Cali leva les bras et ressentit la délicieuse sensation des muscles endoloris que l'on étire. Puis, cherchant Jake du regard, elle le vit assis par terre, adossé au canapé, en train d'ouvrir le journal.

— Première page ? lui proposa-t-il tandis qu'elle le rejoignait.

Elle secoua la tête en signe de désapprobation.

— D'abord, les bandes dessinées.

Jake la regarda, bouche bée.

— Pas l'actualité internationale ? Les finances ? Pas même les voyages ?

Elle leva les yeux et lui vola les pages colorées de vignettes.

Elle avait envie de légèreté. Le reste pouvait bien attendre. Jake suscitait en elle le désir de s'accorder des pauses et de profiter de l'instant présent. Elle se sentait si bien à ses côtés.

Ils se firent mutuellement la lecture des articles qui les intéressaient, débattant avant de passer au sujet suivant. Ces moments d'oisiveté l'enchantaient.

Jake était incroyablement cultivé. Il pouvait parler de tous les sujets, mais était aussi très ouvert et capable de rester à l'écoute de ce qu'elle avait à dire. Elle buvait ses paroles, telle une étudiante ébahie devant le charisme de son professeur. C'était idiot, mais elle ne pouvait pas s'empêcher d'être impressionnée. Y avait-il une chose sur la terre que cet homme ne sache pas faire ?

Une semaine s'écoula, pendant laquelle elle partit au bureau tôt le matin pour en ressortir à 7 heures du soir. Ils passèrent toutes les nuits ensemble, tantôt chez l'un, tantôt chez l'autre, à parler, à rire, à faire l'amour. Sa vie au cours de cette petite semaine fut plus riche et plus excitante que les trois années qui venaient de s'écouler.

Un soir, alors que Jake, confortablement installé sur le canapé, parcourait tranquillement les pages sportives tout en jetant des coups d'œil furtifs vers elle, elle laissa échapper un soupir long et sonore.

— C'est moi qui te fais gémir comme ça ?

— Je ne vois pas de quoi tu parles, répondit-elle en s'en voulant d'avoir été si peu discrète.

— Tu ne vois pas ? Un gémissement sexy, plein de désir...

— Encore ton ego surdimensionné ! s'exclama-t-elle sans révéler qu'elle venait de passer cinq minutes à le manger des yeux.

— En tout cas, je peux arranger ça...

— Comment ? Avec une douche froide ?

— Tout habillée, alors. Ce devrait être assez intéressant...

Elle jeta un œil sur le chemisier à manches courtes rose pâle qu'elle portait et leva les yeux au ciel. Puis le T-shirt blanc moulant ses pectoraux lui donna d'autres idées.

Elle pouvait se montrer pire que lui.

Elle se leva et se dirigea vers la cuisine. Son réfrigérateur débordait de fruits, d'herbes aromatiques et de légumes encore couverts de terre par endroits.

— Tu veux des fraises ? demanda-t-elle en saisissant le panier qu'ils avaient acheté la veille au marché.

— Tu n'as pas idée à quel point te voir dans la cuisine me fait fantasmer, déclara-t-il.

— Vraiment ? répondit-elle en approchant une fraise ronde et mûre de sa bouche. Tu devrais peut-être me parler de ces fantasmes plus en détail...

Il se leva et lui tendit la main.

— Viens par ici, je vais te montrer, proposa-t-il.

Mais Cali poussa soudain un soupir affligé en secouant la tête.

— Je ne peux pas. Pas aujourd'hui.

Elle détestait l'idée de se désister dans un moment aussi prometteur, mais elle devait terminer un travail qu'elle repoussait déjà depuis le début du week-end.

— Il faut vraiment que je travaille.

Jake se pencha et susurra au creux de son oreille.

— Tu n'es pas à trois heures près...

— Jake, c'est déloyal.

— Qui t'a dit que j'étais loyal ? lança-t-il avant d'éclater de rire.

— Non, Jake, je ne peux pas, affirma-t-elle en essayant de s'en convaincre elle-même. Mais tu pourrais peut-être venir dîner chez moi demain soir ? Je ne suis pas mauvaise cuisinière. Puis nous...

— Impossible. J'ai une réunion avec des chercheurs à la clinique. On doit préparer une conférence qui se tiendra dans quelques semaines.

— Tant pis, répondit-elle, dépitée.

— Mardi soir ?

Elle s'apprêtait à répondre lorsque le téléphone de Jake émit un signal. Il jeta un coup d'œil sur le petit écran et serra la mâchoire.

— C'est la clinique. Le patient que je devais opérer demain entre finalement au bloc aujourd'hui.

Il l'attrapa doucement par le menton et pencha sa tête en arrière jusqu'à ce qu'il croise son regard.

— Alors, mardi soir ?

— On verra comment les choses s'organisent, répondit-elle, consciente de la place que prenaient leurs activités professionnelles respectives dans leur vie.

— Non, non. C'est tout vu : mardi soir, répéta-t-il avant de refermer la porte de l'appartement derrière lui.

Cali se laissa doucement glisser contre le réfrigérateur et se demanda si le sourire qu'elle arborait en permanence depuis une semaine allait un jour se dissiper. Cet homme était la perfection incarnée. Chaque fois qu'il enlaçait ses doigts dans les siens, chacun de ses sourires, chacune de ses suggestions osées et excitantes faisait naître en elle des émotions auxquelles elle préférait ne pas penser en ce moment précis. Ce qu'elle ressentait, au-delà du désir physique, commençait à lui sembler vraiment dangereux.

Lorsque arriva le mardi matin, Cali présentait tous les symptômes d'un état de manque.

Les nuits sans sommeil. Les courbatures et l'obsession pour une chose qu'elle désirait plus que tout. Cela ne faisait pas de doute : elle était devenue accro à Jake Tyler. Cela faisait deux jours qu'elle ne l'avait pas vu et elle se demandait comment elle allait tenir jusqu'au soir.

Elle pourrait faire un saut chez lui maintenant, avant d'aller travailler...

Tout bien réfléchi, c'était complètement idiot et trop dangereux : les réunions allaient s'enchaîner toute la matinée et la première commençait dans trois quarts d'heure.

Le travail d'abord. Le reste viendrait ce soir, comme une récompense de son sérieux et de son professionnalisme, se dit-elle pour se donner du courage, tout en pensant au corps somptueux de Jake.

Elle remplit sa Thermos de café, sortit de l'appartement et se dirigea vers l'ascenseur.

Un cliquetis attira soudain son attention. Allait-elle avoir la chance de sauter au cou de l'objet de ses désirs, juste avant d'aller travailler ? L'idée lui fit battre le cœur et la pointe de désir qui fit frémir son ventre la fit sourire.

La porte de l'appartement de Jake s'ouvrit et... une femme sortit sur le palier, en réajustant son chemisier, largement entrouvert sur de la dentelle rouge.

Son sang ne fit qu'un tour. Le souffle coupé, Cali sentit son cœur tambouriner dans sa poitrine.

Il devait forcément y avoir une explication.

Une explication ? Elle n'en voyait qu'une, qui lui souleva l'estomac.

La femme était très belle. Menue, elle avait des traits fins de poupée de porcelaine, des yeux très bleus et des cheveux blonds tombant en cascade sur ses épaules. Ses vêtements — chemisier de soie et pantalon taille basse anthracite tombant sur des talons aiguilles — dénotaient un goût sûr.

Comme la porte de l'ascenseur s'ouvrait, Cali s'y engouffra et appuya fébrilement sur le bouton du rez-de-chaussée. Il ne manquerait plus qu'elle fasse le voyage avec cette... femme.

Pendant qu'elle se languissait de lui, toute seule dans son grand lit, Jake avait passé la nuit avec une autre, à quelques mètres de son appartement ! Cette vision lui donna un haut-le-cœur.

Comment avait-elle pu lui faire confiance ? Voilà à quoi l'avait une fois de plus conduite sa faiblesse : elle avait ouvert son cœur et on avait abusé d'elle.

En descendant les dix-sept étages, elle s'efforça de se calmer. Après tout, en quoi devait-elle se sentir concernée ? Elle était à Chicago pour travailler. Elle n'avait pas de place pour les sentiments, encore moins pour les chagrins d'amour. Elle était là pour gravir l'échelle du succès.

Elle avait recouvré un calme relatif lorsque la porte de l'ascenseur se rouvrit au rez-de-chaussée.

Une fois dehors, elle héla un taxi qui la conduisit jusque devant l'immeuble où elle travaillait. Elle monta dans son bureau, écouta sa messagerie vocale et se mit à dicter une note sur le sous-traitant qu'elle avait reçu la veille.

Elle avait de quoi s'occuper pendant les mois à venir sans interruption. Rien de vraiment important n'avait changé. Alors, refusant de prêter attention à l'émotion qui s'emparait d'elle, elle se jura que tout allait bien.

Le soir même, Jake, appuyé contre l'encadrement de la porte, frappa pour la deuxième fois chez Cali. Elle n'avait pas répondu à ses appels dans l'après-midi. Cette petite contrariété venait s'ajouter à toute une série d'événements pénibles qu'il avait passé la journée à essayer d'oublier.

Pam avait débarqué chez lui la veille, peu après minuit, comme une tornade, toute en baisers, cajoleries et remerciements pour tout ce qu'il avait toujours fait pour elle. Puis elle avait passé son temps à évoquer le bon vieux temps et les souvenirs, manifestement dans l'espoir de susciter une certaine réaction de sa part. En vain.

Depuis son départ, Pam ne lui avait pas manqué. Cela faisait des années qu'elle l'avait quitté pour Paulo et il avait tourné la page depuis suffisamment longtemps pour ne plus vouloir d'elle.

En fait, il avait commis une erreur en l'épousant. Pam l'avait trompé, mais les torts étaient largement partagés.

Ils se connaissaient depuis l'âge de seize ans et elle avait toujours été là, pleine de douceur et d'attentions, pendant sa jeunesse, ses études et le début de sa carrière. Il l'avait aimée, mais probablement pas d'un amour sur lequel on fonde un mariage. Il s'était laissé distraitement porter par le cours de la vie. Puis il avait compris un jour qu'il faisait fausse route, mais il était trop tard : la joie et l'attente avaient disparu du regard de Pamela. Elle avait réalisé qu'il ne pourrait jamais lui donner ce qu'elle attendait de lui.

Et elle l'avait quitté pour Paulo.

Pam n'en demeurait pas moins un élément essentiel de sa vie, même si les divergences entre eux étaient désormais nombreuses et profondes.

Si seulement Cali voulait bien ouvrir la porte ! Il avait besoin de la voir, de la toucher. Il pourrait enfin se débarrasser de l'image de son ex-femme et se réfugier dans l'enceinte chaude et accueillante de ses bras.

Il finit par entendre un bruit de loquet. La porte s'ouvrit, mais Cali demeura accrochée au chambranle, immobile, distante et glaciale.

— Tout va bien ? demanda-t-il, inquiet, en s'avançant vers elle.

Cali fit une grimace de douleur et repoussa sa main comme si l'idée qu'il la touche lui était intolérable.

Que se passait-il ?

Il recula d'un pas et balaya l'appartement du regard à la recherche d'un indice quelconque, lorsqu'elle ouvrit enfin la bouche.

— Je l'ai vue.

Vu qui ? se demanda-t-il, de plus en plus confus.

Puis il comprit et tout s'enchaîna très vite dans son esprit : elle avait dû voir Pamela entrer ou sortir de chez lui.

— Ecoute, Cali, ce n'est pas du tout ce que tu crois...

Elle éclata d'un rire plein d'amertume et de colère.

— J'ai déjà entendu ça quelque part. Epargne-moi ça, veux-tu?

Il serra la mâchoire en se demandant comment il allait pouvoir désamorcer une situation qui était à deux doigts d'exploser.

— La femme que tu as vue, Pam...

— Pam ? De mieux en mieux ! gronda-t-elle. Et moi qui te croyais différent.

Il comprenait d'où provenait sa colère, cette douleur trop vive, ces sentiments exacerbés. Mais elle ne lui laissait aucune chance de s'expliquer. Il n'avait pas envie de se battre après la nuit et la journée qu'il avait passées.

D'ailleurs, de quel droit l'accablait-elle de la sorte ? Ils n'étaient pas mariés, tout de même !

— Je croyais qu'il y avait quelque chose entre nous, qu'on était partis pour...

— Arrête, Cali, l'interrompit-il sur un ton plus dur qu'il ne l'aurait voulu. Tu es en train de revendiquer des droits sur moi qui n'ont aucune raison d'être.

Cali rejeta la tête en arrière comme si on venait de la gifler.

— Avons-nous déjà parlé d'exclusivité ? Pas une seule fois.

— Mais on dormait ensemble. Tu avais l'air de...

— J'avais l'air de tenir à toi parce que, effectivement, je tiens à toi.

— Tu as une drôle de façon de le montrer !

— Il me semble, au contraire, que je te l'ai prouvé. Ce soir, en venant dîner ici, bien que tu n'aies répondu à aucun de mes coups de téléphone de la journée. Alors que je suis exténué parce que j'ai dû envoyer mon ex-femme dormir dans la chambre d'amis, alors que j'aurais pu sans difficultés faire autrement.

Cali écarquilla les yeux, hébétée, puis secoua la tête.

— Mais j'ai cru...

— Je sais bien ce que tu as cru. Mais ne fais pas d'amalgame entre moi et les mauvais choix que tu as faits par le passé. Je ne couche pas à droite et à gauche quand je suis avec quelqu'un. Ce n'est pas mon genre et cela ne l'a jamais été.

— Jake... Elle reboutonnait son chemisier en sortant de chez toi. Comment aurais-je pu savoir ?

— Je ne sais pas, Cali. T'es-tu déjà demandé qui j'étais vraiment ?

Il comprenait que l'épisode de Pam l'ait choquée, mais le véritable enjeu de cette histoire se trouvait ailleurs. Elle aurait dû lui faire confiance. Elle n'aurait tout simplement pas dû le confondre avec Erik. Tout ce qu'il n'avait pas voulu voir depuis qu'il était avec Cali resurgissait soudain. Depuis une dizaine de jours, elle ne le fuyait plus sous prétexte de mettre sa carrière en péril. Mais il venait de prendre la mesure de ce que représentait inconsciemment pour elle le fait de s'engager de près ou de loin dans une relation.

Elle soupira et balaya du regard le sol de l'appartement avant d'oser le fixer de nouveau dans les yeux.

— Je suis désolée, Jake.

Elle s'approcha et tendit la main vers lui mais il l'arrêta net dans son geste.

— Ecoute, Cali. Ma journée a été un véritable enfer.

— Veux-tu que nous en parlions ? Je sais que tu as...

— Nous allons laisser passer cette nuit, je vais rentrer chez moi et dormir.

Cali cligna des yeux puis recula d'un pas, comme pour lui signifier qu'elle avait compris son besoin de solitude et de repos.

— D'accord, je... Oui, bien sûr..., bredouilla-t-elle en rougissant.

Il se pencha et déposa sans conviction un baiser sur sa joue.

— Alors, à demain.

13

Jake frappa à sa porte le lendemain soir, vers 21 h 30.

Elle avait été totalement inefficace au bureau et avait passé l'après-midi à regarder sa montre. Puis, vers 17 heures, elle avait plié bagage et était rentrée chez elle. Elle avait besoin de le voir, d'entendre sa voix posée et rassurante, de sentir ses bras autour d'elle. Mais Jake n'était pas encore rentré. En boule dans son canapé, elle avait passé le début de soirée à ressasser le pire, au milieu d'une mer de dossiers sur lesquels elle ne parvenait pas à se concentrer.

Les nerfs en pelote, elle sursauta en entendant les coups sur la porte et fit tomber la pile de documents qui se répandit sur le sol. Elle rassembla les papiers tant bien que mal et bondit pour aller ouvrir.

— Jake…, dit-elle dans un soupir de soulagement en voyant son visage fatigué mais souriant.

— Je suis désolé, il est tard. J'ai été retenu plus longtemps que prévu au bloc.

— Je suis contente que tu sois là. J'avais peur que…

— Cali, je t'avais dit que je viendrais, dit-il en la prenant dans ses bras.

— Tu veux boire quelque chose ? demanda-t-elle pour retarder le moment où elle se confronterait à lui.

— Non merci, mais ne te prive pas pour moi.

Elle n'avait pas soif. Seulement une envie irrépressible de clarifier la situation.

Mais par où commencer ?

Si seulement il pouvait dire quelque chose !

Mais Jake demeura silencieux. La tension, au lieu de s'apaiser, enflait comme un ballon de baudruche.

Alors elle se jeta à l'eau.

— Jake, je suis désolée pour hier soir.

Voilà. C'était dit. Jake allait prendre la balle au bond et, d'ici à quelques minutes, tout cela ne serait plus qu'un mauvais souvenir. Elle n'aurait plus l'estomac noué, recommencerait à se nourrir normalement et ils reprendraient ensemble les choses là où ils les avaient laissées, prêts à replonger dans la volupté d'une nuit torride.

— Cali, c'est justement de cela que je voudrais te parler, répondit-il sans se départir de son calme.

Il ôta sa veste et la jeta sur le canapé, puis s'appuya contre le mur en défaisant le nœud de sa cravate. Cet homme était l'élégance et la décontraction personnifiées. Mais la façon dont il la regardait avancer vers lui la paralysa.

La crise de la veille l'avait obsédée toute la journée. Elle s'était demandé comment une situation parfaite pouvait dégénérer aussi rapidement.

Le cœur battant, elle se dirigea vers le canapé en essayant d'avoir l'air détendu. Mais, à la façon dont Jake posa la main sur son épaule pour la masser, elle comprit qu'elle avait manqué son effet. Puis il retira brusquement sa main comme s'il regrettait de l'avoir touchée.

Alors, tous ses sens donnèrent l'alarme. L'impression de frustration et de confusion qui lui avait collé à la peau toute la journée s'évanouit en un instant pour laisser la place à une certitude : Jake était venu pour rompre.

Comment était-ce possible ? Cela n'avait aucun sens. Il ne pouvait pas mettre fin à une relation qui leur avait apporté tant de bonheur et de sérénité à tous les deux. L'épisode de Pam n'était qu'un incident de parcours mineur. Jake était légitimement déçu qu'elle n'ait pas eu confiance en lui et probablement agacé parce qu'elle ne l'avait pas laissé s'expliquer. Mais il fallait qu'il se mette à sa place. Comment aurait-il réagi, lui, si…

— Je n'ai pas l'intention de t'épouser, Cali.

Les avant-bras posés sur ses genoux, il expira longuement en fixant le sol entre ses jambes.

— Mais je ne… Je n'ai pas…

Cali toussota. L'épouser ? Quelle idée ? Comme si elle en avait eu l'intention…

— Vraiment ? la coupa-t-il en croisant les bras. Qu'est-ce que tu entendais, hier, lorsque tu disais que, toi et moi, on était « partis pour » ? Pour quoi, au juste ?

— Je ne sais pas. Nous sommes bien ensemble. Il y a quelque chose de particulier entre nous. Mais de là à envisager le mariage…

— Cali, je ne parlais ni de la cérémonie ni des alliances, mais des sentiments qu'on leur associe, en général. J'ai vu ta façon de me regarder, tout à l'heure, quand tu as ouvert la porte. Tu attends quelque chose de moi, quelque chose que je n'ai pas, que je ne peux pas te donner.

— Ce n'est pas vrai ! protesta-t-elle.

Elle prit sa main dans les siennes.

— Jake, je n'attends rien de plus que ce que tu me donnes déjà. Je ne veux pas me marier avec toi. Je veux juste que les choses continuent à être entre nous comme elles l'ont été ces derniers temps.

— Oui, mais ce n'est pas de l'amour. Et ce ne le sera jamais. J'ai été clair avec toi là-dessus dès le début.

La gorge de Cali se serra tout à coup. Jake venait de mettre le doigt sur une chose qu'elle ne s'était jamais avouée. Par cette déclaration simple, directe, il venait de lui rappeler que ce qu'ils vivaient n'était rien de plus qu'une aventure. Comment en était-elle arrivée à l'interpréter différemment ?

Il l'avait pourtant prévenue dès le premier soir, mais elle avait distraitement laissé son cœur s'emparer des rênes de cette relation censée rester superficielle.

Jake la regardait maintenant comme si l'heure des adieux avait sonné. Ils allaient se séparer, non pas parce qu'il avait couché avec une autre femme, mais parce qu'elle s'était méprise sur la teneur des sentiments qu'il lui portait.

— Cali, tu t'investis trop dans cette relation, poursuivit-il.

— Pas du tout, répondit-elle, un peu trop vite pour que sa réponse ait l'air totalement honnête.

Le silence de Jake fut aussi éloquent que le doute qu'elle lut sur son visage. Comment en étaient-ils arrivés là ? Se pouvait-il que des moments si beaux, si intenses prennent fin aussi brutalement ?

C'était impossible, elle ne pouvait pas le laisser partir.

Avait-elle besoin qu'il l'aime ? Ce qu'il lui avait donné au cours des dernières semaines suffisait à son bonheur. Tout ce qu'elle désirait, c'était être avec lui, partager de bons moments.

— Nous pouvons bien continuer sans que notre relation soit de l'amour.

— Nous étions censés vivre ensemble une aventure, Cali, rien qu'une aventure. Dont nous avons eu envie tous les deux. Une relation magnifique et sensuelle entre deux adultes consentants et conscients depuis le départ de ne pas vouloir s'engager dans quelque chose de plus sérieux.

Une étincelle de désir s'alluma dans son regard. Le même désir que celui qui la rongeait depuis qu'elle le connaissait. Et contre lequel il semblait lutter, à présent. Comme s'il se méfiait.

— Je ne veux pas te faire de mal, Cali.

— Et moi, je ne veux pas que cela finisse.

Elle était prête à tout pour que leur relation ne s'arrête jamais.

Elle tourna et retourna le problème dans tous les sens afin d'y trouver une solution. Sa vie professionnelle était jonchée de cas épineux qu'elle devait résoudre afin d'aller de l'avant. Cette fois, elle allait mettre ses compétences au service de sa vie privée. A peine eut-elle exprimé mentalement cette idée qu'un plan prit forme dans son esprit.

Elle repensa à la réaction qu'elle avait eue en voyant Pam. Sa démesure avait dû déclencher chez Jake, allergique à toute forme d'engagement, un réflexe bien naturel de protection et de repli sur soi. Il fallait qu'elle le rassure en lui donnant davantage d'espace et le convainque qu'ils pouvaient repartir sur des bases plus saines.

— Tu as raison. Je me suis emballée, reconnut-elle en ricanant nerveusement.

Jake arqua un sourcil et scruta son visage. L'attitude subitement désinvolte de Cali ne le convainquit pas le moins du monde.

Assise en équilibre sur le bord du canapé, elle s'efforça de relâcher sa posture. Elle croisa lentement les jambes devant lui et se déhancha dans une pose provocante qui fit remonter sa jupe le long de sa cuisse. Les yeux de Jake suivirent le mouvement du tissu.

— De toute façon, je vais bientôt partir à Londres. Mais avant cela, dit-elle en tendant la jambe vers lui, je ne verrais pas d'inconvénient à passer encore du temps en ta compagnie.

— Cali, gémit-il en fermant les yeux, je ne te crois pas. Tu tiens ce discours maintenant, mais, il y a deux minutes à peine, tu me regardais avec des yeux implorants.

— Je suis capable de comprendre qu'une relation puisse se fonder sur le plaisir, dit-elle avec une lueur de provocation dans le regard tout en se penchant vers lui.

— Cali..., murmura-t-il avant de l'attirer à lui.

Incapable de résister à la tentation, il la hissa à califourchon sur ses genoux et posa sa bouche sur la sienne. Puis l'embrassa avec une violence égale à celle avec laquelle il s'était retenu de le faire depuis qu'il était entré chez elle.

Comment pouvaient-ils envisager de mettre un terme à tout cela ?

Il passa ses mains sous sa jupe puis s'interrompit, l'air interrogateur.

Elle le regarda fixement et acquiesça.

— C'est une aventure, Jake. Rien de plus. Alors donnons-nous du plaisir...

Nu dans sa cabine de douche, Jake ferma le robinet et regarda fixement le mur.

Comment avait-il pu se retrouver dans le lit de Cali alors qu'il avait frappé à sa porte avec la ferme intention de mettre un terme à leur relation ?

Rien ne s'était passé comme il l'avait prévu. Elle l'avait regardé avec ses grands yeux verts et lui avait fait le serment qu'elle n'attendait rien de plus que ce qu'il lui donnait déjà.

Elle avait pris un air détendu, mais, dans le fond, elle avait joué la comédie, consciente du fait qu'il ne pouvait pas se trouver à vingt centimètres d'elle sans avoir envie de lui faire l'amour.

Puis il l'avait attirée sur ses genoux, gémissante de désir et de plaisir. Deux heures plus tard, il avait dû inventer une excuse minable pour ne pas passer le reste de la nuit chez elle.

Il se serait giflé pour avoir laissé les choses déraper à ce point. Il s'essuya et jeta furieusement la serviette dans le panier à linge. Lui qui faisait si attention, d'habitude, à ne sortir qu'avec des femmes partantes pour quelques soirées dans des restaurants chic, des conversations intelligentes et quelques nuits de sexe effréné sans lendemain. Pas des femmes qui n'avaient pas touché un homme depuis trois ans et qui étaient incapables de faire la différence entre l'intimité physique et ses implications émotionnelles. Qui confondaient désir et amour.

Sa relation avec Cali était biaisée depuis le début. En fait, il n'avait pas su résister à la nouveauté et à l'alternance excitante des signaux : oui/non, chaud/froid, sexy/timide. Un seul signal ne changeait jamais : l'attirance de leurs deux corps. Quels que soient les circonstances et leur état intérieur, leur désir physique était toujours extrême. C'est peut-être ce qui aurait dû l'alerter.

Mais c'est ce qui rendait l'aventure torride et délicieuse : comment aurait-il pu s'apercevoir qu'il était en train de transgresser ses propres règles ? Cali s'était montrée si réticente à s'engager dans cette relation qu'il avait totalement baissé la garde. Il s'était laissé séduire par toutes les sensations que sa présence lui procurait : la vue de ses grands yeux joyeux, ses éclats de rire en pleine nuit, le goût de ses baisers, ses soupirs pendant son sommeil, le parfum de ses cheveux… Sa sensualité sans limites l'avait peu à peu conduit au bord du gouffre qu'il avait su éviter pendant quatre ans et dans lequel il était sur le point de tomber. Pire : il découvrait qu'il s'y trouvait déjà.

La visite inopinée de Pam avait au moins eu le mérite de clarifier les choses. Quelques heures passées en sa compagnie lui avaient permis de prendre du recul par rapport aux sentiments contradictoires qu'il éprouvait vis-à-vis de Cali et de se rendre compte qu'il valait mieux mettre un terme à une relation qui l'avait déjà conduit plus loin qu'il n'aurait voulu.

Mais sa tentative venait d'échouer. Une fois devant elle, il n'avait pas su résister. Mais cela ne se reproduirait pas. De toute façon, elle s'apprêtait à quitter Chicago et elle n'avait pas fait la moindre allusion à l'éventualité de rester. C'était un élément de moins à envisager.

Il enfila un pantalon de toile kaki et une chemise blanche et saisit sa tasse de café qui refroidissait dans la cuisine.

Cette série de conférences dans le Colorado tombait à point nommé. Il allait devoir s'absenter trois jours, cinq s'il s'arrangeait bien. Il leur restait une quinzaine de jours à passer ensemble puis son séjour dans le Colorado se chargerait de rendre définitive leur rupture. Une fois qu'elle aurait compris qu'il n'y avait rien à attendre de lui que du plaisir physique, elle se ferait une raison.

Elle s'était passée de sexe pendant trois ans, elle se passerait de lui pendant quelques jours et serait peut-être même soulagée qu'il ne se manifeste plus à son retour du Colorado.

Il sortit de son appartement, s'apprêtant à affronter une journée chargée à la clinique. Pour son malheur, la clé de l'appartement était coincée dans l'anneau du porte-clés.

— Bon sang ! s'exclama-t-il en secouant le porte-clés.

— Bonne journée à toi aussi, répondit une voix légère et joyeuse.

Il tourna la tête. Cali sortait de chez elle vêtue d'un chemisier de soie crème et d'une jupe droite stricte et terriblement sexy, et le regardait avec une lueur d'amusement dans les yeux.

— Bonjour, Cali, répondit-il en tentant nerveusement de démêler son trousseau.

— Moi aussi, je déteste quand cela m'arrive. Donne, je vais essayer si tu veux, lui proposa-t-elle en tendant la main.

Lorsqu'elle lui rendit la clé de son appartement dégagée du reste du trousseau, il ferma la porte, se retourna et tendit le bras vers elle pour la prendre par le cou. Puis il se ravisa, se raidit et laissa son bras tomber le long de son corps.

Le moindre contact avec elle risquait d'être fatal. On l'attendait à la clinique. Mais son arrivée pouvait être différée de quelques heures, pour leur plus grand plaisir à tous les deux.

— Est-ce que je peux t'inviter à dîner ce soir, en guise de remerciement ?

Il avait envie de l'emmener dans un des plus beaux endroits de la ville et de lui faire vivre des choses dont elle se souviendrait longtemps après son départ.

— Avec plaisir, répondit Cali sur un ton dégagé.

Ils avancèrent dans le couloir comme si rien ne s'était passé chez elle la veille. Ils avaient tout de même failli se séparer. Pour la première fois, Jake s'était relevé juste après avoir fait l'amour pour rentrer chez lui. Il l'avait regardée avec des yeux anxieux, comme s'il s'attendait à une mauvaise réaction de sa part, en bredouillant que ce serait mieux pour tous les deux.

Cali ne voyait pas en quoi c'était mieux mais elle s'était contentée de s'étirer en souriant. Elle avait ensuite fait semblant de ne pas voir son regard se poser sur le sein que le drap, en glissant, avait dévoilé. Puis elle lui avait souhaité bonne nuit...

Jake opina en signe d'approbation mais son sourire sembla moins spontané que d'habitude. Son regard bleu ne révéla aucune émotion particulière. C'était aussi déconcertant que de l'avoir vu rentrer se coucher chez lui la veille.

Mais elle s'efforça de ne pas laisser transparaître son embarras et, luttant pour contrôler le tremblement de ses lèvres, elle sourit avant de détourner le regard.

Il avait raison, leur relation n'était qu'une aventure.

14

Une semaine s'était écoulée depuis leur mise au point. Jake l'avait invitée presque tous les soirs à dîner en ville et à profiter de Chicago avant que ses projets professionnels ne la conduisent définitivement à Londres.

Ils étaient à présent assis dans les grands fauteuils en rotin du Colonial, un restaurant franco-vietnamien où l'on servait une cuisine épicée incroyablement parfumée, dont les saveurs contrastées surprenaient sans cesse le palais. Ils sirotaient voluptueusement des apéritifs à la citronnelle sous les bananiers. Jake parlait avec son intelligence et son humour habituels. Il était vraiment l'homme idéal avec lequel sortir. Il était toujours courtois, attentionné, drôle. La conversation avec lui ne faiblissait jamais, il avait toujours quelque chose d'intéressant à raconter. Et pourtant, ce soir-là, Cali eut l'impression qu'il manquait entre eux quelque chose, à quoi elle avait goûté trop brièvement et qui était en train de lui filer entre les doigts.

En acceptant que leur relation se cantonne à une simple aventure, elle était persuadée que Jake, une fois la confiance restaurée, redeviendrait l'homme dont elle était tombée amoureuse. Mais elle se trompait. Il demeurait désormais aussi habile à maintenir la distance émotionnelle vis-à-vis d'elle qu'à abolir la distance physique.

Il l'invitait dans les endroits les plus sélects et les plus extravagants, bien loin de l'ambiance des dîners sur le tapis du salon, au cours desquels les assiettes refroidissaient parce qu'ils étaient trop occupés à parler d'eux, à rire et à s'embrasser pour penser à se nourrir. Certes ils continuaient à parler, mais les conversations étaient moins… intimes.

Cependant, quoi qu'ils fassent, leur lien physique était toujours aussi fort. Un regard, un effleurement, un sourire de connivence pouvaient déclencher un corps à corps torride où qu'ils soient. Mais cela n'était que du sexe, même s'il les rendait tous deux presque dépendants et laissait une sensation abyssale de vide pendant les heures qui suivaient leur union, une fois que Jake s'était rhabillé, l'avait embrassée et était rentré chez lui pour dormir.

— Quel dommage ! soupira-t-elle en jetant un coup d'œil au décor qui les entourait — les ventilateurs au plafond, les stores à lamelles, les photos du Saigon des années 1920. Tu m'amènes dans des endroits magnifiques où je ne pourrai pas revenir…

Elle posa de nouveau ses yeux sur lui. En voyant ses traits se tendre et son regard se durcir, elle comprit qu'il s'était mépris sur le sens de ses paroles.

Elle rectifia aussitôt.

— Lorsque je serai repartie en Europe, je vais rêver de cet endroit pendant les cinq années à venir !

Il posa sa main sur la sienne et commença à dessiner lentement des cercles sur son poignet. Chacune des cellules de son corps répondit à l'appel, palpitant du désir d'un contact plus intime. Elle croisa son regard bleu et soudain plein de promesses, si différent de ce qu'il était quelques secondes plus tôt.

— Si nous sortons d'ici, dit-il en resserrant les doigts autour de son poignet, je te donnerai de quoi te faire rêver pendant les dix prochaines années…

— Cali ? Cali, tu m'entends ?

Elle sursauta et secoua la tête en se souvenant de l'endroit où elle se trouvait.

— Oui, Trish ? Excuse-moi, je t'écoute.

— Je te disais juste que tout le monde a répondu présent pour la réunion de demain.

— La réunion de demain. Ah oui... Très bien, parfait, bredouilla-t-elle en essayant d'avoir l'air concernée.

Que lui arrivait-il ? Non seulement elle perdait son temps, mais elle faisait perdre le sien à sa collaboratrice.

— Comment ça va avec ton séduisant chirurgien ? demanda Trish en finissant de ranger ses dossiers et son agenda électronique.

Cali déglutit et, dans le seul but de ne pas avoir à la regarder dans les yeux, attrapa un tas de documents qu'elle avait l'intention de trier dès que Trish aurait quitté le bureau.

— Bien, très bien.

Trish ne dit rien. Cali finit par lever les yeux et croiser son regard incrédule.

— Tu sais, je sens quand les histoires d'amour battent un peu de l'aile.

— Notre relation n'est pas assez sérieuse pour être considérée comme une histoire d'amour, affirma-t-elle sur un ton qu'elle voulait convaincant. Ne t'inquiète pas, tout va bien, ajouta-t-elle en dissimulant tant bien que mal sa mélancolie sous un sourire figé.

— Très bien, conclut Trish. Si tu as un jour envie d'en parler, sache que je suis là.

Elle tourna les talons et sortit du bureau.

Le sourire de Cali s'effaça dès que la porte se fut refermée. Elle était tendue et distraite au point qu'une collègue de travail s'en était aperçue. C'était exactement ce qu'elle avait cherché à éviter pendant des années : laisser sa vie sentimentale empiéter sur sa vie professionnelle.

Son esprit revint se fixer sur Jake.

De retour à l'appartement, après le sublime dîner au Colonial, il lui avait fait l'amour contre le mur de l'entrée, lui laissant à peine le temps de refermer la porte. Elle s'était retrouvée avec son chemisier de soie pendant au bout de ses bras, sa culotte en dentelle jonchant le plancher et sa jupe, tire-bouchonnée à la taille. Mais cela n'était pas allé plus loin qu'une explosion érotique intense et irrépressible. Même au sommet du plaisir, elle avait senti un vide se creuser entre eux. Une distance qui n'avait jamais existé auparavant, pas même lors de leur première rencontre.

Il avait réussi à asservir son corps mais ne donnait plus rien de sa propre personne. Elle ne reconnaissait pas l'homme qui, dès le début, lui avait ouvert son cœur et son âme et offert ce dont elle n'avait jamais osé rêver. Elle avait affirmé être capable de se contenter d'une aventure.

Alors d'où provenait ce sentiment permanent de tristesse ?

Il était plus de minuit et la lune recouvrait la silhouette de Cali d'un halo bleu argent.

Jake tenta de reprendre son souffle, attentif au rythme de son cœur battant contre ses côtes et des gouttes de sueur perlant sur son corps.

Le sexe avait été démentiel, ce soir. Cali se donnait désormais à lui complètement et ils franchissaient ensemble toutes les limites de l'imaginable.

Et pourtant une sensation d'insatisfaction demeurait.

Il lui manquait quelque chose. Il était agacé, sans vraiment savoir pourquoi. Peut-être commençait-il à se lasser de Cali ?

Il secoua la tête.

Il ne s'imaginait pas ne plus la voir.

La date de la série de conférences sur la chirurgie cardiaque à laquelle il devait participer approchait. Son absence allait probablement mettre fin à leurs rencontres torrides. Lorsqu'il reviendrait, la vie reprendrait son cours normal. Sans elle.

Cali laissa échapper un soupir et tendit la main vers le côté vide du lit. Elle le cherchait.

La vue du drap ondulant sur son corps lui donna envie d'elle. Il voulait être contre elle, en elle.

Il s'allongea et vint se coller contre son dos.

— Encore…, murmura-t-il dans la masse de ses boucles auburn. J'ai encore envie de toi.

Elle émit un petit gémissement et, encore ensommeillée, cambra ses reins contre son membre en érection.

Il ferma les yeux et respira le parfum de sa peau sur sa nuque. Elle était la douceur et la féminité faites femme.

Il se glissa dans la chaleur moite de son corps, exactement là où il avait envie d'être. Peut-être allait-il retrouver la sérénité qu'il semblait avoir perdue depuis quelques jours. La paix n'était pas loin, il le sentait. Il voulait la toucher et la garder.

Au moins jusqu'à son départ pour le Colorado.

15

— Tes bagages sont prêts ? demanda Cali depuis la cuisine où elle débouchait une bouteille de Pinot Grigio.

Elle versa le vin dans deux verres et s'aperçut que sa main tremblait.

Jake, debout devant les baies vitrées, regardait le lac. Son air maussade semblait confirmer le sentiment qui l'habitait depuis quelques jours et qu'elle ne pouvait plus ignorer : c'était la fin de leur histoire.

— Presque, il manque les cravates.

Elle traversa le salon et lui tendit son verre.

— Quand rentres-tu ?

— Mardi.

Un silence lourd et éloquent plana pendant quelques longues secondes. Pas de plans sur la comète, pas de coups de téléphone, pas d'attentes.

— Je tiens à toi, tu sais, dit-il.

Elle acquiesça en silence et porta son verre à ses lèvres.

— Mais je ne veux pas tomber dans ce que j'ai toujours réussi à éviter. Je ne veux pas d'engagement ni de dépendance.

— J'ai compris, Jake. Moi aussi je tiens à toi.

Bien plus qu'elle ne l'aurait voulu. Pourquoi cela faisait-il si mal ? Elle était sur le point de perdre l'homme à qui elle avait envie de se donner corps et âme. Une partie d'elle-même ne parvenait pas à y renoncer et continuait à espérer. Malgré tout.

— Excellente intervention, dit un chirurgien en lui tapant chaleureusement sur l'épaule, tandis qu'un autre s'avançait vers lui pour lui serrer la main.

Jake remercia poliment. Depuis deux jours, il avait rencontré ses pairs, retrouvé de vieilles connaissances, discuté de techniques et de pratiques chirurgicales à longueur de journée.

Mais Cali continuait à occuper la majeure partie de son esprit. Il pensait tout le temps à elle et se repassait en boucle le film de leurs adieux, de leur dernier baiser, de l'effort qu'il avait dû fournir pour s'en aller au lieu de l'attirer de nouveau contre lui.

Il était maintenant censé l'avoir oubliée.

Peut-être était-ce le sexe qui lui manquait ? Mais, de toutes les femmes qui lui tournaient autour depuis qu'il était arrivé et lui lançaient des œillades éloquentes, aucune ne l'attirait, même d'un point de vue purement physique.

Il se demanda si Cali avait résolu les retards comptables qui lui posaient problème avant qu'il s'en aille. Il l'imagina en train de travailler jusqu'à une heure avancée de la nuit, seule au bureau, appelant un taxi pour rentrer.

Ses doigts se crispèrent sur son téléphone portable, au fond de la poche de son pantalon. Il avait juste envie de savoir comment elle allait. Une aventure n'impliquait pas forcément un désintérêt total. Il tenait à elle. Depuis le début. Et, comme un idiot, il l'avait laissée seule à Chicago.

Il sortit son portable, hésita puis le fourra de nouveau dans sa poche en regagnant la table où bavardaient son collègue et un groupe de chirurgiens qu'il ne connaissait pas encore.

Cali était épuisée. Elle s'était démenée toute la journée au bureau. Maintenant qu'elle était rentrée chez elle, elle ne parvenait pas à trouver le sommeil. Elle fixait le plafond en retenant ses larmes, luttant contre la douleur qu'elle avait réussi à tenir à distance jusque-là.

Quatre jours s'étaient écoulés depuis le départ de Jake. Elle l'avait aperçu une dernière fois devant l'immeuble, en train de héler un taxi, et s'était retenue de l'appeler et de courir vers lui.

Cette rupture était sans doute un choix judicieux. Il fallait qu'elle se concentre sur sa carrière et qu'elle cesse de dépenser de l'énergie pour une relation qui ne la mènerait nulle part. Il fallait juste qu'elle s'en convainque et que disparaisse cette sensation de vide à l'intérieur d'elle. C'était une question de temps.

En attendant, Jake lui manquait terriblement. Elle pensa à son corps, à ses yeux et à la façon dont elle se sentait lorsqu'elle était auprès de lui. En fait, tout lui manquait, et cette pensée même provoquait en elle une douleur à la limite du supportable.

Elle était là, à quelques mètres de lui. Il la voyait enfin ! Il avait fini par se convaincre que c'était parce qu'il ne la voyait pas que l'image de Cali le hantait. Mais, en l'apercevant qui entrait dans leur immeuble au moment où il sortait du petit supermarché voisin, il ne ressentit aucun soulagement. Il lui fut soudain impossible d'imaginer qu'elle allait rentrer chez elle et prendre l'ascenseur sans lui. Il fallait qu'il la rejoigne. Qu'il lui parle. Qu'il s'assure qu'elle allait bien.

Il eut beau essayer de penser à autre chose et de ne pas avancer dans sa direction, tous les muscles de son corps se rebellèrent contre la logique de son esprit.

En arrivant dans le hall de l'immeuble, Cali pesta contre les magnifiques escarpins à talons de huit centimètres qu'elle avait enfilés avant d'aller travailler en se persuadant qu'ils étaient confortables. Ces derniers pas jusqu'à l'ascenseur étaient un véritable calvaire. Dans quelques minutes, elle pourrait enfin se débarrasser de ces instruments de torture et se détendre.

Comme elle appelait l'ascenseur, elle entendit une voix familière prononcer son nom.

Elle se retourna. Jake, dans son costume anthracite, chemise blanche et cravate dénouée, pénétrait dans le hall à grands pas, son trench-coat au vent. Le regard qu'il posa sur elle semblait plus impénétrable que jamais.

— Tu es rentré ? demanda-t-elle sur un ton qu'elle voulut dégagé.

— Oui, répondit-il en arrivant devant l'ascenseur. J'imagine que tu as encore fait des heures supplémentaires au bureau ? Comment vas-tu ?

— Ça va, répondit-elle, évasive, en fixant la porte de l'ascenseur droit devant elle.

Elle s'efforçait de ne pas le regarder. Elle ne voulait pas qu'il voie dans quel état sa présence la mettait.

— J'espérais te voir avant. Mais, apparemment, tu as travaillé tard cette semaine, ajouta-t-il d'une voix légèrement éraillée.

Il aurait pu l'appeler. De plus, il habitait de l'autre côté de la cloison. S'il avait vraiment eu envie de la voir, les occasions n'étaient pas difficiles à saisir.

La porte de l'ascenseur s'ouvrit. Elle hésita, se demandant s'il n'était pas préférable de monter à pied pour éviter une trop grande proximité avec lui. C'était sans compter sur ses escarpins et ses pieds endoloris. Elle soupira en entrant dans la cabine.

— Tu as fait quelque chose de spécial, ce week-end ? demanda-t-il en la regardant en coin.

— J'ai travaillé.

— Tu as pris assez d'avance pour ne plus avoir l'impression d'être en retard ?

La réflexion la fit pouffer.

— Ton rire... Tu ne peux pas imaginer à quel point c'est bon de l'entendre après...

Il exhala un soupir interminable.

— Jake ?

Elle croisa son regard, dans lequel elle crut distinguer un voile de lassitude.

— Tout va bien ?

Il eut l'air surpris par la question. Ou peut-être était-il décontenancé par le fait d'avoir laissé transparaître une émotion qu'elle avait su déceler.

Il se ressaisit immédiatement tandis que la cabine s'immobilisait au dix-septième étage.

La porte s'ouvrit et Cali s'engagea dans le couloir comme au ralenti.

— Tu m'as manqué.

Elle s'arrêta net, le souffle coupé.

Elle avait dû mal entendre.

— J'ai cru que je pourrais me passer de toi. En fait, en te voyant rentrer chez toi, je me suis dit que je ne pouvais pas te laisser partir.

Il s'était rapproché d'elle. Sans qu'il la touche, elle sentait la chaleur de son corps et son souffle sur sa nuque. L'air se trouva soudain chargé d'une tension palpable. Un centimètre de plus et il serait trop tard. Elle ne pourrait pas résister.

De fait, elle se retourna dès qu'il posa la main sur son épaule. Il referma ses bras autour d'elle et plaqua son corps contre le sien, sa bouche contre ses lèvres qui n'opposèrent aucune résistance. Elle sentit ses mains à travers ses vêtements. C'était tout ce qu'elle désirait.

Il resserra son étreinte jusqu'à la soulever du sol et, bouche contre bouche, ils avancèrent jusqu'à la porte de Cali et pénétrèrent dans l'appartement.

— Jake..., commença-t-elle, haletante, les doigts accrochés à sa chemise, le corps presque mêlé au sien. As-tu vraiment envie de cela ?

Il s'écarta de quelques centimètres.

Il ignorait précisément ce dont il avait envie. Tout ce qu'il savait avec certitude, c'était que, depuis qu'il était parti dans le Colorado, il ne se sentait pas bien, qu'il avait du mal à respirer, et que toutes ces sensations s'étaient évanouies comme par enchantement dès qu'il s'était retrouvé auprès d'elle.

Il la dévisagea, retrouvant ses grands yeux verts, ses lèvres enflées de l'avoir goulûment embrassé, ses boucles tombant sur ses épaules. Il la revit, assise au bar du Jazz House, le soir de leur rencontre ; par terre, chez lui, en train de rire aux éclats ; s'endormant dans ses bras, pressant sa bouche contre son torse.

Tout prit soudain son sens.

A quoi bon lutter ? Il n'en avait même plus envie.

Au diable la peur de s'engager, des complications, de l'avenir ! Toutes les excuses qu'il avait érigées comme une barrière pour se protéger d'elle le rendaient fou à présent.

— En fait, j'ai envie d'être avec toi.

Elle cligna des yeux, se rapprocha comme si elle n'avait pas compris. Puis, dans un immense soupir de soulagement, elle murmura ce qu'elle avait essayé de dissimuler, y compris à elle-même, pendant toutes ces journées et ces nuits sans lui.

— Tu m'as tellement manqué !

Il se pencha de nouveau sur elle pour l'embrasser et, sans se détacher de sa bouche, la prit dans ses bras.

Il avait besoin d'elle. Tout entière.

Il la déposa sur le sol de sa chambre, planta ses yeux dans les siens.

Moins de deux semaines s'étaient écoulées depuis la dernière fois qu'il était entré dans cet endroit mais il avait l'impression de n'être pas revenu pendant des mois. Jamais plus il ne resterait loin d'elle aussi longtemps.

Il commença à déboutonner son chemisier, dont il écarta les pans jusqu'à ce qu'il tombe sur le sol. Elle était superbe, les yeux brillant de désir, les mains tremblant en défaisant les boutons de sa chemise.

En silence, lentement, ils se déshabillèrent l'un l'autre, jusqu'à ce qu'ils se retrouvent nus tous les deux, avides, le souffle court.

Malgré la hâte d'unir son corps au sien, Jake prit son temps. Il avait besoin de quelque chose de plus que du contact charnel explosif qui les soudait d'habitude l'un à l'autre. Il avait besoin de sentir la douceur de sa présence, la chaleur de son être, les battements de son cœur.

Elle fit glisser ses doigts sur son torse, ses épaules, sa nuque et sa mâchoire avec la légèreté d'un papillon dans un champ de fleurs. Elle leva les yeux vers lui et murmura :

— J'ai besoin de toi, Jake.

Il laissa échapper un gémissement et enfouit sa tête dans la masse sombre de ses cheveux.

— Mon amour, si tu savais..., susurra-t-il en la serrant dans ses bras.

Il avait envie de lui dire, d'expliquer, mais les mots ne venaient pas.

Elle se coucha sur le lit et il s'allongea sur la peau nue et douce qui l'attendait et le tentait.

Comment expliquer ce qu'on a du mal à comprendre soi-même ? Tout ce qu'il savait, c'était que la solution logique et raisonnable qu'il avait entrevue un temps l'avait en fait rendu malheureux. Il ne pouvait plus se passer d'elle un jour de plus.

Elle était son paradis.

Il la pénétra et, peu à peu, se laissa guider par les mots qui s'échappaient de ses lèvres, attentif à lui donner tout le plaisir qu'elle demandait.

— Plus fort... encore...

Où qu'il pose ses mains, où qu'il l'embrasse, il percevait la réponse immédiate de son corps.

Puis il sentit ses mains s'agripper plus fort, son corps se cambrer et se contracter autour du sien. Dévorant littéralement ses soupirs en l'embrassant, il sentit la tension se rassembler au bas de son dos, monter et se concentrer en un point unique.

Plus rien ne comptait au-delà de leurs deux corps soudés jusqu'à l'explosion de leur plaisir.

Puis, le front posé dans le creux de son cou, il sentit tout à coup les battements de son cœur se faire plus rapides, sa peau devenir plus chaude et les ondulations de son corps s'accentuer jusqu'au spasme final. Alors il tressaillit avant de se relâcher complètement dans l'étau soyeux de ses cuisses.

Le plaisir à l'état pur.

Il ressentit un soulagement dans tous les pores de sa peau, comme le retour de la sérénité, du bonheur. Enfin !

Une sonnerie retentit. Cali grogna tout en appuyant sur le réveil et revint se blottir contre lui.

— Quelle heure est-il ?

— 5 heures. J'ai oublié de reculer l'heure du réveil. Je n'imaginais pas que tu serais là ce matin...

— Tu regrettes ?

— Non, répondit-elle en traçant des cercles sur le drap qui les séparait. Mais je croyais que dormir l'un chez l'autre était contraire au règlement.

Elle avait raison, mais il savait aussi qu'il avait enfreint le règlement à la minute même où il l'avait aperçue dans le club de jazz. D'ailleurs, depuis qu'il avait essayé de se conformer de nouveau à des règles fixes, sa vie n'avait plus de sens.

— On ferait peut-être mieux d'oublier les règlements, suggéra-t-il.

— Tu crois ? répondit-elle en levant les yeux vers lui, un sourire moqueur sur les lèvres.

— Voyons ce qui se passe si l'on se met à écouter ses désirs, et rien d'autre…

Une étincelle s'alluma dans le regard de Cali.

— Tu suggères que nous décidions de ne plus jamais sortir de ce lit ?

Il la plaqua sur le dos avec le poids de son corps.

— Ce serait trop contraignant. On pourrait enfreindre le règlement juste pour commander à manger.

— Le temps que tu reprennes des forces ? Bonne idée ! Tu risques d'en avoir besoin ! lança-t-elle en nouant ses bras autour de son cou.

Comment avait-il pu imaginer une seconde vivre sans elle ?

16

Cali posa son sandwich et balaya les quelques miettes tombées sur son bureau.

— Bien, je crois que nous y sommes.

De l'autre côté du bureau, Trish considéra la première page de son bloc-notes et cocha l'un après l'autre chacun des points abordés.

— Oui. Il me manque les données de Neal. Tu peux t'occuper de Carl ?

Puis, reculant dans son fauteuil, elle attrapa sa canette de soda et but une gorgée.

— On va finir par avoir un ulcère à force de sauter nos repas tous les midis.

Cali secoua la tête.

— Je crois plutôt que j'aurais un ulcère si j'allais déjeuner sans avoir terminé mon travail.

Commencer tôt le matin et sauter le déjeuner lui permettait aussi de partir plus tôt le soir.

— En tout cas, tu as recouvré toute ton énergie, on dirait.

Trish picorait ses chips, s'accordant quelques minutes de pause avant de retourner dans la mêlée.

— Ce n'est pas le premier sourire radieux que je vois illuminer ton visage cette semaine. Cela devient une habitude. Dis-moi, Cali, où t'a-t-il emmenée cette semaine ?

— Nous sommes allés écouter un concert.

Mais ils n'avaient pas fait beaucoup d'autres sorties. Ils avaient préféré commander à dîner et manger au lit, par terre... Jake avait même mangé son dessert sur elle.

Elle se souvint avec volupté du contraste entre la crème glacée et la chaleur de sa bouche...

Oh, Trish était toujours là... Cali s'efforça de regarder ailleurs.

— C'est tout ? Je croyais que Dr Love connaissait tous les endroits branchés de Chicago. Je suis déçue !

Cali leva les yeux au ciel. Une soirée avec Jake était tout sauf décevante. Ils passaient leur temps à parler et à rire. Puis ils faisaient l'amour et s'endormaient dans les bras l'un de l'autre.

— Quel soupir ! dit Trish en la dévisageant.

Cali sentit une vague de chaleur l'envahir. Que pouvait-elle dire sans se dévoiler complètement ?

— Ça y est, j'ai compris ! Chicago va devenir ta ville de prédilection. Chaque fois que tu verras un film tourné ici, que tu reviendras travailler dans notre service, tu auras ce regard dans le vague en te remémorant ton histoire torride dans la Ville des Vents. Comme c'est romantique...

Elle stoppa net ses élucubrations en voyant Cali, les sourcils froncés, posant ses mains à plat sur son bureau comme pour les empêcher de trembler.

— Attends, reprit Trish. Tu es toujours décidée à partir pour Londres, j'espère ? Cali, ne me dis pas que tu es prête à jeter ton travail aux orties pour un apollon en blouse blanche !

Cali éclata de rire et secoua la tête. Mais Trish n'était pas dupe.

— Cali, tu travailles dur depuis des années. N'oublie pas tes priorités.

— Je sais. Je ne vais rien jeter aux orties, Trish. C'est juste que je n'ai pas beaucoup pensé à la suite des événements au cours de ces dernières semaines.

Jusqu'à ce que Trish évoque un scénario qu'elle n'avait pas très envie d'envisager en l'état actuel des choses. Pour la première fois de sa vie, elle parvenait à profiter de l'instant présent plutôt que de viser des objectifs lointains. Elle avait enfin réussi à vivre chaque journée, chaque nuit comme elles venaient.

— Amanda ne m'a pas encore donné mon affectation. Il se peut que je reste ici.

— Comme il se peut que tu partes à Londres, dit Trish, soudain sérieuse.

— Comme il se peut que je parte à Londres, répéta Cali avec moins d'enthousiasme que cette affirmation en aurait suscité quelques mois plus tôt.

Les traits de Trish se durcirent soudain.

— Il y a à peine un mois, tu aurais...

Elle détourna le regard et poussa un soupir d'exaspération.

— Est-ce qu'il t'aime, au moins ? demanda-t-elle en plantant son regard dans le sien.

— Ce ne sont pas tes affaires, Trish.

— Tu as raison. Mais, Cali, notre amitié ne s'est pas nourrie de confidences et d'histoires de cœur. Elle est née du désir mutuel de s'aider à gravir les échelons professionnellement. Nous partageons la même vision des choses. C'est pourquoi tu ferais mieux de te demander si ce type t'aime vraiment avant que ta soudaine ambivalence te fasse perdre ton poste à Londres.

— Trish...

Mais elle avait déjà passé le pas de la porte.

— Oui, oui. Tu sais que je dis ça parce que je t'aime bien.

Cali avança vers la fenêtre et colla son front contre la vitre en regardant la ville qui s'étendait à ses pieds. Ce poste à Londres était important. Il avait même été la chose la plus importante à ses yeux pendant des années et, maintenant, elle était trop près du but pour se raviser.

En fait, elle n'était pas en train de se raviser, mais d'éviter carrément le sujet.

Les deux dernières semaines qu'elle venait de passer avec Jake avaient été incroyables, bien au-delà de ses espérances.

Il débordait d'attentions envers elle et avait même évoqué vaguement l'avenir, en mentionnant des choses qu'il aimerait lui montrer, comme la ville en automne ou la vieille Water Tower sous la neige. Choses qu'elle ne verrait pas, à moins de ne pas partir pour Londres.

Quelle idée ! Londres était son rêve depuis des années. Un rêve qu'elle devait réaliser *pour elle*.

De plus, ils ne se connaissaient que depuis très peu de temps.

Cela dit, rien ne valait les moments qu'elle passait avec lui, en particulier depuis qu'il avait baissé la garde. Jake avait le don de faire vaciller sa détermination. Mais un problème subsistait. Cali se demandait en effet si Jake n'était pas aussi charmant et attentionné simplement parce qu'elle allait partir. Etait-il vraisemblable, en effet, que son refus de l'engagement se soit effacé aussi rapidement et aussi radicalement ?

Jake cassa un autre œuf sur le bord de son bol et jeta la coquille dans l'évier. Puis il ajouta une poignée de cheddar râpé et de rondelles d'oignons nouveaux, assaisonna le mélange et le fit frire dans la poêle.

Il sentit une présence dans son dos et découvrit Cali, appuyée contre le chambranle de la porte, vêtue de la chemise en Oxford qu'il portait la veille, les yeux gonflés de sommeil et un pli du drap incrusté dans la joue. Elle était la plus sexy des créatures !

— Bonjour, beauté !

Elle fit une moue.

— Tu es sûr que tu vois bien ? Je ne peux pas croire que j'aie dormi aussi tard ! Tu es levé depuis longtemps ?

Deux toasts sautèrent du grille-pain et Jake sortit la confiture d'un placard.

— Une heure, peut-être.

Cali bâilla et s'étira de tout son long en levant les bras au-dessus de sa tête.

Une culotte. Pas de soutien-gorge. Deux pauvres petits boutons, peinant à rendre sa tenue décente face à un homme aux idées très déplacées. Il avait beau la voir tous les matins au réveil, la courbe de ses hanches, de ses seins ou de ses jambes lui donnait envie de la serrer sans fin dans ses bras.

Il avait des sueurs froides chaque fois qu'il repensait qu'il aurait pu la perdre — la quitter. Quel idiot il avait été !

Quel idiot il serait encore s'il ne profitait pas de la magnifique créature qui se tenait debout devant lui, tout de coton vêtue.

Cali lui jeta un coup d'œil, percevant le changement d'atmosphère, la tension dans l'air. Jake la contemplait, adossé au plan de travail, le regard chargé d'une sensualité excitante, son vieux jean tombant sur les hanches et rien d'autre qu'un torchon de cuisine sur l'épaule.

— Viens par ici...

En voyant le sourire s'étaler sur ses lèvres charnues, Cali sentit son cœur bondir dans sa poitrine et une chaleur soudaine se répandre dans ses veines. Elle avança vers le bras tendu et accueillit le baiser de Jake sans retenue.

— Hum, c'est bon, murmura-t-elle tandis qu'il l'attrapait par les hanches pour la hisser, face à lui, sur le plan de travail.

Elle sentit dans son ventre un élancement. Encore un baiser et elle le supplierait.

Son portable vibra soudain sur le plan de travail derrière elle et elle vit s'afficher un message d'Amanda.

Elle glissa ses doigts dans les cheveux de Jake et attira son visage vers elle.

— Tu ne réponds pas? demanda-t-il entre deux baisers déposés sur ses lèvres.

— Plus tard. On est samedi.

— Comme si c'était une bonne excuse! Lis ce texto sinon, je te connais, tu ne vas pas arrêter d'y penser, en dépit de tous les efforts que je vais faire pour te distraire...

En cet instant précis, rien ne semblait plus important que de sentir le corps de Jake s'unir au sien, mais il avait probablement raison. Elle attrapa le téléphone et se concentra sur le petit écran et sur le message qu'il contenait.

— Que se passe-t-il? demanda Jake qui continuait à caresser ses cuisses nues.

Elle le regarda, submergée par une avalanche d'émotions contradictoires. Des dizaines de questions se présentaient avec une urgence qu'elle n'avait pas envisagée jusque-là. Soudain elle regretta d'avoir lu le message et de ne s'être pas abandonnée dans les bras de Jake, dans la tranquillité d'un samedi matin comme les autres. Car, à présent, rien ne serait plus jamais pareil.

— Je pars à Londres, dit-elle d'une traite.

Ce n'était ni une question, ni une éventualité, mais un état de fait. Peut-être aussi une invite faite à l'homme debout face à elle, afin qu'il l'implore de ne pas y aller. Ou du moins qu'il exprime ses impressions vis-à-vis de son départ.

Mais le choc de la nouvelle semblait avoir balayé toute expression du visage de Jake. Puis il se ressaisit et, les traits recomposés, il recula d'un pas et croisa les bras.

— Félicitations ! Je n'ai jamais douté que tu aurais le poste.

Voilà. Cela avait le mérite d'être clair.

— Merci, répondit-elle en plaquant un sourire de circonstance sur ses lèvres.

Puis, sautant du plan de travail :

— Une réunion est prévue dans une heure afin de discuter des détails. Il faut que j'aille me préparer.

Mais il fallait aussi qu'elle s'isole un instant pour rassembler ses esprits et comprendre ce qu'elle ressentait.

Elle sortit de la cuisine mais Jake la retint par le poignet. Elle se retourna, pleine d'espoir.

— Ton petit déjeuner. Il faut que tu prennes des forces avant la réunion. Et, ce soir, je t'emmène fêter ça dans un bel endroit.

Elle le regarda, les yeux écarquillés. Puis, dans un éclat de rire, il la prit par les épaules, la fit se retourner et lui donna une petite tape sur les fesses.

— Allez, hop ! Dépêche-toi ! Londres t'attend.

Londres m'attend, se répéta-t-elle en avançant comme un robot, sans sentir ni ses jambes qui la portaient, ni le toast qu'elle mangeait, s'apprêtant à fêter un succès qui ne la réjouissait pas.

Pas encore, du moins.

Elle était abasourdie par la nouvelle, voilà tout. Elle ne désirait rien plus que ce poste à Londres. Elle avait travaillé dur pour l'obtenir et elle y était parvenue. De plus, Jake la soutenait et comprenait à quel point cela comptait pour elle.

Elle avait de la chance. Elle n'avait plus à faire de choix. Ni de réponses à donner.

Quelle chance, en effet !

La chambre était baignée de la lumière bleue d'un film diffusé sans le son. Jake s'appuya contre la tête de lit, caressant d'un air absent les boucles éparses de Cali endormie.

Elle se blottit plus près de lui en émettant des sons inintelligibles. Une fois de plus, elle parlait dans son sommeil.

En général, elle ne prononçait que quelques mots, parfois son prénom. Il savait quand elle rêvait, selon les sons qui s'ensuivaient. Un rire irrépressible. Un gémissement langoureux. Les gémissements étaient ses préférés et il s'empressait souvent d'y répondre et de transformer ses rêves en réalité.

Ce soir, il écoutait attentivement et cherchait à déchiffrer ses mots, sans savoir exactement ce qu'il attendait. Peut-être les réponses aux questions qu'il n'avait pas osé poser ?

Dix jours. Dans dix jours, on l'enverrait loin de Chicago. Sans même lui laisser le temps d'aller au bout de son programme. Elle avait suffisamment fait avancer le projet pour que quelqu'un d'autre le boucle à sa place. Elle pourrait ainsi partir rapidement à Londres.

Elle avait enfin obtenu ce qu'elle voulait.

Lui aussi, d'ailleurs.

Il savait depuis le début que Chicago n'était qu'une étape dans le parcours de Cali. C'est précisément cette échéance qui lui avait permis d'envisager sa relation avec elle plus sereinement.

Cela dit, il avait accueilli l'annonce de son départ avec un mélange de soulagement et de désarroi. Il ne s'attendait pas à ce qu'elle parte si vite, pensant pouvoir passer encore un mois avec elle. Mais elle était revenue de sa réunion avec une mine dépitée, une note de service de seize pages et une échéance de dix jours.

Il se sentait trompé. Et en colère à l'idée qu'il allait bientôt se réveiller sans le corps chaud et ensommeillé de Cali à son côté.

Et rentrer le soir sans personne pour l'accueillir avec des petites histoires, des baisers ou une présence tranquille.

Ce n'était pas la seule femme qu'il ait connue, mais Cali n'avait rien à voir avec les rencontres ponctuelles et superficielles qu'il avait faites jusqu'alors.

Il y avait des années qu'il s'accommodait de sa solitude. Certes, il avait souffert quand Pam l'avait quitté. Même si leur mariage n'avait pas été parfait, il avait jusqu'alors passé plus de temps avec Pam que sans elle. Partager sa vie avec elle lui avait plu, jusqu'au moment où il avait découvert qu'elle la partageait aussi avec quelqu'un d'autre. Puis, avec le temps, il avait appris à vivre seul en s'aidant de quelques arrangements visant à rendre le célibat plus agréable.

Comme l'installation de la télévision et de ses appareils de musculation dans le salon, ou la pratique ponctuelle du sexe après les dîners en ville. Ces nouvelles habitudes avaient porté leurs fruits. Il s'était si bien adapté à son nouveau mode de vie qu'il avait fini par éviter tout ce et ceux qui risquaient d'en perturber le fonctionnement.

Jusqu'à Cali. Alors, tout avait été différent, dès la première minute.

Il frotta ses yeux et se rallongea sur les oreillers.

Tout avait fonctionné jusque-là selon ses plans. Mais les plans avaient changé. Le départ imminent de Cali ne s'avérait plus être une libération comme il l'avait envisagé au départ. Il n'avait plus envie qu'elle s'en aille.

Il retint sa respiration.

Etait-ce bien sérieux ?

Un soupir presque imperceptible s'échappa de ses narines et les muscles de son corps se contractèrent.

Oui, c'était tout à fait sérieux.

Il tourna la tête vers Cali et ôta une mèche de cheveux qui lui barrait le visage. Puis il pressa la main sur son épaule.

— Réveille-toi...

— Hum... Ça va ? demanda-t-elle, surprise, en posant le menton sur son buste pour le regarder.

— Tu n'as jamais pensé t'installer une fois pour toutes dans un endroit ?

Elle fronça les sourcils en clignant les yeux.

— Qu'est-ce que tu racontes ?

— Reste ici. A Chicago. Avec moi.

Elle s'écarta de lui et se hissa sur un coude.

— Qu'est-ce que tu dis, Jake ?

Il glissa sa main sous le drap et caressa la peau douce de sa hanche.

— Nous sommes heureux ensemble, trop heureux pour que nous mettions fin à quelque chose qui ne fait que commencer.

Cali écarquilla les yeux.

— Qu'est-ce que cela veut dire ? Tu me demandes de...

— Je te demande de rester, de faire un bout de chemin avec moi.

Il prit sa main dans la sienne.

— Je sais que tu avais prévu de te consacrer à une carrière internationale, mais faut-il vraiment que tu partes maintenant ? Cali, tu vois bien, toi aussi, que notre histoire est loin d'être terminée.

Cali se dégagea du bras de Jake pour s'asseoir de son côté, les yeux soudain embués.

— Je me suis engagée, Jake.

— Tu n'as rien commencé. Ils trouveront quelqu'un d'autre.

Cali se figea. Elle avait déjà entendu cela quelque part. « Ce n'est qu'un travail, chérie. Ils pourront trouver une autre personne. »

Elle secoua la tête comme pour se débarrasser de cette pensée parasite. Jake n'était pas Erik. Il n'était ni un salaud ni un menteur.

Mais sa proposition — faire un bout de chemin avec lui — ne pesait pas suffisamment lourd. Même si devoir la refuser lui arrachait le cœur.

— Jake, je me suis fixé des objectifs, que j'aimerais atteindre *pour moi*.

— Je sais, Cali. Je ne te demande pas de renoncer à tes objectifs. Je dis simplement que tu peux en atteindre d'autres en restant ici.

Cali fixa le bleu profond de ses yeux. Elle n'avait vraiment pas envie de se disputer avec lui.

Elle tendit le bras et passa la main sur sa joue. Il n'était pas censé la retenir à Chicago. Il était censé lui déclarer son amour, lui donner des raisons valables de rester ici. Pas seulement lui parler de l'envie de faire un bout de chemin avec elle. Et lui demander de renoncer à poursuivre son ascension professionnelle à Londres pour lui. Elle avait déjà commis cette erreur. A elle de décider de la refaire ou non.

Son estomac se noua au moment où elle ouvrit la bouche, mais Jake posa un doigt sur ses lèvres.

— Je n'aurais pas dû engager cette discussion au milieu de la nuit. Nous n'avons pas les idées claires. Essayons de dormir. Nous reparlerons de tout cela demain matin.

Il tapota les oreillers et l'attira pour qu'elle s'allonge auprès de lui.

Elle sentit les larmes monter et sa gorge se serrer lorsqu'il déposa un baiser dans ses cheveux. Elle était bien dans ses bras, cela ne faisait aucun doute. Comme il ne faisait pas de doute qu'elle avait déjà manqué de ruiner sa carrière en misant sur une relation sans avenir. Et il était clair qu'elle ne commettrait pas deux fois la même erreur.

17

La rangée de lampes disposées tout autour de la terrasse se détachait sur le ciel crépusculaire teinté de rose. Des bougies à la flamme vacillant dans la brise éclairaient la foule venue faire ses adieux à Cali sur le toit de l'immeuble de l'un de ses collègues de Chicago. C'était sa dernière soirée dans la Ville des Vents, avant son départ le lendemain soir pour Londres.

Cali frotta ses bras nus rafraîchis par le vent qui se levait et observa le petit cercle qui s'était formé autour de Jake. Tout le monde riait de ce qu'il venait de dire. Une jeune femme blonde secoua sa chevelure en arrière et s'appuya sur son bras, dévoilant au passage un décolleté vertigineux. Jake tapota sa main et se dégagea poliment pour reprendre sa conversation avec Matt.

Les femmes le convoitaient. Tout le temps, où qu'il se trouve, elles recherchaient sa compagnie et émettaient des signes manifestes d'attirance. Apparemment, il remarquait leur manège. Il devait avoir l'habitude, peut-être même s'y attendait-il...

Il y avait fort à parier qu'il ne resterait pas seul très longtemps, une fois qu'elle serait partie. Elle eut un pincement au cœur en pensant à la vie qu'il mènerait après son départ.

L'imaginer dans les bras d'une autre femme était insupportable.

Jake passa sa main dans ses cheveux pour remettre en place une mèche et jeta un coup d'œil dans sa direction tout en continuant à écouter Matt. Leurs regards se croisèrent. Elle sentit une chaleur impromptue se répandre sur sa peau fraîche. Il ne lui restait plus qu'une nuit à passer dans ses bras.

Elle détourna le regard pour dissimuler sa douleur. Mais Jake avait déjà traversé la grande terrasse. En une seconde, son bras encercla sa taille et il l'attira vers la chaleur de son torse.

— Regarde-moi, Cali, dit-il, sans qu'elle sache s'il s'agissait d'un ordre ou d'une supplication.

Elle leva les yeux vers lui. Une larme perla au coin de son œil. Quelle idiote ! Elle aurait préféré qu'il ne la voie pas pleurer. Qu'il n'ait pas une occasion facile d'essayer de la convaincre de rester.

Jake resserra son étreinte.

— Ne pars pas. Je vois bien que tu souffres. Rien ne t'oblige à aller à Londres. Reste ici.

Décidément, il ne comprenait rien ! Peut-être même n'avait-il pas envie de comprendre. Quoi qu'il en soit, elle savait qu'elle ne se le pardonnerait jamais si elle prenait la décision de renoncer à sa promotion londonienne.

— Je t'en prie, Jake.

— Ce travail est devenu un défi qui n'a pas lieu d'être. Londres n'est qu'une autre grande ville. Toute ta vie ne se trouve pas là-bas. Ici aussi, tu pourrais t'épanouir professionnellement, faire ce que tu veux. Je me fiche pas mal que tu travailles ou non. Tu pourrais aussi bien être bénévole ou tout plaquer et faire du yoga toute la journée, ça m'irait tout autant.

Elle écarquilla les yeux, abasourdie par ce qu'elle venait d'entendre et se retint d'éclater de rire.

— Tu veux faire de moi une maîtresse entretenue ? Est-ce que j'aurai aussi ma maison de ville et un petit pécule ?

Pour une fois, Jake ne partagea pas son humour. Il secoua la tête, leva les yeux au ciel et murmura des mots dont elle savait qu'il avait envie de les crier.

— Il existe d'autres solutions que de s'enfuir à l'autre bout de la terre juste parce que je ne...

Oserait-il dire « parce que je ne t'aime pas » ?

— Pas maintenant, Jake, le supplia-t-elle en se détachant de lui pour emplir ses poumons d'air frais.

— Quand, alors ? Cette semaine, tu as travaillé tous les jours de 6 heures du matin à 10 heures du soir. Tu pars demain et nous passons ta dernière soirée à Chicago avec tes collègues qui, soit dit entre nous, sont plus excités à l'idée de se soûler que de saluer ton départ pour Londres. On n'a plus le temps, Cali. C'est maintenant que nous devons parler.

Une heure plus tard, ils étaient de retour dans l'appartement de Cali, encombré de cartons. Elle regardait la pluie tambouriner et glisser sur les vitres comme si elle emportait avec elle les souvenirs de son bref séjour à Chicago. Jake se tenait debout, derrière elle, plus sinistre encore que les roulements de tonnerre grondant dans le ciel devenu noir.

— Tout ce que je demande, Jake, c'est que nous attendions de voir ce que tu ressentiras une fois que je ne serai plus là avant de faire des plans sur la comète.

— Ce que je ressentirai ! Je te demande de ne pas partir, il me semble que cela dévoile assez clairement ce que je ressens !

Ils ne pouvaient pas continuer à se torturer de la sorte. Tout ce qu'elle voulait, c'était passer les douze dernières heures dans ses bras, et non pas ressasser une décision sur laquelle elle ne reviendrait pas de toute façon.

— Jake, tu dis cela maintenant, mais peut-être que quand je serai partie...

— Justement ! Ne me donne pas une chance de t'oublier, si tu es persuadée que c'est ce qui va se produire.

— Parfait ! s'écria-t-elle, incapable de retenir les mots qui affluaient. Donc, selon toi, il faudrait que j'envoie au diable les efforts que j'ai faits pendant des années ? Mais que va-t-il se passer la prochaine fois que Pam resurgira dans ta vie et te rappellera soudain que tu as un problème avec l'engagement ? La prochaine fois que ce que tu liras dans mes yeux ne te plaira pas ?

Elle ne parvenait plus à arrêter le flot de paroles. Il l'avait poussée dans ses retranchements et elle ne pouvait plus taire ce qu'elle ressentait.

— Il y a une chose que je n'oublierai pas, indépendamment de mon amour pour toi. Tu dis que tu ne peux pas me laisser partir, mais si tu avais vraiment voulu...

Cali retint son souffle et un silence de mort les enveloppa tous les deux.

Impossible de ravaler les mots, de prononcer quoi que ce soit. Sa voix allait se briser, les larmes jaillir.

Jake prit son visage dans ses mains et colla son front au sien.

— Cali...

— Je ne veux pas me disputer avec toi ni que nous nous quittions comme cela...

Ne pouvait-il pas comprendre ça ?

— D'accord, Cali. Tu pars à Londres.

Il fit glisser sur elle son regard, aussi sombre et orageux que la nuit qui les enveloppait. Il souffrait, mais était prêt à accepter.

— Accorde-moi cette dernière nuit. Nous n'allons effectivement pas nous quitter comme cela...

18

— Cela ne le fera pas diminuer, Marcus. Il faut revoir les prévisions en incluant l'ensemble de ces facteurs.

Cali se retourna vers son écran avant même que l'employé ne soit sorti de la pièce. Il lui tapait sur les nerfs depuis qu'elle était arrivée à Londres. A force de ne pas faire son travail consciencieusement, il finissait par être un frein à ce projet. Il allait falloir prendre une décision à son sujet.

Son téléphone sonna et elle tendit le bras dès la première sonnerie.

— Calista McGovern...

— C'est Amanda. Alors, qu'est-ce que vous avez à me donner ?

Cali ferma les yeux tout en débitant les informations, projections, chiffres et autres mises à jour à sa directrice. Il fallait vraiment qu'elle se concentre sur son travail pour empêcher son esprit de s'attarder à la moindre occasion sur l'image du Dr Jake Tyler.

Le moindre appel, e-mail ou note de service comportant le nom d'Amanda l'engloutissait aussitôt dans une tempête émotionnelle incontrôlable. C'est pourquoi elle faisait le choix de s'enfermer au bureau pour passer le moins de temps possible à réfléchir à ce qu'elle avait fait ou aurait pu faire à Chicago. Ou à ce que Jake devait être en train de faire.

Deux semaines s'étaient écoulées depuis son départ des Etats-Unis — depuis qu'elle avait, pour la dernière fois, senti la peau, la chaleur et l'odeur de Jake contre son corps. Deux semaines que cette douleur insupportable s'était logée au fond de son cœur.

Elle avait bien fait de partir. C'est du moins ce dont elle essayait de se persuader pour ne pas laisser le désespoir envahir tout son être. Cela dit, l'éloignement et la perte n'en étaient pas moins durs.

La voix d'Amanda la ramena à la réalité.

— Vous avez pris de l'avance, Cali. Je savais que vous vous en sortiriez très bien.

— Merci à vous de m'avoir fait confiance.

Amanda sembla hésiter puis posa la question.

— Avez-vous des nouvelles de Jackson ?

Jake ! *Son* Jake.

Cali se redressa sur sa chaise, agacée par les larmes qui menaçaient de couler sur ses joues.

— Non. Je lui ai simplement laissé un message pour lui dire que j'étais bien arrivée.

Elle prit une grande inspiration.

— Nous avons rompu. C'est probablement mieux pour tout le monde.

— Il ne veut pas parler de vous. Je me fais du souci... Bref. Comment ça se passe, pour vous, à Londres ?

Cali prit aussitôt le premier dossier sur la pile.

— Vous avez eu les chiffres...

— Non, je voulais parler de la vie en dehors du travail.

Cali décolla le téléphone de son oreille et le regarda comme s'il détenait la réponse à la question.

Il n'y avait pas de vie en dehors du travail.

Sans attendre la réponse, Amanda reprit calmement la parole.

— Avez-vous songé à revenir à Chicago ?

Pour être honnête, à la minute même où elle en était partie. Mais elle doutait trop. Si Jake ne l'aimait pas, le déséquilibre au sein de leur relation serait trop difficile à supporter.

— J'ai beaucoup aimé Chicago, mais ce ne serait probablement pas une bonne idée d'y retourner.

Elle entendit un soupir de l'autre côté de l'Atlantique.

— Bien. Si vous changez d'avis, sachez qu'il y a un poste qui se crée dans le service d'Aaron Lansing. Je pense que vous correspondez parfaitement au profil. Et, avant que vous me posiez la question, sachez que cela n'a aucun rapport avec Jake. Mais lorsqu'un endroit nous plaît, c'est important de trouver un moyen d'y rester. Réfléchissez.

Chicago lui plaisait, en effet. Si elle n'était pas tombée amoureuse de Jake, elle aurait probablement considéré très sérieusement la proposition d'Amanda.

— Merci, Amanda. J'y réfléchirai.

Au bout d'un mois en Angleterre, Cali se rendait compte qu'elle ne serait jamais une vraie Londonienne. La ville était magnifique, mais tout ce sur quoi elle posait les yeux lui rappelait immanquablement une autre ville, de l'autre côté de l'Atlantique.

Professionnellement parlant, la City était devenue une autre étape dans son ascension. Un endroit où elle allait pouvoir repartir à la conquête de ses objectifs, affiner ses compétences et enrichir son curriculum. Mais à quel prix ?

Elle savait qu'elle ne resterait pas toute sa vie en Angleterre. Tout ce à quoi elle avait renoncé pour parvenir à ses fins la hantait, comme des fantômes auxquels elle ne pouvait échapper, sans pouvoir non plus les faire disparaître.

Il fallait qu'elle trouve la force de passer à autre chose.

Après avoir franchi la porte de son immeuble, elle remonta la sacoche de son ordinateur sur son épaule et avança dans le hall jusqu'à l'ascenseur qui la conduirait à son appartement, au quatrième étage.

Elle entra dans la cabine et ne put s'empêcher d'avoir une pensée pour le bleu des yeux de Jake, la douceur et la sensualité de ses lèvres.

Elle pourrait peut-être le rappeler, se dit-elle en tâtant son portable dans sa poche.

Non, c'était idiot ! Elle n'avait aucune idée de ce qu'il était en train de vivre de son côté. Comment savoir si elle lui manquait ou s'il était déjà passé à autre chose ?

En tout cas, son absence avait laissé un vide abyssal dans son existence.

Elle ferma les yeux comme pour échapper à la douleur et à la vision de la vie qu'elle avait sacrifiée sur l'autel de son orgueil :

les images de Jake à son côté lorsqu'elle se réveillait le matin, lorsqu'elle emplissait deux tasses de café, lorsqu'elle riait aux éclats dans ses bras défilaient devant ses paupières closes. Ses gestes tendres, ses attentions lui manquaient tellement, à présent !

Elle s'était tant attachée aux mots et à leur signification qu'elle avait perdu de vue la réalité. Les gens parlaient sans arrêt d'engagement mais la plupart des relations se délitaient. Lorsque Erik la trompait, elle portait au doigt sa bague de fiançailles. Les *mots* avaient perdu leur sens.

Avec Jake, c'était différent. Mais elle avait préféré attendre et voir comment les choses allaient évoluer. Et maintenant...

Les larmes aux yeux, elle fut soulagée de voir l'ascenseur arriver au quatrième. La main toujours agrippée au téléphone portable, elle fut de nouveau tentée de composer le numéro de Jake. Puis elle se ravisa en secouant la tête. Ce n'était pas de cette manière qu'elle réussirait à tourner la page et à aller de l'avant.

La porte de l'ascenseur s'ouvrit et...

Son cœur cessa de battre.

— Bonsoir, Cali. J'espère que je ne t'ai pas fait attendre trop longtemps.

La voix de baryton résonna comme celle d'un fantôme et l'enveloppa, glissa sous sa peau et lui fit tourner la tête comme un vin doux.

Jake. Elle devait être en train de rêver.

Elle lâcha ses sacs et exhala l'air qu'elle semblait avoir retenu dans ses poumons pendant trop longtemps.

— Je n'y crois pas..., lâcha-t-elle, persuadée que la vision avait un lien avec son manque de sommeil chronique et ses fantasmes un peu trop envahissants ces derniers temps.

Jake fit un pas en avant, un grand sourire aux lèvres. Son bras se glissa doucement derrière la taille de Cali et l'attira contre son torse.

— Jake !

Son regard profond plongea dans le sien, cherchant, implorant.

— Cali !

Elle s'accrocha aux pans de son imperméable et attira son visage vers sa bouche haletante, désespérée.

Jake ici ! Elle avait tout imaginé sauf cela.

Elle eut envie de dire quelque chose, de poser des questions mais la seule chose qui importait à présent était ses mains caressant ses cheveux et sa nuque. Sa langue explorant sa bouche. Son souffle se mêlant au sien...

La saveur de ses lèvres, son odeur, son contact l'emportèrent dans un tourbillon de sensations et d'émotions auquel elle avait du mal à croire. Elle eut l'impression d'être ivre.

— Tu pleures ? demanda-t-il en détachant ses lèvres pour mieux la regarder.

— De joie...

Après des semaines de chagrin, une minute dans ses bras balayait tous ses doutes. Comment avait-elle pu imaginer vivre sans lui ?

— J'avais presque oublié à quel point c'était bon, dit-il comme s'il avait lu dans ses pensées. Mais cela revient vite.

— Tu m'as tellement manqué... J'avais l'impression que...

Elle secoua la tête, puis la leva vers lui. Elle avait besoin de le regarder, de tout lui dire.

Tout à coup, elle prit conscience de l'environnement dans lequel ils se trouvaient et ne put réprimer un sourire.

— Nous devrions peut-être... chez moi...

Jake lui rendit son sourire. Puis son visage redevint grave et il s'empara de nouveau de sa bouche avec avidité, comme s'il voulait rattraper le temps perdu. Il saisit ensuite les sacs de Cali et lui offrit son bras.

— Prête ?

Cali acquiesça et glissa sa main dans la sienne.

— Tout à fait prête, répondit-elle en le conduisant dans le couloir jusqu'à la porte de son appartement.

Une fois entré, Jake posa ses sacs par terre et Cali le regarda marcher au milieu des meubles et s'approcher de la fenêtre. C'était incroyable de le voir investir l'espace qu'elle avait occupé seule pendant ces longues semaines et où elle avait passé son temps à penser à lui et à l'imaginer ailleurs, loin d'elle.

— Amanda t'a trouvé un bel endroit, dit-il, ironique, en regardant par la fenêtre le paysage qui n'offrait guère plus qu'un mur de brique.

— En effet. Elle n'est pas passée par l'intermédiaire d'un ami, cette fois...

Il appuya une épaule sur la vitre et croisa les bras. Ses traits étaient détendus, son regard chaleureux et bienveillant.

— Comment vas-tu, Cali ?

Elle ouvrit la bouche puis sembla hésiter quant à la réponse à donner.

— Il y aurait des dizaines de façons de répondre. Tout dépend de quel point de vue on se place.

Jake leva un sourcil.

— Je reste trois jours à Londres. J'ai le temps d'entendre toutes les versions.

« Trois jours... seulement ? »

— Tout va bien, au bureau. Nous sommes même en avance sur le programme.

— Ça, je n'en doutais pas une seconde !

Cali haussa les épaules en souriant, puis croisa son regard. Son sourire se dissipa soudain tandis que son corps se mettait à trembler.

En deux enjambées, Jake s'approcha d'elle et la prit dans ses bras.

— Mon cœur, ne pleure pas, dit-il doucement dans le creux de son cou.

— Tu m'as tellement manqué, répéta-t-elle. A chaque instant. Je savais que j'avais de bonnes raisons de faire ce choix, mais jamais je n'aurais pensé souffrir autant de ton absence. J'ai cru que je ne te reverrais jamais.

Tremblante d'émotion, elle menait une bataille perdue d'avance contre ses larmes.

— J'ai du mal à croire que tu sois là.

— Je ne peux pas me passer de toi. J'ai essayé. J'ai fait des efforts. Mais ma vie sans toi est si vide...

Elle était même franchement horrible, insupportable.

Il avait été furieux de la voir partir. Il avait tenté de se couper de ses sentiments et de ses émotions, de se convaincre que cette séparation était positive pour lui comme pour elle, mais il en était presque devenu fou.

Il n'avait jamais plus retrouvé la paix, la sérénité. Une sensation de vide s'était nichée en lui et n'avait fait que grandir depuis que Cali était partie. Ou plus exactement depuis qu'il avait compris qu'elle allait partir et que rien ne pourrait la faire revenir sur sa décision.

Les heures avaient passé, puis les jours. Se persuadant que le temps serait son allié, il était retourné à sa vie en se convainquant que Cali était compliquée et que son existence serait plus simple sans elle.

Mais c'était faux.

Il s'était remis à sortir. A aller boire un verre avec des collègues. A aller dîner avec des amis. Il était même retourné au Jazz House. Mais il n'avait jamais trouvé ce qu'il était venu y chercher.

La musique l'avait empli d'une nostalgie infinie. Un soir, une femme était venue s'asseoir à côté de lui, en quête d'un peu de compagnie, en précisant qu'elle était de passage à Chicago et repartait le lendemain matin. En d'autres temps, elle aurait constitué une diversion idéale. Ephémère. Simple...

Mais ces temps étaient révolus.

Il avait quitté le club le cœur gros et le moral au plus bas.

Dès qu'il rentrait chez lui, il enfourchait ses appareils de musculation, déterminé à se dépasser jusqu'à ce que sa conscience soit anesthésiée. Mais même après des heures d'exercice, l'image de Cali était toujours là. Elle ne disparaissait jamais de son esprit.

Les visions d'elle se succédaient. Rien d'extraordinaire. Rien d'unique. Des scènes de la vie quotidienne, d'une vie qui, avec elle, prenait un relief différent, plus fort, plus intense. Plus vrai.

Il n'avait jamais imaginé que ce genre de vie lui conviendrait. Ni à quel point elle lui manquerait.

Maintenant qu'il la serrait de nouveau dans ses bras, il n'osait pas croire qu'il avait été si proche de la perdre. De tout perdre.

Il resta un moment, joue contre joue, les yeux fermés pour mieux savourer ce contact retrouvé.

— Je veux être avec toi, Cali, murmura-t-il sans bouger. Je ne me rendais pas compte à quel point je t'aime. Comme je n'aurais jamais imaginé pouvoir aimer quelqu'un. Je t'aime, Cali.

Elle leva la tête, les yeux embués.

— Moi aussi, je t'aime, Jake. Depuis que je t'ai rencontré et de plus en plus chaque jour. Je suis perdue quand tu n'es pas là.

Il se pencha et leurs lèvres s'unirent en un baiser langoureux. Puis il se détacha doucement d'elle.

— Je comprends que ton travail soit important, que tu aies besoin de te prouver ta valeur. Et je suis content que tu aies accepté ce poste pour cette raison. J'avais moi-même besoin de temps… pour me comprendre vraiment.

— Oh, Jake ! dit-elle d'une voix tremblante.

— Mais tu sais, Cali, je ne crois pas que nous ayons à choisir. Je peux être là, à tes côtés, pour te soutenir dans tes choix, parce que rien ne m'est plus cher que d'être avec toi. Je suis sûr qu'il est possible de concilier nos vies et nos attentes. Je suis sûr que nous y parviendrons.

Elle sourit en plongeant les mains dans ses cheveux.

— Je n'arrive toujours pas à croire que tu es là.

— Il m'a fallu des semaines pour réorganiser mon planning au bloc. Un collègue a accepté de me laisser prendre sa place au cours de la conférence de cardiologie qui se tiendra ici demain. Et j'ai fait en sorte de pouvoir venir à Londres six fois au cours des deux prochains mois — six week-ends sur huit, pour être précis.

Cali le fixa avec un certain embarras dans le regard.

— Jake, nous sommes en avance sur notre programme. Je quitte Londres dans un mois.

En avance sur le programme. Comme à Chicago. Il aurait dû s'en douter.

— Qu'importe, je viendrai te voir où que tu sois.

Ses mains glissèrent sur le tissu de son chemisier, défirent un bouton et se faufilèrent sous l'un des pans, touchant enfin la peau douce et satinée dont il s'était privé pendant toutes ces semaines.

Cali restait silencieuse.

Il chercha son regard et y trouva une intensité un peu différente de celle à laquelle il s'attendait.

— Je retourne à Chicago, annonça-t-elle abruptement. J'ai accepté un poste de Directrice régionale.

Il se figea, se demandant s'il avait bien entendu.

— J'ai atteint l'objectif que je m'étais fixé, reprit-elle. Tout ce que je veux, maintenant, c'est être heureuse. Et je n'ai jamais été aussi heureuse qu'à Chicago.

En silence, Jake se pencha et l'embrassa passionnément.

— Si tu en as envie, toi aussi, je pense que nous pourrons être heureux ensemble. Epouse-moi, Cali.

Les mots étaient sortis spontanément de sa bouche. Mais, loin d'en éprouver un quelconque regret, il répéta sa proposition avec encore plus de fougue.

— Plus que tout, j'aimerais que nous nous mariions.

Il n'avait rien prémédité, l'idée ne l'avait même pas effleuré mais lui paraissait à présent la plus naturelle du monde.

— Je t'aime, Cali. Je saurai te rendre heureuse, crois-moi.

Ce fut au tour de Cali de se figer, bouche bée, en se demandant si elle avait bien entendu ce qu'il venait de dire.

Elle sentit son corps trembler et une larme perler au coin de sa paupière. Ses mains s'agrippaient à sa chemise comme si elle avait peur qu'il s'échappe. Il l'attira contre lui et la serra dans ses bras.

— Veux-tu m'épouser, Cali ?

— Oui, répondit-elle sans plus aucune hésitation dans la voix.

La joie contenue dans son cœur éclata et ils s'embrassèrent avidement.

Il ne vivrait plus sans elle.

Alors il recula d'un pas et la fit s'asseoir dans le canapé derrière elle.

— Attends-moi ici. Ne bouge pas, j'en ai pour une seconde.

Mais Cali, un sourire espiègle sur les lèvres, enroula les jambes autour des siennes, l'empêchant de s'éloigner.

— Nous avons déjà attendu trop longtemps.

— Juste une seconde, Cali.

Elle le regarda du coin de l'œil.

— Je te donne ma vie entière..., dit-elle en se mordillant la lèvre, à condition que tu m'accordes les dix prochaines minutes...

Jake déglutit et jeta un coup d'œil à son imperméable, couché sur les sacs qu'il avait déposés dans l'entrée, puis revint poser son regard sur Cali.

Décidé à rendre sa future femme heureuse, il colla sa bouche sur la sienne et s'abandonna corps et âme dans un baiser au goût de paradis. Le somptueux solitaire caché dans la poche intérieure de son imperméable pouvait bien attendre... quelques minutes de plus.

RESTEZ CONNECTÉ AVEC HARLEQUIN

Harlequin vous offre un large choix de littérature sentimentale !

Sélectionnez votre style parmi toutes les idées de lecture proposées !

www.harlequin.fr

- **Découvrez** toutes nos actualités, exclusivités, promotions, parutions à venir…
- **Partagez** vos avis sur vos dernières lectures…
- **Lisez** gratuitement en ligne
- **Retrouvez** vos abonnements, vos romans dédicacés, vos livres et vos ebooks en précommande…

L'application Harlequin

- Des **ebooks gratuits** inclus dans l'application
- **+ de 50 nouveautés tous les mois !**
- Des **petits prix** toute l'année
- Une **facilité de lecture** en un clic hors connexion
- Et plein d'autres avantages…

Téléchargez notre application gratuitement

Télécharger dans l'App Store

DISPONIBLE SUR Google Play

SUIVEZ-NOUS !

facebook.com/HarlequinFrance

twitter.com/harlequinfrance